A ROSA DE ALEXANDRIA

MANUEL VÁZQUEZ MONTALBÁN

A ROSA DE ALEXANDRIA

Tradução:
ROSA FREIRE D'AGUIAR

COMPANHIA DAS LETRAS

Esta edição foi traduzida mediante ajuda da Direção Geral do Livro, Arquivos e Bibliotecas do Ministério da Educação, Cultura e Esporte da Espanha

Título original:
La Rosa de Alejandría

Projeto gráfico da capa:
João Baptista da Costa Aguiar

Foto da capa:
Vivian Lembo

Preparação:
Eliane de Abreu Santoro

Revisão:
Arlete Sousa
Otacílio Nunes

Dados Internacionais de Catalogação na Publicação (CIP)
(Câmara Brasileira do Livro, SP, Brasil)

Montalbán, Manuel Vázquez
A Rosa de Alexandria / Manuel Vázquez Montalbán ; tradução Rosa Freire d'Aguiar. — São Paulo : Companhia das Letras, 2006.

Título original: La Rosa de Alejandría.
ISBN 85-359-0775-0

1. Romance espanhol I. Título.

05-9588 CDD-863.64

Índice para catálogo sistemático:
1. Romances : Literatura espanhola 863.64

2006

EDITORA SCHWARCZ LTDA.
Rua Bandeira Paulista, 702, cj. 32
04532-002 — São Paulo — SP
Telefone: (11) 3707-3500
Fax: (11) 3707-3501
www.companhiadasletras.com.br

Eres como la rosa de Alejandría,
colorada de noche, blanca de día.

Canção popular espanhola

Abriu um só olho como se temesse que os dois lhe confirmassem exageradamente aquele céu de nuvens negras, a obscenidade daquela pança cor-de-burro-quando-foge que sujava a paisagem tropical de luxo, transformava o arvoredo numa turba infame de palmeiras e bananeiras de chumbo oxidado. Uma esperança de nesga de céu azul se insinuava a nordeste.

"Maracas Bay."

Pensou resignado enquanto tomava impulso para pular da cama e ficar sentado, surpreendido com as próprias pernas nuas, esperando ordens, com a proa rotular ossuda apontando para a malinha aberta, semicheia, que havia dias mantinha o mesmo equilíbrio sobre uma pequena poltrona. Os cotovelos apoiados nas coxas, o rosto entre as mãos abertas, o peso da cabeça pensando no rosto em primeiro plano da moça da agência de viagens de San Francisco.

"Escolha Trinidad e Tobago, estão juntas. Não vai se arrepender."

"Para mim tanto faz, qualquer ilha, só quero sol e palmeiras. Aruba, Curaçau, Bonaire."

"Trinidad e Tobago. Não vai se arrepender."

Já não tinha forças para se arrepender. Todo dia contemplava o céu pela janela de seu quarto do Holiday Inn, e o céu negro lá estava, assim como lá estava aquela nesga azulada na qual seus olhos peregrinavam de vez em quando para brincar de esconde-esconde com um sol tuberculoso e esquivo.

"Maracas Bay."

Tudo, menos cair na armadilha de Port of Spain, menos percorrer de novo a retícula tediosa de ruas que o levavam à Savannah, a mesma Savannah de todas as ilhas do Caribe, a nostalgia da África transformada numa praça-prado, talvez nenhuma tão imensa como a de Port of Spain, mas que enfiem no cu a Savannah, e o Jardim Botânico, e a arquitetura colonial da Woodford Square, e as mansões grandiloqüentes da Maraval Road.

"Viu as sete mansões de Maraval Road?", lhe perguntaria mais uma vez o taxista hindu.

"O senhor me mostrou."

"É verdade."

A mão no volante, a outra apontando com dedos escuros os nomes de casas que constituíam o mais importante patrimônio arquitetônico de Port of Spain.

"Stollmeyer's Castle, White Hall, Roodal's Residence..."

A escuridão que envolvia toda a ilha pressagiava o fim do ano e talvez o fim do mundo. O taxista levantava o dedo escuro, um dedo de cigano, para o céu.

"Tudo começou quando subiram lá no alto."

"Quem subiu lá no alto?"

"Os russos e os americanos. Desde que subiram lá no alto, o inverno é verão e o verão é inverno. Há anos, antes que subissem lá no alto, em dezembro não chovia."

Até o hotel era escuro, construído na confiança do sol inesgotável, e suas trevas eram agravadas pelo trabalho em marcha lenta do pessoal em greve, e suspeitos eram os ovos, o bacon, as saladas de frutas, os frascos com aveia, o melaço, a manteiga, mera foto rançosa dos tempos normais, aqueles tempos de garçons felizes, e agora arqueologia de café-da-manhã, bufê livre para clientes receosos de um serviço dado a reivindicações sociais. E, no entanto, uma senhora de papelão e purpurina na cartola piscava o olho para propor a festa de fim de ano, Happy New Year 1984, cinqüenta dólares tudo incluído.

"Bufê à vontade, orquestra, baile. Bebida à parte."

Informou-lhe a mulata de boca sangrenta sem levantar os olhos de sua máquina de calcular.

"Sozinho?"

"Sozinho."

Teve de soletrar o nome e o sobrenome.

"Gino Larrose...?"

"Ginés Larios."

"Gi... nés... La... rios."

"Quarto 312."

"Isto é à vista. Não se debita na conta."

E no rosto da mulata aparecia a satisfação por voltar à verdade do dinheiro na mão. O taxista contemplava de longe a negociação, com o sorriso a meio caminho entre uma reflexão interior sobre a vontade de festa do estrangeiro e o cumprimento ao cliente de todas as manhãs.

"*No bueno. No bueno.*"

Informava o hindu, levantando os braços para o alto e cruzando-os depois sobre a barriga.

"Maracas Bay?"

"Não há outra praia nesta ilha?"

"Em Chagaruamas Bay também está nublado e do outro lado da ilha sopra o vento e chove. Manzanilla Bay é muito bonita, mas tem vento e chuva."

O taxista cabeceava aborrecido com a informação que se via obrigado a dar todos os dias. Fazia cara de cientista japonês comunicando ao mocinho do filme que o diplodocus gigante só poderia ser destruído por uma explosão nuclear. Ginés virou a cabeça para a recepção do hotel onde a mulata beijava a si mesma numa tentativa eficaz de distribuir o batom pelos lábios, naquela penumbra de natureza sombria que nem mesmo uma tristonha luz elétrica matinal conseguia remediar. Voltar para o quarto, naufragar numa solidão cinza à espera do milagre do sol, perambular por uma cidade demasiado vista, sem outro objetivo senão o de contemplar os resultados do cruzamento de negra e hindu, hindu e holandês, holandês e negra, espanhol e hindu, mulata e hindu, holandesa e mulato, todas as combinações raciais que, segundo os prospectos turísticos, faziam de Trinidad uma vitrine da confusão das raças tão esplêndida como a praia de Copacabana.

"Em Maracas Bay... será que vai ter sol?"

"Se o sol sair, com certeza vai ser em Maracas Bay."

"Então vamos para Maracas Bay."

E se jogou dentro do táxi disposto a se aboletar no assento traseiro e não ver nada daquela cidade condenada à eterna penumbra.

"Estamos passando por Maraval Road."

"Incrível."

"Não quer ver de novo As Sete Residências?"

Não esperou pela resposta.

"São chamadas 'Os Sete Magníficos' e foram construídas no começo do século pelas sete famílias mais ricas da cidade."

O taxista continuava com sua exposição tão maravilhada como rotineira.

"Tem alguma coisa no mundo mais linda que Trinidad?"

A pergunta o obrigou a endireitar-se e topar com a perspectiva da Savannah circulante atrás da janela do carro.

"Tem."

Sem dúvida o taxista tinha mordido os lábios e contemplava no espelho retrovisor o rosto desconcertado e nostálgico de seu passageiro.

"O Bósforo."

"É uma ilha?"

"Não. É um estreito que liga o Mediterrâneo ao mar Negro."

"Isso fica na Europa, não é?"

"Acho que sim."

Mas pouco me importa, pensou ao se reclinar de novo no encosto do banco. O Bósforo liga minha infância à minha morte. Pensou e repetiu, numa voz mental que servia de fundo ao devaneio do Bósforo contemplado do palácio de Topkapi.

"Sempre faz sol. No Bósforo sempre faz sol."

"Aqui sempre fazia sol."

O dedo de cigano voltou a levantar-se para o céu.

"Mas desde que subiram lá no alto..."

"O que o senhor acha que eles fizeram lá no alto?"

"Levaram o sol para onde lhes interessava e dividiram o vento e a chuva de acordo com seus caprichos."

"Antes de chegar aqui passei por Curaçau e estava um sol esplêndido."

"Está vendo?"

E o hindu virou seu rosto velho, sábio, sorridentemente triste. Pelas janelas começou o desfile de palmeiras, bananeiras, mangueiras, a baunilha trepadora, os jacarandás, gravados no fundo obsessivo do céu cinza. Adormeceu com o vaivém do carro potente e bem cuidado, uma ferramenta a serviço de um ofício que o motorista queria elevar à condição de guia exaltando as graças de Trinidad.

"O senhor foi a um show de calipso? Vi que estava comprando uma entrada para a ceia de fim de ano. A ceia do Holiday Inn é quase tão elegante como a do Hilton. Mas não perca o ambiente da cidade e os ensaios de calipso para o carnaval."

Con los yanquis de la Trinidad
las muchachas se han quedado turulatas.
Son tan amables, dicen ellas,
pagan tan bien a las feas y a las guapas,
beben ron y coca cola,
van a Point Cumama.
Tanto la madre como la hija
quieren "trabajar" por unos dólares.

O hindu piscou-lhe o olho depois de cantarolar o calipso mais famoso da História do Calipso.

"O calipso é a música mais bonita de todo o Caribe e é muito antigo, mais antigo que o rock."

O hindu cantarolava calipsos monótonos como a contínua cerração do céu.

"O açude."

Avisou o taxista, como toda manhã, como se Ginés conservasse os olhos do primeiro dia diante daquele reservatório de água cotidianamente repetido quando ia em busca das migalhas de sol de Maracas Bay. Na estrada, havia um aviso de deslizamento de terra, o que a transformava em realidades de arbustos derrotados, pedras que pareciam moles, arrancadas da alma inconsistente do solo da selva. De vez em quando, Ginés se levantava para espiar o céu e ver se continuava ali a nesga de céu limpo a nordeste. O filtro cinza parecia respeitar essa janela para a luz e o calor, mas as nuvens persistiam, imediatas como uma ameaça total, como um exército concentrado na fronteira, prestes a invadir a única nação bonita e livre que havia sobrado no mundo. De repente se acentuou a claridade ambiental e um raio de sol banhou seu rosto com um calor amarelo. Excitado com a promessa, reaprumou-se, no momento em que o carro terminava de fazer uma curva fechada, e apareciam majestosas, abaixo e ao longe, as baías espumantes graças ao rolo compressor das ondas obstinadas.

"Muito vento. Velocidade de pelo menos sessenta quilômetros por hora."

O motorista virou o rosto de cigano gordo e hepático para seu cliente.

"Entende de ventos. Tem um iate?"

"Sou marinheiro."

"Marinheiro!", exclamou o hindu, entusiasmado. "Nunca saí de Trinidad. Nem sequer fui a Tobago. Mas quando era jovem gostaria de ser marinheiro para percorrer o canal do Panamá. Tem um navio que vai de Vancouver até a Jamaica passando pelo canal do Panamá. O senhor é marinheiro desse navio?"

"O mundo está cheio de navios."

"Eu sei, eu sei."

"Meu navio é como uma fábrica. Você aperta um botão e vai para o norte. Aperta outro botão e vai para o sul."

"Com o tempo farão táxis sem taxistas."

A melancólica observação contrastava com o frágil esplendor da natureza iluminada em Maracas Bay. O carro estacionou perto dos deques dos vestuários e chuveiros.

"Aproveite o sol e não se preocupe comigo. Esperarei o tempo necessário."

Com a urgência de um animal noturno que foge do sol, Ginés pulou do carro e foi para a mesa onde estava a recepcionista dos vestuários. Uma mulher hindu lhe entregou um tíquete e mostrou a fileira dos pequenos armários onde guardar a roupa. Primeiro, despiu-se entre a úmida penumbra de uns quartinhos de madeira entristecida pela eterna sombra a que a condenavam as altas palmeiras e a corrosão da umidade gotejante nas duchas, que aqui e ali deixava gotas d'água perolada que pareciam viver e se reproduzir. Saiu do vestuário, enfiou precipitadamente roupa e sapatos revirados no armário e correu para o mar, que ia e vinha como uma maré azul e branca rugindo. Três jovens negros vagarosos subiram para as guaritas de madeira e palmeiras, de onde contemplavam as evoluções dos banhistas, nesse caso do único banhista que lutava aos tapas contra o ódio das águas. Sábios corpos adaptados à guarita-jaula, os olhos vigiavam a que distância estava o nadador, calculando-a em função das perpendiculares dos redemoinhos. Fincados na areia, os cartazes avisavam as zonas proibidas, mas de vez em quando a força das águas aproximava o único banhista das perpendiculares fatídicas. Então os corpos jovens e indolentes recuperavam a razão de ser, um apito prateado de guardas de trânsito aparecia entre os lábios imensos e as apitadelas se alçavam sobre o fragor do mar para advertir o nadador. Ginés compreendia a advertência e lutava para se afastar da tentação da morte. Dava braçadas cegas contra o mar irritado, ria até gemer quando batia com os punhos cerrados na cara babosa das ondas mais altas. Brincando com a própria força, elas o soltavam da consistência movediça do chão de areia e conchas brancas, levantavam-no com falsa suavidade e o atraíam mar adentro ou o deslocavam em diagonal, como se quisessem empurrá-lo para os sumidouros da morte. Ele procurou um lugar aonde o mar chegasse enfraquecido, a fim de retomar o fôlego e a segurança do pé firme. Mas, ao levantar os olhos, verificou que o céu azul perdera a batalha contra as nuvens e que todo mundo, ele também, estava coberto por um toldo cinza exasperador. E, para completar, rugiu a trovoada como um aviso a chegar do oeste transformado quase sem trégua numa chuva quente, primeiro branda, depois furiosa, como fios de pedra que quisessem espetá-lo, ensimesmá-lo em sua batalha perdida contra os elementos. Ficar ali com água até o peito, com o dilúvio sobre a cabeça, e com as águas do céu confundidas com as lágrimas que saíam aos borbotões de seus olhos, com as aflições cada vez mais incontroláveis. Através das cortinas de chuva e lágrimas, o mar era uma opção: avançar para as profundezas definitivas e afundar para sempre a pedra escura que ocupava seu cérebro, ou voltar para a praia e recuperar a penumbra de uma fuga frustrada. E, no entanto, o mar morno em que estava imerso lhe transmitia um calor de abrigo, como uma manta, um corpo de mulher ou a sensação de estar em casa num dia de outono, a chuva do outro lado da vidraça. De algum lugar onde mora a lembrança foi crescendo o rosto da mulher até coincidir com a dimensão de sua própria cabeça e depois transbordá-la e fazer-se um horizonte total de traços diluídos pelas águas.

"Encarna", sussurou, e começou a chorar convulsamente, como se tivesse assumido de repente estar perdido numa cidade submersa.

"Se tivesse deixado comigo, chefe, tudo lhe teria saído muito mais barato."

Carvalho acabava de entrar no escritório, sentia frio nos ossos e uma certa sensação de ter se enganado de dia ou de ano. A voz de Biscuter parecia-lhe uma paisagem sonora sem interesse, e custou a se dar conta de que ele insistia.

"E não me diga que um dia é um dia, mas poderíamos tê-lo festejado na sua casa de Vallvidrera ou aqui. Tenho umas velas que comprei na liquidação da loja de velas da rua del Bisbe. Tudo mais íntimo, mais pessoal, sei lá."

"O que há para celebrar?"

"Puxa, que desinformado, chefe. É fim de ano e telefonaram do La Odisea. Nossa mesa está reservada."

"Fim de ano."

"Mesa para três: o senhor, a senhorita Charo e eu. Vou ter que pôr gravata."

"Você adora pôr gravata."

"A gravata me cai igual a corda para um enforcado. Olhe só o meu pescoço."

De fato, parecia o pescoço cuidadosamente estrangulado por um verdugo insistente e lento.

"Além disso, comprei umas velas que matam os mosquitos."

"Aqui não tem mosquitos."

"Caso apareçam. Estavam por ótimo preço. Esse negócio do restaurante, chefe, não me convence. Vai sair caríssimo e nos darão quatro porcarias."

"O La Odisea é um restaurante sério. O dono é poeta."

"Pois sim. Com a fome que passam os poetas."

Carvalho examinou os telefonemas anotados por Biscuter.

"Quem é esse Gálvez?"

"Disse que é jornalista, que se meteu em muitas encrencas com a polícia, que os caras do ETA o seqüestraram por sei lá que confusão com a firma Sofico e que quer lhe contar toda a verdade sobre o canal do Panamá."

"Sobre o canal do Panamá eu sei o suficiente."

"Disse que telefonaria de novo."

"Se voltar a ligar, diga que entre em contato com o escritório dos objetos perdidos do Partido Socialista espanhol. E esse Federico III de Castela-León?"

"Um pirado, chefe. Diz que é o rei legítimo de Castela-León e que os ultras querem seqüestrá-lo para destronar Juan Carlos e pôr ele no lugar. Mas não quer porque é republicano. Acho que anotei tudo tal como ele contou."

"Pelo visto, soltaram todos os loucos esta semana. Prepare alguma coisa para o meu café-da-manhã."

"Reesquento as crepes de pé de porco e *aïoli* que sobraram de ontem?"

"Prefiro um sanduíche de peixe frito, frio, com pimentão e berinjela. E o pão, com tomate."

Biscuter emitiu o som de um motor a explosão no momento de pegar a reta final do Grande Prêmio de Montecarlo e correu para a cozinha. Carvalho jogou o caderninho de recados para um canto mais desimpedido daquela mesa que era um verdadeiro aparador de papéis variados, a maioria obsoleta. Sabia que no meio daquela papelada havia um recibo para pegar os ternos reformados por um alfaiate da praça Sarrià, mas procurá-lo seria uma tarefa já para 1984.

"Amanhã é outro dia."

Em compensação, estava ansioso para discar um número de telefone que anotara numa caixa de fósforos. A senhora Valdez está? Quem quer falar? É a Benemérita, respondeu Carvalho, e se pôs a pensar em si mesmo telefonando para a sra. Valdez, até que a voz da mulher o obrigou a enfiar-se de novo na própria pele.

"Sou um detetive particular que trabalha a pedido de seu marido para vigiar a senhora. Acabo de chegar do aeroporto. Seu marido tinha marcado um encontro comigo ali para me pagar e se despedir."

"Se despedir? Mas é impossível. Temos um jantar justamente hoje à noite."

"Adie. Seu marido foi para as ilhas Maldivas com sua cunhada."

"Com a cunhada de quem? Com minha cunhada?"

"Não, com a cunhada de seu marido."

"Com minha irmã?"

"Cabem outras possibilidades, mas temo que sim. Comunico isso à senhora porque estava incluído no preço. Seu marido é uma mistura rara de sádico e masoquista. Quando informei a ele o seu comportamento, acrescentou cinqüenta mil pesetas aos meus honorários, em troca de que eu lhe desse este telefonema."

Calava-se, mas não chorava.

"Que informação o senhor lhe deu?"

"A de seus encontros com don Carlos Prats Gasolí no hotelzinho da avenida do Hospital Militar, mais conhecido como La Casita Verde."

"O senhor estava lá?"

"Em duas ou três ocasiões tive a sorte de presenciar a sua entrada."

"Sua profissão é repugnante."

"A culpa é da moral estabelecida. Vocês, ricos, é que inventaram. Estão se queixando do quê? Mudem essa moral e não precisarão de detetives particulares. Enquanto isso, sou um profissional que cumpre suas obrigações. Seu marido está nas Maldivas até depois do Dia de Reis. Em seguida pensa em se instalar na República Dominicana. Deixou à sua disposição a conta do Hispano Americano; em compensação, esvaziou a do Central e a do Banco Catalana."

"As melhores."

"Costuma acontecer. Primeiro a paixão desaparece, depois o amor. Desaparecem até a ternura e o hábito de estar juntos. No fim de tudo, as contas correntes viram fumaça."

"E por que ele não me disse tudo isso de viva voz ou por escrito?"

"Por escrito era uma prova legal e de viva voz era um esforço sem contrapartida. Durante o pouco tempo em que tratei com seu marido percebi que ele odiava enfrentar os conflitos."

"Não quero voltar a ouvir sua voz repugnante."

"Não se preocupe. Não costumo trabalhar de graça. Já terminei."

Desligou o telefone e pensou: merda. Biscuter carregava um sólido sanduíche que colocou na frente dele, como uma oferenda.

"Pedi um sanduíche, não uma merluza inteira."

"Pelo que ouvi, o senhor madrugou e precisa repor as forças. Peixe tem muito fósforo. É bom para a memória."

"Tenho memória demais. Biscuter, um dia desses fecho o escritório e vamos, você e eu, como colonos para a Austrália."

"E a senhorita Charo?"

"Charo é seu xodó."

Mas Charo estava ali, na porta, com as faces encaloradas e a respiração entrecortada.

"Ainda bem que o encontrei, Pepe. Liguei para a sua casa e você não estava."

"O jantar é esta noite."

"Agora, nada de jantares. Você tem que me ajudar, por favor, não diga nada. Deixe comigo. Bem. Não sei por onde começar."

Charo mantinha a porta aberta com uma perna, a outra apenas introduzida no escritório.

"Eu ia comer este sanduíche."

"Justamente, estávamos falando da senhorita."

"Por favor, Pepe, por favor. Biscuter, leve o sanduíche para a cozinha. Esperem, volto já. Virei acompanhada. Pepe, já lhe falei algumas vezes de minha prima Mariquita. A filha de uma irmã de minha mãe, de Águilas, eu lhe falei dela, Pepe, garanto. Você vai recebê-la. Aconteceu uma coisa incrível com ela. Com ela, não, com outra prima minha, a Encarnación. Também lhe falei dela. A de Albacete. Não saia daí. Volto já."

Um vôo de gabardine levou-a por onde viera. Carvalho pediu a Biscuter que levasse o sanduíche para a cozinha e enfrentou a porta de seu próprio escritório como se fosse a cortina de um cenário. Soavam as campainhas. Apagavam-se as luzes. O espetáculo ia começar.

* * *

"Não vamos incomodá-lo. É só um instantinho."

Charo abria a marcha e o sorriso, sem olhar para o rosto de Carvalho, para nele não enxergar a tempestade ou o fastio. Atrás, se abrigava a evidente prima Mariquita, uma cinqüentona de permanente e bonitas feições grandes de mulher robusta, morena e muito envelhecida. E, como se as duas mulheres fossem um obstáculo a ultrapassar por seus flancos direito e esquerdo, postaram-se no escritório dois homens jovens. Um deles parecia uma nova modalidade de concertista de violoncelo, cabelo eriçado e oclinhos de brincadeira, e o outro tinha cara de bancário romântico, de gravata-borboleta, míope, louro, de cabelo ralo, pálido como uma lua cheia. O concertista criou uma composição de lugar examinando os objetos como se os inventariasse, e a Carvalho como se fosse um elemento imprescindível. O bancário, por sua vez, procurou uma cadeira, levou-a para um canto da sala e se sentou cruzando as pernas e tentando olhar para todos os lados menos um: aquele onde estava Carvalho. O detetive ia se aproximar dele quando a voz de Charo impôs as condições da reunião.

"Minha prima Mariquita, Mariquita Abellán, não iria incomodá-lo se o assunto não fosse grave. Este é Andrés, filho dela, e este é Narcís Pons, um amigo que os ajudou muito nesse caso."

O da cara de bancário sorriu pelo processo de alargar o risco da boca, uma fenda num rosto de mármore cor de manteiga.

"Vieram os meninos porque com o meu marido não se pode contar."

Era evidente que com o marido de Mariquita não se podia contar. Carvalho não estava disposto a facilitar as coisas e permaneceu numa contemplação pouco interessada do que acontecia mais para lá de sua mesa de trabalho. Charo procurava cadeiras e Mariquita mordia os lábios com os dentes. Andrés agora olhava para ele, e o ritmo de seus pensamentos era marcado pelas subidas e descidas de um pomo-de-adão enorme. O bancário ajeitava a calça para tapar a evidência de uma panturrilha fina, branca, imberbe, venosa, e assim deixava à mostra a barra da calça cinza-chumbo e a estreita fronteira das meias inexplicavelmente marrom.

"Meu marido é que tinha que ter tomado essa iniciativa", opinou de supetão a prima de Charo, como se estivesse achando muito feio o comportamento do ausente.

"Está me dando vontade de conhecê-lo. Deve ser um cara notável", Carvalho comentou, como se falasse com os papéis que ele mudava de lugar em cima do tampo da mesa.

"Não está bem. Meu marido não está bem."

E Mariquita levou um dedo à têmpora.

"Pensa muito e é um perigo pensar, sobretudo quando se têm tantas horas de folga. Meu marido é um desocupado."

"Quem o viu e quem o vê."

Charo tinha conseguido uma cadeira e se sentara mais perto de Carvalho do que seus acompanhantes.

"Se você tivesse conhecido ele há uns anos, Pepe, uma maravilha. Divertido, alegre, forte... Perder o emprego e se desmontar inteiro..."

Mariquita havia tirado o lenço de algum lugar e passou uma ponta no cantinho de cada olho, para desgosto evidente do filho, que cabeceou e levou o olhar para uma das paredes laterais, como se não quisesse ser testemunha da emoção da mãe.

"Já lhe falei desse assunto, Pepe. Trata-se de outra prima, irmã de Mariquita, minha prima Encarnación. Algum dia devo ter lhe falado a respeito."

Carvalho não estava disposto a admitir isso, mas Charo não se deu por achada.

"Era a irmã caçula de Mariquita, você sabe, e tomou outros rumos. Estava muito bem casada em Albacete, embora a família seja de Águilas, bem, Águilas, Cartagena, Mazarrón, toda aquela parte. Mas Encarnita se casou com um senhor de Albacete e vivia em Albacete. As duas irmãs não se relacionavam muito."

"Quase nada. E bem mal, para o meu gosto", interrompeu Mariquita com os olhos atormentados pela ardência das lágrimas contidas.

"Bem, o problema não é este. O fato é que há uns meses... mas conte você, mulher, que sabe mais do que se trata."

Mariquita suspirou e se dirigiu ao filho com voz de resfriada:

"Quer explicar você, nenê?"

"Você está farta de saber, estou fora de todo esse rolo."

"Ele está fora de todo esse rolo", repetiu Mariquita com um toque de ironia dirigido a Carvalho, como procurando sua compreensão diante da colaboração nula do filho. "A mim me ensinaram a respeitar os mortos", gritou a mulher em direção às costas do filho. O rapaz se limitou a dizer que sim, com a cabeça, sem virar a cara. "Desde que aquilo aconteceu não consigo dormir. Toda noite me aparece o cadáver de minha irmã e me diz: Mariquita, Mariquita, ajude-me, dê-me paz, dê-me paz, Mariquita."

Caiu no choro e entre balbuceios e asfixias se queixou de sua sorte de mulher sozinha, praticamente sozinha para enfrentar uma coisa tão terrível.

"Coitadinha. Em que estado a deixaram. Minha mãe do céu, é de dar dó no coração. Em que estado a deixaram. Coitadinha."

Biscuter tinha aparecido na porta de comunicação entre a sala e a pequena cozinha, atraído pelo choro incontido da mulher. Enxugava as mãos sem saber onde pôr os olhos, sem saber quem era o culpado por tanto desconsolo.

"É que, Pepe, foi horrível...", interveio Charo, e fechou os olhos e a boca.

O silêncio que se seguiu contribuiu para ressaltar o filete de lágrimas que saía dos lábios apertados da mulher.

O filho virara o rosto para os presentes e olhava para a mãe com pena e impotência. O bancário parecia esperar que a orquestra desse os primeiros acordes e se preparava para assumir a situação. Armazenava ar nos pulmões, achatava os restos de cabelo com as mãos, introduzia um dedo entre a gola da camisa e a pele para sentir que estava livre a passagem de ar dos pulmões ao cérebro. Mas foi o filho que encarou Carvalho.

"É que deixaram minha tia num estado de dar dó. Uma carnificina. O cadáver estava de dar pena. Estava todo arrebentado. Todo arrebentado. Fui reconhecê-lo com minha mãe e, bem... não dá para esquecer. Aquilo não era um ser humano. O cadáver estava todo arrebentado."

Charo e Mariquita faziam que sim com a cabeça, confiantes de que Andrés conseguiria coragem suficiente para acabar de contar os fatos. Mas o rapaz parecia satisfeito com sua atuação e se retirava de novo para a contemplação distanciada da parede lateral direita, onde Biscuter tinha se transformado na única paisagem, natureza morta de boneco quebrado.

"Se me permitem, já que se trata de um assunto de família, mas tendo em vista que para vocês, logicamente, é difícil explicar a questão, pediria que me dessem a palavra."

Falara o rosto pálido, e Carvalho ficou sem saber se seus olhos sorriam ou simplesmente tentavam subir das profundezas oceânicas das dioptrias. A família Abellán abdicou do protagonismo e abriu um caminho de silêncio pelo qual avançou aquele rosto branco e vítreo.

"O senhor tem uma idéia exata do que estão tentando lhe explicar?"

Carvalho negou com a cabeça.

"Eu imaginava. Eles falaram com o coração. Vou fazê-lo com a cabeça. Quando dizem que o cadáver estava todo arrebentado querem dizer que apareceu esquartejado, desossado. Primeiro foram encontrados o tórax e o abdômen, dentro de um barril, num terreno baldio. O resto, semi-enterrado. Perto da Colonia Güell. Essas partes também não estavam inteiras. Extirparam a genitália, por dentro e por fora, quer dizer, fizeram um esvaziamento completo, repito, completo do aparelho sexual e reprodutor."

Agora o sorriso dele era de chinês paciente à espera do desmaio dos interlocutores. Carvalho divagou o olhar pelos cantos do escritório e passou por cima do evidente congelamento que sentira o corpo de Biscuter, do esforço para não chorar que diminuía o corpo de Mariquita, e do inesperado interesse pelas formigas que demonstravam os olhos de Andrés.

"Mas não é só isso. Também atacaram furiosamente o tórax e o abdômen, e pode-se dizer que só o coração, um pulmão, o esôfago, o estômago, o fígado, os rins e o pâncreas eram órgãos identificáveis."

"Até que não está tão mal assim", Carvalho comentou depois de um pigarro.

"Mas repito: o corpo foi desossado, com uma estranha perícia, perícia de um anatomista. O senhor se perguntará como, com tão poucos e mutilados elementos, foi possível chegar à conclusão de que o cadáver era de Encarna Abellán."

Fez uma pausa à espera de que Carvalho confirmasse a pergunta. Carvalho não quis decepcioná-lo e fechou os olhos.

"Imagine o senhor, é um relato muito curioso. Tive uma conversa com o médico legista, porque sempre me interessei por criminologia, e não é para me gabar, mas essa consulta profissional se deve sobretudo a meus conselhos, felizmente acatados pela família Abellán. Pois bem, o médico legista se encarregou dos restos e percebeu a existência de uma cicatriz num naco de carne que parecia corresponder ao abdômen. Depois pensou que não era uma cicatriz porque não se distinguiam as pontas da agulha nas costuras, como costuma acontecer numa cicatriz. Finalmente, um exame mais detalhado o fez chegar à conclusão de que sim, era uma cicatriz, resultado de uma operação de histerectomia, e por aí começou a possibilidade de identificar o cadáver, possibilidade que o levou a estabelecer a identidade: Encarnación Abellán tinha sofrido uma histerectomia."

"O senhor é médico, ou estudante de medicina?"

"Não", respondeu o bancário, com os olhinhos fechados e um sorriso deliciado pelo interesse que havia provocado em Carvalho.

"Intelectual?"

"Não."

"Mas parece um rapaz culto."

"Procuro ser. Sou autodidata."

Meteu a mão pequena, fina, branca no bolso interno do casaco e tirou dele um cartão de visita que entregou a Carvalho:

NARCÍS PONS PUIG
Autodidata
Ronda de Sant Pere, 17

Carvalho ficou brincando com o cartão e olhou de alto a baixo o autodidata.

"Já temos o cadáver despedaçado e identificado. O que mais?"

"A descoberta foi há três meses. A polícia ainda não encontrou o assassino. Modestamente posso lhe dizer que tenho algumas idéias sobre o assunto. Sou amigo da família, segui o caso desde o início."

"E o que eu tenho a ver com tudo isso?"

Foi Charo que se antecipou ao bracejo expressivo da prima e disse:

"Queremos que você desfaça esse rolo."

"Posso dar-lhes alguns conselhos grátis e, depois, até logo, passem bem."

"Não queremos conselhos. Queremos que você pegue o caso."

"Duas primas, um filho desobediente, um autodidata... Só falta um cliente."

"O cliente sou eu", disse Charo categoricamente, ao mesmo tempo em que punha a bolsa no colo, como se estivesse disposta a atender a qualquer pedido de dinheiro de Carvalho.

Sustentaram-se os olhares. O de Charo era de desafio. O de Carvalho, de ceticismo.

"Pepe, minha mãe sempre me falava de uma viagem que tinha feito quando era criança, de barco, até Águilas. Meu avô era da Guarda de Assalto criada pelos republicanos, tinha nascido em Águilas e queria que sua filha mais velha conhecesse o povoado onde nascera. Antes da guerra havia uma linha regular entre Barcelona e Águilas, porque o porto de Águilas era importante ou sei lá por quê, mas a verdade é que meu avô entregou minha mãe aos cuidados de um amigo de juventude, embarcado no *María Ramos* na qualidade de sei lá o quê, é uma pena que minha mãe tenha morrido, porque às vezes coisas que ela recordava eu já não recordo, e é uma pena que se percam as lembranças das pessoas que nos amaram, me aflige a consciência de perder as lembranças de minha mãe, tenho certeza de que ela me contava para que eu as conservasse. Minha mãe foi para Águilas e lá ficou um longo verão na casa dos pais de Mariquita e Encarnación. Havia outros irmãos, mas não sei que fim levaram, eram mais velhos, um está na Alemanha, acho, e o outro era sucateiro em Torre Baró, faz muitos anos, estou lhe falando de... bem, deixa pra lá. Nessa época Mariquita era uma menina e Encarnación ainda não tinha nascido. Para minha mãe foi o verão mais feliz de sua vida. Há nomes daquele verão que passaram para minha memória como se tivessem algo a ver com minha vida: a praia del Hornillo, o coreto de Águilas, a Casita Verde, a praça de touros, a rua Cañería Alta, os sorvetes Sirvent, um cartaz com o anúncio do ungüento Sloan, o fotógrafo Matrán. O cartaz, eu vi lá em casa, naquilo que era minha casa. Em Águilas minha mãe teve seu primeiro pretendente, um barbeiro, e Mariquita servia de pau-de-cabeleira quando iam passear pelo porto. Embora fosse uma menina, Mariquita já trabalhava, na colheita de esparto ou nas fábricas de salgar peixes, ou na de figos secos, não me lembro bem, talvez fosse uma fábrica de conservas de alcaparras. Depois veio a guerra, acabou a guerra, lá para baixo houve muita miséria e quase todos os membros da família de meu avô foram emigrando para Barcelona. Meu pai e minha mãe viviam na casa de meus avós e desde que nasci me lembro daquela casa como um depósito provisório de imigrantes. Havia noites em que não conseguia nem dormir com minha avó e improvisavam para mim uma cama, com duas cadeiras e a tábua que minha mãe usava para costurar. Eu era muito pequena, mas me lembro da chegada de Mariquita com os pais dela e de uma menina pequena, quase um bebê, era sua irmã Encarnación, estava muito doente, tinha uma infecção grave nos ouvidos e o médico receitou penicilina, imagine, penicilina, na época parecia uma coisa de magia, aqueles frasquinhos pequenos, como de brinquedo, e parecia uma brincadeira a mistura do pó branco com a água destilada. Ficaram em casa uns meses até que encontraram um barraco em Torre Baró, que o filho mais velho conseguiu. As coisas para eles não correram muito bem. Mariquita arrumou trabalho na Aismalíbar, depois se casou e teve filhos, aquele que você conheceu hoje é o do meio. Mas para os velhos as coisas não correram bem. Ele morreu de tuberculose e ela voltou para Águilas com a filha pequena, Encarnación, para cuidar de uma tia velha e rica, acho que a única rica que tivemos na família. A partir daí, as duas irmãs levaram vidas separadas e muito diferentes. Mariquita se casou com um bom rapaz, muito trabalhador, que ela conheceu na Aismalíbar. Encarnación começou a trabalhar como empregada na casa de um médico de Cartagena, depois nas fábricas dos Muñoz Calero, outro nome que me apareceu de repente na cabeça, em Águilas, fábricas de figos secos ou de alcaparras, acho. Até que de repente aconteceu o inesperado. Conheceu um veranista de classe alta, um filhinho-de-papai de Albacete que estava se preparando para um concurso para tabelião, mas a família dele tinha tanto dinheiro que ele não precisava ser tabelião nem nada. Ninguém da família nunca soube como foi aquilo. Os dois se conheceram. Noivaram. Casaram, e desde esse momento Encarna deixou de existir para a família, só de vez em quando voltava a Águilas para ver a mãe e só uma vez a convidou para sua casa em Albacete, para passar o Natal. Minha tia ficou doente, Mariquita a levou para Montcada, Mariquita vive em Montcada, e quando ela piorou não houve outro jeito senão pô-la no Lar Mundet para que cuidassem dela. Quando a velha morreu, Encarna veio ao enterro, mas sem o marido, e, olhe, menino, nem que fosse a Grace Kelly, você não pode imaginar a madame que chegou. Com o que custava um de seus vestidos eu me vestia o ano inteiro, e não posso me queixar, mas imagine a pobre Mariquita e os outros parentes. Ficaram todos de boca aberta, e além disso ela estava num carro alugado com chofer, era ela, aquela bonequinha chorona que eu tinha visto na minha casa em criança, com uma infecção de ouvido que tiveram que perfurar para tirar o pus. Eu disse isso a ela, contei tudo e me deu a impressão de que não gostava de rememorar aqueles anos. Muito amável, isto sim, mas mais fria que meus pés no inverno, Pepe, fria como uma embaixatriz no Pólo Norte, e não ria, Pepe, fiquei com muita pena porque parecia que ela precisava de um salto alto postiço para ser mais alta que nós. O resto eu sei porque a Mariquita me contou. Apareceu seu cadáver, bem, os pedaços dos quais lhe falou esse cara metido a besta, parte num barril, parte semi-enterrados em Sant Boi, atrás da Colonia Güell, um cachorro os farejou, começou a escavar e assim ela apareceu. Quando conseguiram identificar aquela carnificina, chamaram o marido e por ele a família ficou sabendo o que tinha acontecido. Ninguém explica o que essa mulher fazia em Barcelona, embora o marido tenha declarado que de vez em quando viesse a Barcelona para ver médicos, ora o dos rins, ora o oculista, não tinham filhos e bem se vê que Encarna andava muito neurótica. Ao que parece, mataram-na a pancadas e depois a despedaçaram para que não a reconhecessem, não sei, tudo isso é muito confuso e ninguém esclarece nada, a questão é que o marido se deu por satisfeito, e zás-trás, voltou para Albacete, ninguém o viu derramar nem uma lágrima, e deixou a coitada da Mariquita transtornada, transtornadíssima, Pepe, que ela nem dorme porque acha que podia ter feito mais pela garotinha, como diz, e embora eu lhe diga que não, que a fulana era cheia de si, que dava a impressão de ter tudo, de não precisar nada de ninguém, Mariquita não se convence, e se ainda fosse pouco o metido a besta, ou autodidata, como você diz, pois é, esse aí, pelo visto, passa o dia todo farejando os restos dessa história e está decidido a mostrar que tem gato escondido, que tem algo obscuro, sinistro, nesse crime, e que não se pode atribuí-lo a um estuprador assustado com vontade de se livrar do cadáver. Aqui tem um acerto de contas, insiste o metido a besta, e era só o que faltava para Mariquita cair num estado de prostração e parar de viver, e, como se não bastasse, com o marido desempregado, meio louco, um filho no serviço militar, o outro meio foragido porque a polícia o procura por consumo e tráfico de droga, dois filhos pequenos que ainda estão em idade de gastar e o rapaz que você conheceu, que quer estudar e ser jornalista, enfim, que toda a casa cai em cima dela. Dá muita pena e quero ajudá-la, além disso é a única família que me resta e sei que meu pai gostaria que eu lhe desse uma mão. Até morrer, minha mãe se lembrava dos aniversários e dos santos dos dias de nascimento de todos os membros da família. Eu pago a você o que for, e o metido a besta também vai pôr uma grana, não sei por quê, mas o cara está muito interessado, é amigo de Andrés, o filho de Mariquita. Talvez o marido de Encarna, se ficar sabendo que o caso não está encerrado, também tenha interesse em colaborar. O que você acha?"

O rosto de Charo é apenas dois olhos brilhantes na penumbra. Uma língua de luz amarela sai pela porta que leva à pequena área onde Biscuter é o rei que cozinha ou dorme. Agora Biscuter está tomando banho, escutam-se a chuva da ducha e um tênue assobio de animal feliz recriando *C'est si bon.*

"Desculpe, Pepe. Foi como um assalto, mas ontem Mariquita me ligou, me contou tudo e não sabia a quem socorrer."

Nas Ramblas acenderam-se as últimas luzes de 1983, amanhã iluminarão outro ano, uma chicotada do tempo flagela o coração de Carvalho, ou talvez seja uma pulsação atrasada no compasso da história que Charo contou. São sete da noite. Alguém pôs a noite em seu lugar, na hora exata, como pôs o *Jingle Bells* que escapa de uma loja de discos por perto e se apodera do assobio de um Biscuter disposto a viver a emoção de terminar o ano num restaurante chique, cara a cara com Carvalho e Charo. Os sentimentos adoçam o sangue, pensou Carvalho.

"Você tem alguma foto da falecida?"

Charo procura e reprocura nas profundezas da bolsa e finalmente tira um envelope azul que entrega a Carvalho. Ele acende a luz do abajur da mesa e a foto que sai do envelope fica como um pássaro aprisionado pela mão de Carvalho debaixo da crueza de uma luz branca.

"Aqui era uma menina."

"É a foto que Mariquita guardava. Nessa foto tinha dezesseis anos."

Uma mocinha delicada e morena, de olhos grandes, pretos, e uma boca parecendo sensual embora finalizada por um batom exagerado, e ao fundo um casal dançando numa festa e um fragmento de orquestra, orquestra Fascinación, e, no verso da foto, "Águilas, agosto de 1956", "Dançando *La niña de Puerto Rico*, beijos", e uma assinatura de colegial com pouca vontade de escrever, um "Encarna" grande como uma batata, rodeado por um traço que parece uma fronteira entre o nome e o resto do mundo. De novo o rosto sob a luz, e, apesar da velhice do flash de um fotógrafo de vilarejo, tem algo na atitude do corpo que obriga os olhos de Carvalho a repetirem trajetos, um estar e não estar, um olhar e não olhar, um sorrir e não sorrir, uma foto de tipo carinhoso e recordatório, que sem dúvida a mãe recomendou que ela enviasse à irmã, para que ela veja seu vestido novo, mas a garota está em outro lugar.

"Era bonita."

"Muito linda, muito fina. Minha tia também era muito bonita, e Mariquita não é um monstro, embora esteja muito estropiada, coitadinha, com a vida que leva."

"Não há fotos mais recentes? Cartas?"

Charo faz que não com a cabeça e Carvalho repete o não como se o dirigindo a si mesmo.

"Sabe o que você está me pedindo? Que eu desenterre um caso que cheira a podre, pedaço de carne por pedaço de carne, sem ajuda da polícia, sem que isso interesse nem um pingo ao marido, sem mais interesse do que o de sua prima, o seu, o desse autodidata filho-da-puta, a quem por certo não perguntei em que ele é autodidata."

"Ele tem uma loja de eletrodomésticos em Montcada."

"Um cliente adimplente."

Biscuter irrompe e se apodera do aposento utilizando o recurso de acender a luz do teto.

"Que tal?"

Usa um casaco de veludo cotelê preto, calça cinza, camisa azul com abotoaduras de prata e uma gravata encarnada, sobre o corpinho de rã esfolada que a natureza lhe deu. Charo aplaude, Carvalho comenta: você vai ser a rainha do baile. Biscuter dá uma volta sobre si mesmo e se explica:

"Quando tem que se vestir, tem que se vestir, chefe. Não gosto de deixar os amigos no ridículo."

Talvez confiantes na inesgotável luminosidade dos trópicos, os arquitetos daquele jardim não tinham calculado o número suficiente de pontos de luz para que a noite, sobretudo a noite do último dia do ano, fosse expulsa para as estrelas. Nem sequer havia estrelas, ou havia, seqüestradas no bosque escuro das nuvens, e uma brisa fina mexia as lâmpadas coloridas, semeando inquietude de sombras, vaivéns de luzes para a circunspecção estudada dos casais com roupas de festa que iam ocupando as mesas separadas ao ar livre, com a tranqüilidade que dá aquilo que é desfrutado de antemão, pago de antemão. Marginalizado numa mesa pequena, longe da orquestra, ao lado da piscina adormecida, Ginés observava o ritmo da chegada dos casais, ora simples, ora casais duplos ou triplos ou quádruplos, mas sempre casais, nos quais às vezes se penduravam adolescentes entediados ou crianças predispostas à aventura da noite em claro. Casais brancos capturados no Holiday Inn por causa do mau tempo e da impossibilidade de encontrar lugar nos fokkers para Tobago, mas sobretudo casais negros e hindus de Port of Spain, com um orçamento suficiente para ir ao réveillon do Holiday Inn, segundo réveillon da cidade, a uma distância digna da qualidade engrandecida do réveillon do Hilton. Mesocracia obscura proprietária das lojas de uma cidade portuária, capatazes das indústrias do asfalto e da copra, representantes das marcas estrangeiras que davam a Port of Spain o aspecto cotidiano de um quadro pop pintado por um naïf com os olhos cheios de *collage*, entre o tamtam feito com um barril e a coca-cola, entre o Volkswagen e a iguana. Os brancos eram americanos com ternos xadrez amarelo-príncipe-de-gales ou venezuelanos lânguidos com as veias cheias de algum derivado de petróleo. Garçonetes negras ou mulatas, fura-greves, fazendo pontaria com uma esferográfica Holiday Inn com a qual anotavam bebidas mágicas de fim de ano, com a indiferença inerente à coca-cola, à cerveja ou ao Matheus Rosé, indiferença alterável se, como Ginés, alguém lhes pedia a exceção de um Moët Chandon corrente ou até de um Alsace pago a preço de varejista numa estação lunar. Então, o olhar da garçonete estudava o cliente com atenção valorativa, como se ele tivesse cara de nota de cinqüenta dólares, além dos outros cinqüenta dólares que lhe havia custado o jantar no bufê: espigas de milho cozidas, peixe ao curry, ensopado de lombo de porco, lentilhas cozidas, rosbife, vagens macias, arroz cozido, saladas de frutas tropicais, tortas com suspiros de cartão-pedra e geléias de cores de sonhos otimistas, para uma fila de casais com elegância de trópico, parecia uma fila de suíços, ainda mais pasteurizados pelo "que dirão os outros?". Predominância de casais na faixa dos trinta anos com desejos de alto *standing* ao imitar os gestos de um telefilme americano sobre réveillons a bordo de um cruzeiro pelo Caribe.

"O senhor vai bebê-la sozinho?"

A primeira demonstração de dúvida humana por parte da garçonete introduzida no simples protocolo do toma-lá-dá-cá.

"Talvez me limite a contemplá-la. Quer uma taça?"

A garçonete levantou as sobrancelhas, a única coisa mais negra do que sua pele e do que a noite.

"É rigorosamente proibido."

Por quem o senhor me toma?, tinham-lhe dito aqueles olhos repentinamente graníticos. Ginés afastou o prato cheio de comida quase intocada, encheu uma taça e com ela ergueu um brinde na direção do conjunto de casais que começara a entrar na pista e a sacudir o esqueleto com uma prudência de escravos exibicionistas das lições aprendidas. Os únicos que mexiam o traseiro obscenamente e riam sem moderação eram os americanos brancos, decididos a se convencer de que iam ser imensamente felizes. A garçonete deixou sobre a mesa a garrafa de champanhe ao lado de uma vasilha repleta de macedônia de frutas. Foi então que soou o trovão e, sem outro aviso, a chuva desabou, negra como uma noite úmida, e as pessoas perderam a compostura para pôr a salvo suas fantasias sob as marquises ou nos salões internos, e os músicos da orquestra cobriram o instrumental eletrônico com plástico antes de se porem a salvo, ficando submergida a tropicalidade de suas *guayaberas* de cores desbotadas pelas águas implacáveis. A fuga era a única aventura com que a noite havia se deparado e as pessoas tinham se excitado com a alteração do esperado, falavam mais, mais alto, as crianças haviam perdido o freio do "não pode", e os adultos, o complexo de autocontrole numa festa. Um músico ficou de cócoras na frente de um bongô e, com as mãos, como se fossem de um raro metal negro, arrancou sons e ritmos do couro esticado, enquanto os corpos escutavam por fim sua música secreta e cercavam o percussionista, entregues cada vez mais a um ritmo íntimo, que num instante se transformou em maré de corpos que iam e vinham, fingindo o rompimento do gesto. Ginés precisou se iluminar por dentro e correu debaixo da chuva em busca de sua garrafa de champanhe. Dentro havia mais água que champanhe e, diante da evidência, ele ficou perto do barco afundado, tendo por único consolo a salada russa aguada, que foi comendo aos punhados de policromias lavadas, diante do espetáculo das sombras chinesas dos dançarinos vistos através dos copos. Seu corpo canalizava a chuva como se fosse feito para isso. Recebia-a na cabeça e depois os filetes de água lhe desciam pelo rosto, pelos ombros, empapavam sua camisa, transmitiam-lhe o tipo de alegria da água que só um foragido das regiões áridas é capaz de sentir. Viu-se a si mesmo nos secos leitos de rio dos arredores de Águilas, afastando os juncos, com as narinas repletas daquele cheiro de pó rascante e sólido, perto da silhueta da Casita Verde e, no horizonte imediato, a estrada para Terreros, as salinas, Almería. Então a água era uma festa e também uma luta, os aguadeiros com seus burros, as filas de mulheres nas fontes públicas às cinco da tarde, quando se interrompia a restrição e mulheres-cântaros lançavam-se à rua com os gestos de sempre, cumprindo uma obrigação com a qual tinham nascido.

"Não molhe os pés. Os resfriados entram pelos pés."

Quem dissera isso a ele pela primeira vez? Quando? Pouco importava, e, pensando bem, nada lhe importava naquela noite inútil entre dois anos ferozes, tão ferozes como cada um dos quarenta anos de sua vida, um estrangeiro sob a chuva num país do trópico, sem mais atrativo além de um lago de asfalto e duas metades de hindus e negros, matando-se de vez em quando para conseguir a hegemonia do *estofado de espinazo de cerdo* ou do peixe ao curry. Esta ilha não existe, e não é isso por acaso o que eu procuro? Para que voltar pelos rastros de sempre e iludir-se com a possibilidade de desaparecer mais para lá do Bósforo? Passar entre as torres de Rumeli Hisar, advertido pelos olhares dos estagnados veleiros em descanso: mais além, o abismo, termina o mundo mais além dos castelos de Murad IV, o mar Negro é um poço do qual não se volta, como lhe contara um marinheiro imbuído de bebedeira e mitologia.

"É preciso escolher um lugar onde o mundo termina. Do contrário ficaríamos dando voltas para lá e para cá, para lá e para cá. De todos os mares que conheço, o Negro é o mais preparado para ser o fim do mundo."

Os calafrios o sacudiram como um choque elétrico. A chuva amainava e algumas cabeças se atreviam a aparecer no jardim abandonado. Encaminhou-se para o interior do hotel. Hesitou entre ir para a rua e para a noite de Port of Spain com seus calipsos pasteurizados ou enfiar-se na cama. No relógio da recepção os ponteiros mediam a velhice do novo ano: vinte minutos do ano de mil novecentos e oitenta e quatro. Deram-lhe a chave do quarto junto com um telegrama que foi um tiro de canhão em seu coração. Dizia:

"O que pensa fazer? *A Rosa de Alexandria* permanece em La Guayra. Até vinte de janeiro. Germán."

O bigodudo dono-maître-cozinheiro terminava numa touca de cozinha branca, o que lhe conferia um jeito de mosqueteiro disfarçado de cozinheiro para escapar à figura do cardeal Richelieu. Embora fosse poeta não falava em verso, mas a algum ritmo secreto obedecia quando declamava o menu de ceia de fim de ano do restaurante La Odisea, a cem metros da catedral e outros tantos da Chefatura Central de Polícia, num beco chamado Cálices, e a cálice sagrado soava o nome para Carvalho, que lembrava as blasfêmias descafeinadas de seu pai, um "estou andando para a religião", que não chegava a ser um "estou cagando para a religião".

"Aperitivo: mexilhões com musselina ao alho, folheado de anchovas, outras distrações, tudo regado a espumante Odisea."

"Têm um espumante só para vocês?"

Sem pestanejar o *restaurateur* esclareceu que sim, e que, além desse, contavam com o Mas-Via de Mestres, safra de 1973.

"Salada de endívia com fígado de pato ao vinagre de champanhe, mil-folhas de cogumelos com ervas finas, robalo com ostras e azeitonas pretas, civet de javali com purê de castanhas, sorvete de pau-santo, camembert empanado com geléia de tomate, folheado de café, doces, torrões, café, e, quanto aos vinhos, branco reserva Chardonnay Raimat e tinto Odisea, safra de 78."

O *restaurateur* não queria ultrapassar a distância com a clientela, embora Carvalho fosse lá com freqüência em busca de seus pratos de fígado de ganso, mas Biscuter e Charo eram novos, e embora pouco respeito inspirasse a jactância artificial do feto, Charo sabia se comportar e estava bonita, decantada pela maquiagem branca e pelas olheiras decorrentes da última fase do papel e da vida de *A dama das camélias*.

"Por cinco mil pratas o senhor poderá servir tudo isso, hein, chefe."

O chefe era para o *restaurateur*, que recebeu a estocada moral com uma piscadela de Carvalho.

"Deixe-o, Antonio, é que este meu amigo aqui é um concorrente seu."

"Tem um restaurante?"

"Mais que restaurante, é um lavabo com cozinha, mas ali faz maravilhas."

"Se eu tivesse condições, chefe, se eu tivesse meios técnicos."

Mas as delícias do cardápio foram vencendo a resistência crítica de Biscuter, que aproveitava todas as aproximações do *restaurateur* para felicitá-lo, chegando ao auge quando se levantou, na altura do camembert empanado e acompanhado de geléia de tomate, apertou a mão do dono e proclamou para que meio restaurante o ouvisse:

"Minhas felicitações, porque só um gênio tem a idéia de fazer um camembert empanado."

E, uma vez na mesa, vermelho de vinhos e calorias, Biscuter abraçou Charo e sentenciou um categórico:

"Tinha de dizer isso porque foi uma ceia que puta-que-o-pariu!, chefe, do caralho, e eu e o senhor, chefe, estamos em condições de dizer isso porque entendemos do assunto. E a senhorita Charo, por proximidade conosco, também deve entender alguma coisa. A nós não enganam com quatro bobagens. Sabemos reconhecer as coisas bem pensadas e bem feitas. As coisas *fermas*. Hein, chefe?"

"Não me meta nisso, Biscuter, que eu, em matéria de cozinhar, sou zero. Acho que está bom e ponto final. Opinem vocês, os especialistas, você e Pepe."

O *restaurateur* chegou para sentar-se à mesa do trio e examinou o que tinham comido, com aprovações categóricas de Biscuter.

"O mais *fermo* de tudo, chefe, foi o troço do camembert empanado, e não digo pelo sabor, mas pela idéia, a idéia é importante."

Biscuter apoiava um dedinho curto e transparente em seu abaulado recipiente cerebral.

"Porque meu professor, o senhor Carvalho, já me disse isso cem vezes. Primeiro aparece a imagem, depois a idéia dessa imagem, e quando você a realiza, uma se apóia continuamente na outra. Quer dizer, a gente tem uma imagem do bacalhau com mel e é assim, assado, como num postal ou num recorte de receita de uma revista de modas, mas, bem, a coisa não fica nisso, e além do mais, enquanto essa imagem não for realizada ela não se conclui, fica faltando alguma coisa, é como se ela não acabasse de ser desenhada. E quanto ao robalo com ostras, chefe, é prato nota dez, e bem pensado também. Dá para notar que o senhor pensa."

Entre a ironia e o afago, o *restaurateur* falava com Biscuter como se fosse um boneco de ventríloquo ou um menino pedante. Mas o escudeiro de Carvalho estava imbuído de seu papel e de sua gravata e fechava os olhinhos para se proteger da fumaça do Churchill Romeo y Julieta e afinar mais a percepção de todas as propostas científicas que saíam dos lábios do *restaurateur*. Charo assistia, boquiaberta, ao encontro dialético, e Carvalho olhava para Biscuter com perplexidade e certa preocupação, recebendo de vez em quando olhares de soslaio de seu discípulo, em busca de atenção e ratificação para suas especulações.

"É que, por exemplo, a *vedella amb bolets*, bem, desculpe, a vitela com cogumelos, pois depende do que depende. De que depende?"

Olharam-se os outros três, em busca da solução para o enigma.

"Um dirá, do refogado, e sim, é verdade, depende do refogado. Dos *bolets*. Claro, dos *bolets*. Ou se é preparado com caldo ou com água. Que isso e aquilo, mais isso e mais aquilo. Mas o fundamental, o fundamental, o que é?"

Carvalho sabia onde ia parar seu discípulo, mas a voz do *restaurateur* se aventurou com a prudência da interrogação:

"A carne?"

"Exatamente! A carne. Brindemos, amigo. O senhor sabe do que se trata. Com o senhor dá gosto conversar. Eu sempre peço à senhora Amparo, minha açougueira, que me guarde *llata*, não há nada como a *llata* para fazer vitelo ensopado com *bolets*, porque a melosidade da *llata*, aquela gosminha que solta o *tendrum* que há no centro, pois bem, aquela gosminha combina pra caralho, quer dizer, pra caramba, bem, às mil maravilhas, com a gosma que sai do *bolet*, aquela aguinha espessa que sai do *bolet*. Será que eu me fiz entender?"

"Como um livro aberto."

Farto de saberes biscuterianos, o *restaurateur* deu uma desculpa para ir ver outros clientes, e Carvalho ficou no prazeroso transe de felicitar Biscuter, ao mesmo tempo que lhes chegavam os copos de marc de Champanhe, gentileza do dono, que de longe brindou em homenagem a Biscuter. Ele quis retribuir o gesto tal como merecia, e embora Charo o tenha puxado pela barra do paletó, Biscuter se levantou e, com os olhinhos vermelhos a ponto de explodir e as veias do pescoço como chaminés de sangue a pressão, gritou:

"Brindo por esse cara do cacete que nos preparou esse jantar!"

E, depois da surpresa dos ouvintes mais próximos, houve levantamentos desiguais de copos, que iam da brincadeira até a solidariedade paraetílica. O dono agüentou firme aquela encenação tão improvisada, e ficou a garrafa de marc ao alcance de Biscuter, Carvalho e Charo durante a meia hora que faltava para a meia-noite e suas badaladas rituais. Os comensais tinham diante de si dois pratinhos com as uvas, e, quando soaram as badaladas, enfiaram-nas na boca ao ritmo do relógio digital, entre tosses e lágrimas de esperança e engasgos. Soada a última badalada, beijaramse entre si os que estavam em cada mesa, e alguns tentaram, e em certos casos conseguiram, apertar as mãos dos estranhos, unidos pela comunhão do ano novo e do cardápio.

"Que bonito, chefe, que bonito!", dizia Biscuter com lágrimas nos olhos. "Eu me lembro de outra noite de fim de ano, na prisão de Lérida, chefe. E acho que o senhor também estava lá. Antonio, o *Cachas Negras*, cantava aquelas músicas com tanta energia, e os funcionários naquela noite estavam tão simpáticos, chefe, lembra-se daquela tortilha de cinco quilos de batatas que fiz na cozinha para vocês, os presos políticos? Comemos com as colheres de alumínio e estava ótima. Todos estavam bêbados e os funcionários dançavam cancã no corredor."

Depois, Biscuter saiu cantando pela rua, mas não era o único. Charo quis ir à praça del Rey ver a mancha de sangue que tinha ficado, século após século, num dos degraus do palácio del Tinell.

"Tiraram o coração de um cavaleiro e ele caiu ali. Nunca conseguiram apagar a mancha."

Biscuter carregava uma lanterna para não tropeçar nas escadas de seu habitáculo e se entreteve procurando a mancha do coração.

"Aqui! Aqui!"

Aquilo tanto podia ser uma mancha de sangue secular como o último xixi dos pobres cachorros vira-latas que tinham assistido à passagem de mil novecentos e oitenta e três para mil novecentos e oitenta e quatro sem que sua condição ou sua esperança de mudança sofresse a menor alteração. Do outro bolso de Biscuter saiu a garrafa de marc de Champagne com um resto da bebida, e diante das perguntas de Carvalho ele deu uma resposta suficiente:

"Ofereceram-nos e era um desprezo largá-la sem acabá-la e um abuso continuar ali a noite toda até terminá-la."

Esvaziaram-na pela rua e Carvalho subiu num Ford Sierra para recitar um poema que, de um esquecido cemitério de palavras, tinha chegado à sua cabeça:

Já são tantos os cadáveres
sepultos ou insepultos
quase vivos em concentrações
mortais...
é tanto encarcerado e humilhado

sob montões de injustiça...
é tanta pátria transformada em túmulo
que se pode proclamar
a paz.
Terminou a cruzada! Viva o chefe!

E para Biscuter aquele viva era um viva a Carvalho, a quem ajudou com a estridência de um pardal alçado à estatura de um condor, e para Charo era um poema triste que a fazia chorar.

"Muito bonito, Pepinho, muito bonito. Mas recite algo mais alegre, ande, que esta noite é especial."

Biscuter já estava nas alegrias dançando solitário uma *jota* navarra, ao mesmo tempo em que, com sons desafinados de tiple, amedrontava a noite com... *el vino que tiene Asunción, ni es claro, ni es tinto, ni tiene color...*

Acordou quando entardecia o dia primeiro de janeiro de mil novecentos e oitenta e quatro. Estava nu, na cama, descoberto, sentia frio, mas sentia íntimo regozijo por quase não ter vivido aquele dia. O primeiro de janeiro deveria ser proibido, e o dois de janeiro também. O ano deveria começar em vinte e um de março. Surpreendeu-se de conservar lucidez suficiente para suscitar em si mesmo reflexões tão profundas, e voltou a dormir. Depois, ao acordar às nove horas e sentir três pontadas, como que três avisos no fígado, foi que se deu conta do quanto tinha bebido na noite da véspera e da página em branco que era sua vida desde que entrara num carro até o presente. Que fim teriam levado Charo e Biscuter? Convenceu-se de que não estavam em casa depois de percorrê-la trôpego, como se não fosse a sua casa, chamando-os em voz alta caso estivessem brincando de esconde-esconde ou dormissem junto com o pileque num canto absolutamente imprevisível. Nem rastro. Talvez os houvesse abandonado numa sarjeta e eles tivessem morrido de frio cobertos pela neve. Impossível. Não nevava. Das estantes ainda cheias de livros tirou *Las buenas conciencias*, de Carlos Fuentes, um escritor mexicano que ele havia conhecido casualmente em Nova York na sua fase de agente da CIA e que lhe pareceu um intelectual que vivia de perfil, ao menos cumprimentava de perfil. Tinha lhe dado a mão enquanto olhava para o oeste. Carvalho havia recebido esse tratamento tão displicente sem que aquele cara soubesse que ele era da CIA, conhecimento que ao menos teria justificado sua atitude por motivos ideológicos. Mas Carlos Fuentes não tinha nenhum motivo para estender-lhe minimamente a mão e continuar olhando para o oeste. Estavam na casa de uma escritora judia hispanista chamada Bárbara, que ele vigiava por ordem do Departamento de Estado, porque desconfiava-se que em sua casa se preparava um desembarque clandestino na Espanha para seqüestrar Franco e substituí-lo por Juan Goytisolo. O adido cultural da embaixada da Espanha ia lhe indicando disfarçadamente quem eram as pessoas daquela party.

"Não falta nem um só comuna antifranquista. Aquela ali é a viúva *in pectore* do comuna Dashiell Hammet."

Especial interesse tinha um escritor espanhol que tentava convencer quem quisesse ouvir de que o melhor prato da cozinha espanhola, taco a taco com qualquer primor da cozinha árabe, era uma *fabada*, e dizia *fabada* com a boca cheia de vagens podres e chouriço feito com carne de burro. Carvalho travou um diálogo político com um professor espanhol de economia, exilado, que no imediato pós-guerra civil, com a ajuda da hispanista Bárbara e de uma irmã de Norman Mailer, fugira do Vale dos Caídos, para onde Franco o levara a fim de que construísse um templo expiatório em companhia de outros presos políticos. Carvalho redigiu um relatório para a CIA em que tentava demonstrar que era gente inofensiva, carente de carinho, como quase todo mundo. Ou não fora exatamente assim, mas o fato é que Carlos Fuentes o tratara com menosprezo sem o menor direito, e seu romance ia servir de material combustível básico para a fogueira que aqueceria um pouco sua casa e sua alma. Despedaçou o livro, amassou as folhas e sobre aquelas palomas mortas de papel foi construindo a arquitetura da fogueira e riscou o fósforo, que se transformou no epicentro de uma chama que começou literária e terminou numa ponta fantasmática de fumaça e desejo. Enquanto o fogo crescia ele recenseava, de rabo de olho, os livros que lhe restavam. Suficientes para ir queimando um por um, livros que havia necessitado ou amado quando acreditava que as palavras tinham algo a ver com a realidade e com a vida. Material combustível suficiente para o que lhe restava de existência ou de forças para acender sua própria chaminé. Um dia ele cairia na rua ou naquela própria sala e o levariam para um depósito de velhos como castigo por ter se deixado envelhecer, e nem sequer poderia acender o fogo com a ajuda daqueles livros que eram um embuste, por exemplo, o *Teatro Completo* de García Lorca. Um dia desses queimaria o *Teatro Completo* de Lorca, antes que a morte os separasse. Já tinha tentado queimar, certa vez, *Poeta em Nova York*, mas se distraiu relendo-o a caminho da lareira e topou com versos que lhe pareceram carregados demais de verdade:

São mentira os ares. Existe apenas
um bercinho no desvão
que lembra todas as coisas.

Tinha a cabeça cheia de bercinhos que lhe lembravam todas as coisas. Hei de queimar esse livro antes de morrer. Ou ele ou eu. Mas hoje não. Já tinha material suficiente com o de Carlos Fuentes, e a luta do fígado para se encharcar de todo o álcool que havia tomado promovia em seu interior movimentos celulares titânicos que o obrigaram a cair no sofá, sem outro horizonte visual além da recontagem das rachaduras do teto. Um dia desses a casa vai cair. A casa também. Ou a casa ou eu. Se cair a casa, os livros se salvarão, não têm ossos, nem músculos, nem cérebro, nem fígado, nem coração, são um produto de taxidermista, estão mais mortos que um cadáver. Em compensação, morrerei debaixo dos escombros. Gostaria que me incinerassem. Nem tampouco essa frase era dele, era de um escritor suíço anti-suíço que esteve na moda entre duas guerras mundiais ou entre duas guerras civis, quais as guerras pouco importa. Um escritor suíço cujo personagem fazia paelhas ao anoitecer porque estivera na Espanha junto com as Brigadas Internacionais. A culinária aproxima os povos. Só a menção à palavra "cozinha" revolvia suas profundas tripas, e um ciclone de náuseas punha-se em movimento lá no terminal de dados do estômago. Sintoma evidente de que não valia a pena tentar se levantar e de que o melhor era deixar passar aquele dia inútil e aterrissar no primeiro dia útil do ano, com o moral mais elevado. Dormiu e em seguida a mão de alguém pousou num de seus ombros e o sacudiu suavemente. O homem mantinha uma solicitude neutra, como quando alguém dá pêsames a um desconhecido ou ajuda alguém que caiu na rua a se levantar.

"Chegou o dia. O dia de ir para a prisão."

"Mas eu já cumpri pena, há anos."

"Fizemos um erro ao calcular a sua pena. Ainda faltam três meses."

"Três meses."

E, sem transição, ali está aquela prisão de grades limpas e ideais, de alumínio talvez, ou de um ferro prateado que brilha ao receber as lambadas de um sol distante. Uma multidão de funcionários verdes o reconduzem à sua condição de preso.

"Quanto me falta?"

"Já lhe dissemos. Três meses."

"Mas se eu já cumpri pena, há anos. Agora tem democracia. Não há presos políticos."

"Foi um erro. A lei é a lei."

"Enquanto isso houve anistias e eu fui da CIA."

"O governo socialista tem de ser mais escrupuloso com a lei do que qualquer outro."

O funcionário se fazia de importante. É um funcionário com autoridade, vestido de acordo com um figurino especial Ermenegildo Zegna para funcionários com autoridade, grande liquidação da temporada no El Corte Inglés.

"Eu o soltaria. Mas a oposição me acusaria de cúmplice. De comuna. Tenho antecedentes."

"O senhor também."

"Todos temos antecedentes. Mas preparei um atentado contra Franco que não chegou a se concretizar e depois fui um dos fundadores de *Cuadernos para el Diálogo*."

Agora ele entende tudo. O funcionário é igual ao Carlos Fuentes, mas agora não olha de perfil, olha de frente e está angustiado com a angústia de Carvalho.

"Três meses passam depressa."

"Vão deixar que eu me comunique com minha mulher e meus filhos."

"O senhor não tem mulher nem filhos."

"É verdade."

"Mas o deixaremos se comunicar com quem quiser. Sabe tocar violão?"

"Não. Mas aprendo rápido."

"Precisamos de um guitarrista para a missa latino-americana do domingo."

"Por que latino-americana?"

"São as melhores. Nunca assistiu a nenhuma? Tem até uma Bíblia latino-americana. Tome. Dou-lhe de presente uma. Encontrará retratos de Hélder Câmara e Fidel Castro. A Internacional Socialista não a recomenda, mas sou um heterodoxo."

E depois, corredores, trincos às costas dele como trinchantes contra ossos surpreendidos, um rastro de passos metálicos, seus passos e uma cúpula de vidro policrômico cheia de rachaduras que crescem e jogam sobre os olhos de Carvalho uma chuva finíssima de vidro quebrado. Tem que abrir os olhos para verificar que continua a ver e ali está o teto com rachaduras, as fotos de seus mortos sobre a bancada da lareira, o fogo quase apagado, os livros, o móvel-bar aberto, o frio cúbico dono e senhor da casa, o relógio que marca uma da madrugada. Dois de janeiro de mil novecentos e oitenta e quatro.

Eletrodomésticos Amperi. Desde uma lanterna até um vídeo, passando por todas as cafeteiras familiares, porta-guarda-chuvas de latão ao lado de gravuras do lago dos cisnes, abajures para quartos de toda uma vida e para *living rooms* com televisão e Enciclopédia Larousse, rádios-despertadores com alarme e sem alarme, geladeiras com cinco zonas de refrigeração, cinco, desde cogumelo e cardo cultivados em estufa até o congelamento do previamente congelado, pilhas para microcâmeras de espião japonês destacado para atuar em Montcada i Reixac, até o rádio-cassete com amplificadores estéreo para retransmissões do fim do mundo, cassetes para vídeo, filmes em vídeo: *Casbah, O espírito da colméia, La caliente niña Julieta, Cidadão Kane, Tom e Jerry.* Mulheres aborígenes com o salário extra de Natal na cabeça e os presentes do dia de Reis no coração, donas de casa sem maridos desempregados, recém-chegadas do mercado, apenas digeridos os banquetes de 24 de dezembro, do dia de Natal, de santo Estevão, 31 de dezembro. Ano novo, no horizonte o canelone do dia de Reis e talvez o ensaio de um frango com molho de uvas, como recomenda a açougueira do supermercado, porque se a gente não puser alguma coisa no molho do frango, quem é que vai comer frango? A dona dos Eletrodomésticos Amperi é um armário gordo, maduro e elegante, com um cabelo da prata mais fina e unhas manicuradas cor de sangue, mas que deixa de lado os pedidos complicados e apela para Narcís.

"*Narcís! Narcís! Surt a la botiga que no sé què volen!*"*

E Narcís aparece com um guarda-pó azul, gravata-borboleta, um tanto despenteado o pouco cabelo louro que lhe resta, os óculos caídos na ponta do nariz e o sorriso gelado com que nasceu, de animal magro, pequeno e branco. Narcís sabe tudo. Para começar, sabe o que tem e o que não tem, e, embora não deixe transparecer, descobriu Carvalho num canto da loja, no gesto de abrir e fechar uma geladeira na qual caberão todos os pedaços de um cadáver, divididos segundo as exigências de intensidade de congelamento. A mãe de Narcís é uma senhora estável atrás da caixa registradora eletrônica, catacric-catacrac 2200 pesetas, catacric-catacrac 500 pesetas da prestação da televisão a cores, catacric-catacrac 50 pesetas de pilhas, ou então a guilhotina do cartão de crédito Visa mediante consulta prévia ao caderninho com os nomes dos proscritos, porque esses caras do Visa são uns chatos-de-galocha, quando você passa cinco pesetas do limite já vêm eles criar problema, e, como tudo é feito pelas máquinas, o senhor sabe, as máquinas não fazem distinção e dizem não ou dizem sim sem lhe perguntar seu nome nem seu sobrenome. Antigamente eram escassos os cartões de crédito naquele bairro de classe média baixa, com seu operariado, mas de repente eles floresceram nas mãos inseguras dos homens que fazem compras sábado à tarde, receosos, achando que basta mostrar um cartão de crédito para que lhe dêem coisas tão caras. Com o tempo, não haverá dinheiro, comentou a sra. Pons num castelhano de vogais descomunais, o castelhano a que a obriga uma clientela majoritariamente imigrante.

"*Narcís, tenim 'Casablanca'?*"

"*La tenim.*"**

"Sente-se bem?", pergunta a jovem cliente que quer

(*) Narcís! Narcís! Venha para a loja que não sei o que estão querendo!

(**) Narcís, temos Casablanca? — Temos.

fazer uma surpresa ao marido no dia de Reis, porque o marido é gamado pela Ingrid Bergman.

"O som não é muito bom, mas a cópia está ótima."

"É que se não se sente bem..."

E Narcís põe *Casablanca* na televisão onde se testam as fitas de vídeo. Um chiado constante consegue inutilizar os efeitos sentimentais de *As time goes by*, mas a cliente deseja o filme e comenta consigo mesma que não se *sente* tão mal. Narcís dá de ombros e lança de soslaio um olhar suave e cúmplice em direção a Carvalho. Espera que o detetive se aproxime quando tiver deixado o filme perto da caixa registradora, ao lado da mãe, e ouve-se ao fundo a cliente se queixando do preço. Por esse preço ela pode ir trinta vezes ao cinema. Mas o filme é seu, minha senhora, e pode vê-lo mais de trinta vezes, mil. A sra. Pons sabe vender sem sair do lugar. Carvalho se aproximou de Narcís.

"Precisamos conversar."

"Aqui ou lá fora?"

"Aqui mesmo, se houver lugar."

"Venha."

Narcís atravessa a loja iluminada pelos neons, abre uma porta e convida Carvalho a entrar na penumbra de uma sala nos fundos, depósito cheio de estantes, caixas de papelão alinhadas segundo uma ordem oculta, mas sem dúvida eficaz, e, no fundo do depósito, de repente, uma zona de luz intensa na qual surge uma bonita mesa de nogueira, atrás dela uma cadeira giratória de couro capitonê e uma grande biblioteca repleta, que ocupa a imensidão da alta parede do fundo. Paralela à última prateleira circula uma barra de metal sobre a qual roda uma escadinha que permite passear entre os livros, e ao pé da estante um poderoso "compacto" de toca-discos, rádio, gravador.

"Este é meu país. Esta é minha pátria. Aqui passo horas a fio. Todas as que me permitem as chamadas de minha mãe. Reparou na luzinha que há sobre a porta de comunicação entre este depósito e a loja? Se está apagada, minha mãe pode me chamar, se está acesa, não. Sabe que não pode fazê-lo. Nesses momentos, é terminantemente proibido."

"Leu todos eles?"

Narcís fecha os olhos, concordando.

"E até sei parágrafos de cor. Sei quase todo Carner de cor. Sabe quem era Carner?"

"Diz-me alguma coisa."

"Foi um dos maiores poetas deste século. Maior que Elliot, que Saint-John Perse, que Maiakovski... mas... era catalão... e isso se paga."

"Qual é o preço de ser catalão?"

"O de quase não ser. Nem sequer consta a palavra catalão na carteira de identidade. E já nem falemos do passaporte."

"O senhor deve viver muito mal nesta região de imigrantes."

"Minha família já estava aqui quando eles chegaram. Meu avô tinha uma leiteria perto da estação. Com o tempo, derrubaram a casa velha e fizeram esta nova. Meu pai ficou com o térreo e montou este negócio."

"Mas o senhor se relaciona com os imigrantes. É amigo da família Abellán."

"É uma família muito interessante. Para mim, constitui quase um material sociológico. Estão em plena evolução do espanhol para o catalão. Isso está claro em Andrés. Pensa como um catalão, fala muito bem catalão e aos poucos vai cortando as raízes que o ligam ao mundo de sua mãe, de seus pais. Bem. O pai não conta. É um banana. Está condenado a morrer num canto. Deixou de ser o que era quando foi fechada a fábrica onde tinha trabalhado vinte anos. Aconselhei que o levassem a um psiquiatra e Andrés estava de acordo, mas para a mãe pareceu quase um insulto. Meu marido não está louco, meu Luis só está triste."

"Como os conheceu?"

"Eram clientes. Desde pequeno Andrés vinha comprar pequenas coisas: filtros de cafeteira, lâmpadas. É um pouco mais moço que eu e nos demos bem desde que éramos quase crianças. Tinha algo especial. Uma estranha aristocracia. Um porte. Uma estirpe. Não sei como dizer. Sim, sei como dizer, mas teria de ser por escrito."

"Não é necessário. Andrés estuda e o senhor, em compensação, é um autodidata. Andrés é filho de operários e o senhor, em compensação, é filho de burgueses."

"De pequenos-burgueses, como se dizia antes. Mas é verdade, e lógico, o que o senhor diz. Se Andrés não estudar, durante toda a sua vida será um trabalhador descapitalizado. Eu, em compensação, embora não tenha estudado, quer dizer, embora não seja um profissional da cultura, disponho deste negócio e isso me dá uma segurança para aprender por minha conta. Meu pai me fez um favor quando me obrigou a largar os estudos ao acabar o ginasial. Estudo na sala dos fundos deste negócio. De vez em quando levanto a vista e dou uma nota a mim mesmo, como se estivesse no fundo de um cofre-forte. Mais segurança, impossível. Em compensação, Andrés tem que se virar para poder se matricular e seguir, em más condições, os cursos de ciências da informação. Dá aulas. Faz bicos numa discoteca para os lados de Masrampinyo, ou vai para a vindima, como no ano passado. É muito inteligente, muito receptivo, mas cada vez tem mais medo."

"Medo de quê?"

"De que tudo o que faz não sirva para nada. Não pode se permitir, como eu, desfrutar o sentido esportivo da cultura."

Jamais perdia o sorriso. Punha-o no rosto quando acordava e só o tirava quando ia se deitar, como se fosse uma dentadura postiça. Aquela careta o eximia da obrigação de pôr outra. Era um sujeito prático.

"Pelo que disse outro dia, o senhor sugeriu a eles que me consultassem quanto ao caso de Encarnación Abellán."

"Na verdade eles sabiam que o senhor existia, através de sua... de sua namorada, acho que é sua namorada, Charo, se não me engano."

"De vez em quando tomamos o café-da-manhã juntos."

"O fato é que a partir desse dia propus a eles que o consultassem. Mas gostaria de lhe esclarecer que meu interesse por seu trabalho é muito diferente do deles. Naturalmente, a mãe de Andrés quer saber o que aconteceu com a irmã e quer que o senhor descubra. Eu, de meu lado, penso descobrir por minha conta, e o senhor me serve como ponto de referência."

"Sou um profissional."

"Eu pago uma parte importante. Exatamente setenta e cinco por cento do que vai custar."

"Por que setenta e cinco por cento e não oitenta ou setenta por cento?"

"Dividi a quantia possível em quatro partes. Assumo três: uma porque foi iniciativa minha, tem a ver com a parte que é de minha responsabilidade; outra porque o senhor, sem querer, vai me ajudar em minhas próprias investigações, e uma terceira porque considero que quem trabalha tem de ganhar."

"Conhece meus honorários?"

"Está tudo combinado com Charo."

Ao fechar os olhos levava para o interior do cérebro tudo o que Carvalho tinha dito ou ia dizer. Olharam-se, talvez se estudando, talvez porque não soubessem que palavra era conveniente articular em seguida. Narcís suspirou como se não tivesse outro jeito a não ser falar.

"Enfim. Imagino que lhe interessará conhecer a família, falar da falecida. Disponho de tempo. Posso acompanhá-lo."

Levantou-se, tirou o guarda-pó, pendurou-o num cabide preso numa das prateleiras do depósito e, de um armário, tirou o mesmo casaco de veludo cotelê com que tinha ido ao escritório de Carvalho. O detetive iniciava a viagem de volta para a loja.

"Não. Por aí não. Não precisa."

Narcís apertou uma campainha e Carvalho imaginou que a luz tinha se acendido na porta de comunicação do depósito com a loja. Depois o autodidata foi para a estante de livros e apertou com os dedos um círculo metálico incrustado na madeira. A estante girou sobre si mesma até deixar aberta uma passagem para uma sala a que chegava uma claridade natural do dia.

"Por favor."

Carvalho entrou num quartinho despojado, cujo único detalhe era uma porta metálica. Narcís o seguiu e seus dedos provocaram a reintegração da parede a seu lugar. Pela porta metálica passaram para um pátio interno e do pátio interno ganharam a rua. Carvalho não quis dar ao outro o gostinho de fazer perguntas quanto à porta secreta, mas, ao observá-lo de soslaio, percebeu que Narcís se deliciava justamente com o fato de ele ter reprimido a pergunta. Carvalho supôs que se deliciasse, porque continuava sorrindo.

"Para que lado fica a via do trem? Indo para a montanha da Mitja Costa havia um caminho de terra e uma vacaria na esquina. Quem a mantinha era um pastor de cabras aragonês que se chamava Joaquín, tinha uma filha que se chamava Aurora e um irmão que foi morto por um raio quando carregava areia do leito do Ripollet."

O autodidata concordava com as palavras de Carvalho mas não as escutava, subiu no trem na última oração.

"Um raio? O Ripollet?"

"Estou falando de quarenta anos atrás. Eu vinha passar os verões em Montcada, na casa de um pastor de cabras amigo de meus pais."

"Ah, é?"

O autodidata não se interessava pelas lembranças de Carvalho.

"Veranear em Montcada, que interessante."

"Tinha gente que veraneava ainda mais perto de Barcelona. Em Tres Torres ou Vallvidrera."

"É possível."

Nada sobrava da paisagem de antigamente. Tudo lembrava qualquer subúrbio de qualquer cidade, e Carvalho ficava incomodado com as destruições da paisagem de sua memória.

"As excursões à montanha da Mitja Costa eram fascinantes porque exploravam os buracos das pedreiras, e quando a gente é criança pensa que o Super-Homem é dono das rochas."

De quadra em quadra, de bloco em bloco, arquitetura e pessoas de aluvião.

"Uma vez uma menina caiu na estação. Na época sempre havia tumultos em torno dos trens. Faltavam trens ou sobrava gente. Mas muita gente não podia sobrar, porque fazia pouco tempo que a guerra tinha terminado."

"Faltavam trens, é evidente."

"Caiu a menina na via férrea. Imagine os gritos e os corpos vacilantes de seus acompanhantes, se se jogavam ou não se jogavam. E de repente saiu um braço da multidão. Lembro dele como um braço comprido, muito comprido, de dois ou três metros, talvez mais, e forte, como o de um gigante. E do braço brotou a mão que puxou a menina e a alçou para a plataforma bem no instante em que chegava o trem."

O autodidata tinha escolhido uma porta que dava para um saguão cinza mobiliado com poltronas de plástico cinza e completado com caixas de correio de metal verde. A assepsia geométrica da escada parecia desvirtuada pela gritaria de uma vida abundante e plebéia: mulheres que se queixavam dos filhos, das vizinhas ou da sorte e meninos que se queixavam de sê-lo, mais algumas portas batendo, muitos rádios e socos contra a porta de um elevador que sempre chegava atrasado.

"É no quarto andar."

Subiu na frente de Carvalho, com agilidade e coragem, como se o alpinismo fosse para ele uma prática habitual, e de soslaio tentava captar a exigüidade respiratória de um Carvalho que ele supunha ser animal de escritório e poltrona. Mas Carvalho apenas lhe deixava um lance de escadas, à guisa de cortesia, e permitiu-se acender um charuto em plena subida.

"Fumar enquanto se faz exercício físico é uma barbaridade."

"O homem é um animal racional só em parte."

A porta do apartamento foi aberta por um cinqüentão mal penteado, mal barbeado, com as fraldas da camisa impondo-se às calças de veludo cotelê e a um suéter com zíper.

"Ah, é você."

E deixou a porta aberta para que entrassem os dois homens por um longo corredor mais desempapelado do que empapelado, cheio de portas fechadas e, no final, uma sala de jantar com esteiras no chão e um velho televisor que tinha visto discursos transcendentais de Franco quando ele ainda era quem era.

"Mariquita não está?"

"Não, e Andrés também não. Chegou de Mercabarna, ficou um instantinho e acaba de ir para a universidade."

"Arrumou trabalho em Mercabarna?"

"Uns dias. Para levar volumes dos clientes. Pegam garotos como biscateiros e assim não contratam operários para valer, com os quatro colhões bem roxos."

E o homem levou a mão aos colhões antes de se sentar e ficar absorto com uma caneta na mão e os olhos pendentes de um papel cheio de anotações.

"Não entendo a letra. Maldição. Não entendo a letra."

Em sua voz havia anúncio de soluço, e o autodidata pegou o papel para examiná-lo.

"Que é isso?"

"A lista de compras. Foi María que me fez antes de ir para o trabalho. O que ela põe aí?"

"Farinha para fazer bolacha, creio."

Narcís estendeu o papel a Carvalho numa consulta de urgência e o detetive confirmou com a cabeça.

"É a mesma coisa que farinha de rosca?"

"É mais ou menos a mesma coisa. Serve para empanar."

A ajuda de Carvalho conferiu brilhos de agradecimento aos olhos do homem.

"É isso. Ela quer para empanar."

O homem prosseguiu o exame da lista e largou os recém-chegados numa silenciosa espera.

"E aqui?"

"*Mamella*. Que estranho. Sabe o que é *mamella*?"

"Não precisa dizer, eu já sei o que é. Se come."

Mas a curiosidade do autodidata ia além da concordância daquele responsável pela intendência, e continuava interrogando Carvalho com o olhar.

"No meu tempo eram filés de maminha da vaca que se vendiam cozidos e se comiam passados na farinha e no ovo. Era barato e substituía a carne, com um pouco de imaginação."

"É gostosa a *mamella*."

Eram desafiadores os olhos do intendente.

"Não discuto."

"É melhor comer *mamella* do que merda."

Carvalho aprovou o julgamento fanfarrão do homem que já dera a lista por examinada e agora se levantava, pegava uma sacola de plástico presa numa tachinha na moldura da porta da cozinha e se despedia com um grunhido que não o abandonou até sair do apartamento.

"Suscetível, o homem."

"E a estas horas ainda está sereno. Voltará com uns dois copos no corpo. Mal-e-mal comerá, porque diz que não se ganha o que se come, e à noitinha continuará bebendo. De noite este apartamento pode virar um inferno. Não, não é agressivo. É depressivo. Passa as noites chorando trancado no banheiro. Primeiro foi um trabalhador reconvertido, depois um simples desempregado, e agora a família vive graças a isso que se chama economia informal: a mulher faz faxina por aí e Andrés pega o que aparece. Os menores vão a um colégio. Os outros, é como se não existissem. Ele faz trabalhos domésticos, se está de bom humor. Até que, de repente, diz que um homem é um homem e vira o balde de água suja no chão ou joga a vassoura pela janela."

"Tempos difíceis."

"Vai ser sempre assim. Temos de nos acostumar com outra cultura do trabalho. O trabalho é um bem escasso."

"Nem me fale. Já estou acostumado com essa cultura do trabalho."

"Mas o senhor é um trabalhador improdutivo, não consigo entender a mentalidade torta dessa gente que foi alguém justamente graças ao trabalho e que agora se considera parasita. Esse mal-estar, Andrés, por exemplo, ainda sente. Seus irmãos mais moços já vão pertencer a outra geração. Para eles o trabalho terá outro sentido."

"Mas também terão de comer."

"No futuro se comerá menos que agora."

Não dizia isso com ironia. Dizia a partir de uma informação segura que levava escondida em alguma dobra do cérebro.

"Muitos economistas denunciam a economia informal como um retorno aos primórdios do mercado de trabalho, entende? Como um retorno à exploração livre do homem pelo homem, como se não tivessem servido para nada cento e cinqüenta anos de lutas operárias. Mas na verdade estamos diante de um fenômeno novo que co-responsabiliza empresários e trabalhadores na salvação de um sistema em crise. O capitalismo está sendo salvo pela classe operária, que inclusive se dispõe a não ter trabalho ou a trabalhar em condições piores que as de um escravo."

"Em troca de quê?"

"Em troca de não ser obrigada a fazer a revolução, ou pelo menos a tentar fazê-la. Por outro lado, seria uma tentativa inútil. Desde as centrais de dados até os helicópteros, tudo conspira contra a possibilidade de revolução. Só é possível fazer a revolução nas selvas, e na medida do possível, porque existe o equilíbrio mundial, o equilíbrio do terror e, enquanto se decanta a revolução ou a contra-revolução, corre-se o risco de que só uma guerra nuclear possa ajudar a ganhar a parada. Estamos em plena situação de empate, de empate histórico. Por ora, marque a coluna do meio no cartão da loteria."

O cientista dos fundos de loja tinha idéias claras, mas para Carvalho começava a pesar aquele clima de seminário de ciências sociais.

"Estamos esperando que se inicie um simpósio?"

"Não. Que chegue um interlocutor válido da família. Mariquita ou Andrés. Ela costuma voltar no meio da manhã, põe a comida no fogo e vai fazer algum trabalhinho. Por exemplo, é ela que faz a limpeza da loja."

"O senhor paga a previdência dela."

"Ela paga sua previdência em troca de que eu a mantenha como empregada."

"Uma previdência social informal."

"Uma previdência social mista. Melhor que nada."

Abriu-se a porta e Mariquita avançou pelo corredor, com um semi-sorriso pela surpresa da visita e um semialarme nos olhos pela ausência do marido.

"Ele ainda não voltou das compras?"

"Acaba de sair."

"E eu, o que vou cozinhar agora? Esses homens! Não servem nem para mijar."

"Primeiro limpa-se bem a sardinha, que tem de ser pequena, mas sem exagerar. Limpá-la bem quer dizer limpá-la bem, ou seja, não se conformar em tirar a cabeça e as tripas, mas também descamá-la. Quando estiver bem limpa, põe-se numa frigideira, melhor de barro, bastante azeite e um alho, ou dois, dependendo da quantidade de gente, e quando o alho está bem frito, dourado, mas não queimado, tira-se do fogo e nesse azeite bem quente fritam-se as sardinhas, para que o azeite as deixe bem durinhas, mas sem passar do ponto. Retiram-se as sardinhas e no azeite faz-se um refogado normal, bem pouca cebola, e há quem prefira sem nenhuma, tomate, meia colherzinha de pimenta e um pouco de legumes, por exemplo, umas ervilhas ou também umas vagens macias já cozidas. Quando está tudo refogado, joga-se o arroz e refoga-se até que mude de cor, e então, das duas, uma, ou se joga água, ou água com um cubinho de caldo concentrado, para que tenha mais sabor. Se puser um cubinho, é preciso vigiar o sal, porque o cubinho já tem sal. Quando o arroz está quase cozido põem-se por cima as sardinhas, pimentão doce ralado e um picadinho de alho e salsa. Que tudo faça chuf-chuf, mas não muito para que as sardinhas não se quebrem e não fiquem desfeitas. Pode-se pôr açafrão torrado em vez do pimentão. E está pronto."

Mariquita falava e fazia, sendo observada por Carvalho.

"Era assim que a sua avó fazia o arroz com sardinhas?"

"Muito parecido. Às vezes acrescentava uma batata previamente frita, em lâminas, e depois cozida com o arroz. Também punha talos de acelga."

"Pode-se pôr. Claro que pode. Já viu como as sardinhas me tiram de apuros? A gente sai confiando que nos façam as coisas e nem as compras os outros fazem. Olhe, deixo o refogado preparado e as sardinhas fritas, e na hora de comer, em vinte minutos está tudo pronto."

Era fastio culinário o que pendia da careta do autodidata, mas ele tinha feito perguntas, mais pela avidez de saber do que pelo gosto da imaginação de seu paladar. E quando Mariquita terminou de cozinhar, de enxugar as mãos com um pano de prato e de reconduzi-los para a sala de jantar, o sabichão dissertou:

"O fascinante é a sabedoria dietética deste prato. Assistimos a uma aula prática de dietética da sobrevivência. Imagine o senhor os ingredientes do prato: sardinhas, igual a proteínas, e justamente das proteínas mais baratas, legumes, igual a vitaminas, e arroz, igual a carboidratos. Tudo aquilo de que necessita o corpo humano para sua atividade está reunido num prato simples e barato. O único inconveniente é a carga de toxinas que tem o peixe azul, mas desconfio que um metabolismo habituado as eliminará com mais facilidade do que um metabolismo não habituado. As sardinhas são um veneno para as pessoas com distúrbios hepato-biliares."

Mariquita assistia ao cursinho sobre seus próprios usos culinários com cara de estar farta de saber e de ser mãe daquela ciência.

"Isso e uma maçã, e não há quem segure."

"Eu lhe recomendaria mais uma laranja, pelo maior teor de vitamina C do que uma maçã, embora a maçã seja rica em vitamina A."

Mariquita considerou a possibilidade da mudança.

"Mas é que nesses mercados chegam umas laranjas que de laranjas não têm nada. Tudo é fruta de gaveta, tudo."

Carvalho tinha desligado seu interesse pela paixão dietética do autodidata e pela vontade de aprender manifestada pela mulher, e quando professor e aluna saíram do debate repararam que Carvalho bocejava sem discrição.

"Talvez fosse conveniente falarmos do que temos de falar."

Carvalho disse que sim com os olhos e os outros dois lhe cederam a palavra.

"Antes de mais nada digo-lhes que vou me encarregar do caso, mas vocês têm de me esclarecer algumas dúvidas prévias. Sua irmã vinha a Barcelona com freqüência e não entrava em contato com vocês. Primeiro, onde se hospedava? Segundo, os médicos reconhecem tê-la atendido, mas acrescentam que não tinha nada de importante, e no entanto ela continuava indo periodicamente às consultas. Por quê? Em terceiro lugar, é assassinada de uma forma muito feia, e suponho que a polícia e o marido então aparecem e tentam saber alguma coisa de vocês, porque era o mais lógico e porque podiam desconfiar que vocês saberiam de alguma coisa a respeito de suas idas e vindas por Barcelona."

A mulher esperou que o autodidata retomasse a palavra, e, diante de sua demora, animou-o com um gesto.

"Bem, mais uma vez falo sem que me caiba fazê-lo. Primeiro, segundo a polícia, quando ela começou a vir a Barcelona, se hospedava sempre no hotel-residência Tres Torres, na parte alta da cidade. Mas depois, até mesmo essa hospedagem era um mistério. Ninguém sabe onde se metia."

"É impossível que não deixasse um ponto de referência para qualquer recado urgente do marido, de mil coisas."

"Isso, sim. Aparentemente continuava se hospedando no mesmo lugar e ali pegavam os recados para ela. Mas na realidade não se hospedava ali. A polícia, pelo que nos disse, continua *in albis* sobre essa questão. Segundo, na realidade repetiu poucas vezes a visita a um mesmo médico, e ao longo de três anos percorreu todos os consultórios mais importantes da cidade, de Dexeus a Puigvert, de Barraquer a Poal."

"Talvez tomasse notas para uma enciclopédia sobre a saúde."

"Terceiro, o marido não entrou em contato conosco, quer dizer, com a irmã dela, e se limitou a responder em poucas palavras às duas ou três cartas que Andrés lhe enviou em nome de sua mãe. Segundo a polícia, deu-lhes carta branca, e mal manifestou interesse pelo caso. Não tinham filhos. A falecida não tem nenhum parente direto real além da irmã. Só isso."

"A senhora teve muitos contatos com a polícia?"

"Bem, nós fomos informados quando tudo já estava acobertado. Entende? Meu filho diz se lembrar de ter lido a notícia no jornal, mas nem isso durou muito. Primeiro saiu com grande espalhafato, mas logo deixou de interessar, ou então não sei o que aconteceu. O pessoal de *Interviu* tentou meter o nariz no assunto, mas a turma de Albacete se mobilizou e conseguiu que não saísse nem uma foto. Falei com um tal de inspetor Contreras, um homem muito sério, que sempre parece estar de má vontade."

"Conheço."

"A verdade é que sempre foi muito correto, mas com pouca vontade de falar, como se fôssemos um estorvo."

"Quando se deu conta de que não ia tirar nada de novo deles, se desinteressou."

"Por onde começo então?"

"O senhor é que sabe."

"Sei."

A porta aberta, e agora era o homem que percorria o corredor, como num calvário de tropeços, com as duas mãos carregadas de sacolas e bisnagas presas entre os braços e o corpo.

"Que alguém me ajude ou jogo tudo no chão."

A mulher o ajudou ao mesmo tempo em que aproximava o nariz de sua boca e a retirava, virando o rosto para os visitantes e dando-lhes uma piscada cúmplice.

"Achei que isso não acabaria nunca. Não sei de onde saem tantas mulheres. Não sei. Todas as lojas estão cheias de mulheres. Grudam em você, ficam zombando de você. A próxima! Quem é a próxima? A senhora é a próxima? Senhora, eu serei o próximo, em todo caso. Está me vendo bem? Parecem mulas, se amontoam, empurram, e ai de você se reclamar, elas viram bicho. As mulheres me deixam doente."

E de fato estava, porque caiu numa poltrona e respirava ansiosamente.

"Acho que vou ter uma crise de asma."

"Vá para a janela e respire fundo."

"Está chovendo."

"Pois não fique na janela."

"É que estou ficando com asma."

"Para sair por aí mamando na garrafa você nem percebe a asma."

"Mamar na garrafa, eu?"

O homem tinha se levantado e aproximava o rosto do de sua mulher.

"Você sempre me faltando ao respeito! Estou de saco cheio por você viver me faltando ao respeito!"

"*No li facin cas que està mamat.*"*

A mulher tinha falado para as visitas, e sua tentativa de dar as costas ao homem foi inútil, porque ele a segurou por um braço e a obrigou a encará-lo.

"Você fala em catalão para eu perder as estribeiras!"

"Narcís é catalão, eu falo em catalão com quem me dá vontade."

"Não *li fachin cas*... não *fachin cas* para ele... Será que você pensa que eu sou um babaca, como o marido da sua irmã ou como a puta da sua prima?"

A puta da sua prima era Charo, mas Carvalho não se sentiu ofendido. Era uma verdade objetiva.

"Senhor Luis, vamos nos acalmar. Descanse e não fique zangado assim, que isso o prejudica."

O homem agradeceu pelo conselho do autodidata, sentou-se na poltrona e foi lentamente afundando na autocompaixão até que brotaram as lágrimas.

"Se ela não me respeita, como é que meus filhos vão me respeitar?"

"Aqui todo mundo respeita você."

"Deixe ele em paz. Saia daí, e tome os comprimidos."

A mulher pôs uma caixinha em cima da mesa e acariciou o cabelo dele ao passar para a cozinha em busca de um copo de água. Quando voltou, também havia lágrimas em seus olhos e Carvalho achou obsceno contemplar como um voyeur a representação daquela tristeza acumulada, cotidiana, sem remédio. O autodidata também estava pouco à vontade, e por isso se levantou, deu alguma desculpa de compromissos urgentes esquecidos e levou Carvalho, deixando o casal entregue a seu silêncio instalado e dolorido.

"O que achou? São infelizes ou sabem que devem parecer infelizes?"

Carvalho ficou desconcertado diante da reflexão do

(*) Não liguem para ele, que está bêbado.

monstro, naquele patamar de uma escada que os devolvia ao equivalente da vida.

"Sabem que devem parecer infelizes para se fazerem perdoar seu fracasso. É muito interessante."

Aquele autodidata era uma mistura de assistente social e de grande filho-da-puta.

Na Savannah, meio Port of Spain assistia a uma corrida de cavalos, e essa ausência aumentava a desabitação do resto da cidade, entregue aos vendedores ambulantes e aos solitários com walkman diretamente ligado a uma orelha. Mas ainda sobrava gente suficiente para assistir, em Woodford Square, ao sermão de um sacerdote negro vestido de califa, na companhia de oito freiras ataviadas de túnicas rosa, verdadeira seita cantora e dançarina sobre pernas em perpétuo tremelique.

"Cristo era negro!", diziam os gritinhos das freiras, entre a velhice e a infância, sem meio-termo.

A Casa Roja impunha seu poder dissuasório ao fundo, era a solidez do poder irrefutável e a abstemia dos excessos imaginativos daqueles místicos que iam andando pela cidade com sua loucura de insulares. Àquela hora da tarde estavam fechadas as casas de leilões de Frederick Street, e as lojas começavam a pendurar o *Closed* atrás das vitrines uniformizadas, talvez pelo mesmo tira-linhas que havia desenhado uma cidade tediosa. De vez em quando, de quatro em quatro ou cinco em cinco, passavam grupos de jovens negros estremecidos pela música que lhes entrava nas veias pelo fone de ouvido ligado ao radiocassete pendurado no cinto ou transportado numa rádio-sacola provedora de ensimesmamento. A cidade enfeiava e se desolava à medida que se aproximava dos armazéns do porto. Ele ainda conservava na retina o peso untuoso e cálido do Pitch Lake, uma maravilha natural, nas palavras dos vendedores daquele paraíso de penumbra, que consistia em toneladas e toneladas de asfalto concentradas num lago natural. Um mar paquidérmico, cinza, ao qual se chegava por um túnel de selva e que os taxistas apresentavam como sendo a singularidade máxima da ilha.

"Este asfalto serviu para fazer as ruas de Nova York e as de Paris, lá na Europa", informou-lhe o taxista hindu com respeito reverencial.

Ginés o felicitou por ter ajudado a construir o chão do mundo. Enquanto contemplava o lago de asfalto, com mais de noventa metros de profundidade no meio, Ginés evocava aquela mercadoria descontextualizada, introduzida nos porões de velhos petroleiros aproveitados até as raias da morte. A matéria viscosa que ele tinha visto como parte de um todo obscuramente originário nascia ali, naquele pântano espesso, cuja simples contemplação despertava o medo de ser engolido pela baba da terra. Depois do Pitch Lake, Trinidad já tinha lhe mostrado todos os seus segredos.

"Resta o santuário de Los Pájaros. Não há nada igual no mundo. Uma reserva natural para todos os pássaros do mundo. Bonito mesmo é ao entardecer, quando todos voltam para seus ninhos. Pode fazer o passeio do parque numa barca."

Ele estava no caminho de volta do Pitch Lake, mas preferiu agüentar o castigo de Port of Spain sem nada para fazer nem esperar, e perambulava pela cidade em busca de uma provocação mais estimulante que as sombras de seu quarto ou a contemplação da loucura trabalhista do índio que limpava a desabitada piscina do hotel, hora após hora, dia após dia, com a languidez de quem limpa a amante morta. E deixou-se levar pela batida do calipso ensaiado em galpões ao lado da velha fábrica de Angostura. Moças e rapazes iniciavam a lenta moderação do calipso, paravam, ensaiavam diferentes tons de voz, corrigiam-se mutuamente. Em outro lado do galpão, os grupos do desfile de carnaval experimentavam fantasias de crocodilos ou de nenúfares e uma moça negra se transformava em lua cheia, iluminada por lampadazinhas que ela acendia com um fósforo escondido na cavidade da mão. Tudo tinha jeito de ensaio da festa maior de Calahorra ou Chiclana, a única coisa que variava era a forma, e os rapazes pareciam orgulhosos de sua condição de transmissores de algo que dava caráter à ilha, orgulho reforçado pela presença dos dois ou três estrangeiros curiosos, em quem eles imaginavam adivinhar o arroubo diante de seu flagrante exotismo. O que é que você vai me ensinar, pensou Ginés. Eu venho do país da *jota* e das vaquinhas mortas a pauladas, dos encapuzados da Semana Santa e dos penitentes flagelados para expiar seus pecados. Ao lado deles, vocês são da banda do Empastre.* Depois desse desabafo mental, sossegou e voltou ao hotel. Temia a armadilha de seu quarto, cheio de fantasmas e rememorações, e preferiu ficar sob a marquise do terraço do jardim da piscina embalsamada pelo hindu. A greve do pessoal do hotel seguia seu curso, porque demoraram todo um rosário de bocejos para lhe perguntar o que queria. Sua vacilação deu margem a que lhe aconselhassem, de uma mesa próxima:

"Prove um *peach*."

Piscava-lhe o olho o homem robusto, moreno, cor de azeitona, de olhos grandes e rasgados de libanês. A seu lado, olhava-o com curiosidade uma ruiva sardenta de bochechas um tanto caídas e pele brilhante por causa da maquiagem. Pediu um *peach* e lhe trouxeram um *long drink* com gosto de pêssego em calda.

"É gostoso, não acha?"

Estavam com vontade de conversar. A mulher tentava decidir se olhava com os olhos abertos ou revirados, num jogo de abre e fecha que Ginés atribuiu às prováveis lentes de contato.

"Sabe como se faz?"

O homem mudou de mesa e se sentou escarrancha-

(*) Banda de música que tocava na praça de touros antes de se iniciar a tourada, e tinha músicos cômicos e um anão no bumbo. (N. T.)

do na frente de Ginés, dando-lhe uma fórmula completa da bebida.

"Rum leve, pêssego e suco de lima e umas gotas de marrasquino."

Estalou a língua e estimulou com a cabeça o gole de Ginés, como se o ajudasse na descida do líquido goela abaixo.

"Exigi que me fizessem com um rum de Porto Rico, é o mais leve. Às vezes fazem com um rum qualquer. Se fazem com rum da Martinica, é ruim. Os runs feitos pelo processo *dunder* não caem bem para os coquetéis de frutas. Sou barman lá na minha terra, Seattle."

A mão quadrada do homem apertou a mão de Ginés que apenas insinuara a entrega e em seguida se mobilizou para que a ruiva fosse para a mesa.

"É Gladys, minha mulher. Ela não é americana, é canadense. O senhor é venezuelano? Espanhol? Espanhol da Espanha? Ouuuuuuh!"

Era um entusiasmo orgásmico o que essa descoberta tinha despertado no barman de Seattle, que bateu com a mãozona no ombro da ruiva e no de Ginés.

"Um *spanish* autêntico! O que foi que você perdeu nesta ilha de merda, meu amigo? Minha mala está cheia de folhetos de viagens. Eu tinha prometido a Gladys que tiraríamos férias no Caribe quando terminasse de pagar as prestações de meu bar. O Caribe. Sol. Música. Queria ir para Aruba, ali eles garantem sol até de noite. E veja onde me meti. Engordei cinco quilos por causa das horas que passo dormindo."

Apalpava o estômago e beliscava as pregas de gordura que surgiam em toda a circunferência da cintura.

"Convido-o a um *planter's punch* para celebrar o encontro."

O garçom não teve outro jeito senão sair de sua greve ou de sua letargia, diante da gritaria de tourada que lhe enviou o americano entre os risinhos de polida timidez violada que a sardenta deixava escapar. O garçom estava ofendido com o jeito de ser convocado e por não saber o que era um *planter's punch*. O cara de Seattle se levantou, pegou-o por um braço apesar da rejeição do garçom e o levou para dentro do hotel. A sardenta tinha levado o riso às raias extremas do êxtase e dava socos com o punho cerrado no peito de Ginés para transmitir-lhe seu ataque de riso.

"O que Micky não consegue ninguém consegue."

Havia brilho de álcool nos olhos cálidos da mulher.

"Viaja só ou acompanhado?"

"Só."

"Negócios?"

"Não."

"Turismo?"

"Também não, simplesmente viajo."

"Simplesmente viajo!", repetiu a mulher, imitando o tom de voz de Ginés, e caiu na gargalhada, apoiando uma mão sobre o braço do homem, buscando sua cumplicidade. "Chegou meu Robert Redford!"

Robert Redford chegava com uma coqueteleira nas mãos e a sacudia enquanto ia andando ao som de uma rumba que só ele escutava.

Um elixir âmbar alaranjado foi jogado nos copos altos.

"Você vai prová-lo segundo a fórmula de Micky. Rum da Jamaica, limão, laranja, soda, açúcar."

Ginés não tinha estômago para tanto líquido, mas foi bebendo lentamente porque no fundo estava grato pelo espetáculo gratuito que o casal lhe oferecia.

"Temos de sair desta ilha, nem que seja por um dia. Disseram-me que em Tobago o tempo é melhor, e fica a meia hora de vôo de fokker. Subimos no fokker, voamos rente à selva e ratatatá, metralhamos todos os macacos. Micky e Gladys vão embora amanhã mesmo, vão passar o dia inteiro em Tobago, e você está convidado."

Ginés recusou a oferta com um gesto, mas a atitude do americano não admitia recusas. Cochichou alguma coisa ao ouvido de sua companheira e começaram a rir, ficando, em seguida, contemplando o novo amigo com uma expressão de felicidade um tanto estúpida. Micky pretextou um compromisso urgente esquecido e Ginés e a mulher ficaram sozinhos. A conversa não era o forte da mulher nem do marinheiro, e o barman não voltava. A cabeça de Gladys se inclinou para perto da dele.

"Não vai voltar. Ele nos deixou sozinhos."

"Por quê?"

"Tinha seus planos. Ao ir embora me disse: Gladys, deixo-a em boas mãos. Estou em boas mãos?"

Ginés imaginou o que podiam fazer suas mãos naquele corpo comprido, sem elegância, promissor de esquinas incertas e, mais promissor ainda, o rosto de inocente putinha sardenta. Mostrou as mãos a Gladys.

"Estas são minhas mãos. Não tenho outras."

Gladys aproximou os lábios e beijou suas palmas. Deixou os lábios colados na pele do homem e os abriu para dar passagem a uma língua forte e áspera que lambeu ansiosa a noite que Ginés mantinha nas mãos. Depois levantou a cabeça.

"Preciso de um homem e de uma cama."

Ginés viu-se a segui-la com uma nervosa ansiedade de primeira vez, e quando entraram no quarto só o reconheceu como seu depois que Gladys cobriu sua mala aberta com a roupa que ia tirando para ficar amplamente nua, como uma cenoura úmida em cima da cama. E da mulher saiu a mão que abriu a braguilha do homem paralisado, pegou seu pênis em quarto crescente e o levou aos lábios como se fosse um cachorro-quente com a melhor mostarda deste mundo.

"Ui! Que gostoso!"

Meteu-o numa boca de serpente píton morta de fome.

"Não se preocupe. É a bebida."

Gladys beijou-o no rosto e puxou-o com as duas mãos para que o rosto dele enfrentasse o seu. O comportamento dos hominídeos femininos correspondia a pautas universais. Depois do ato amoroso falido, o hominídeo feminino caucasiano costuma pegar o rosto de seu par insuficiente, olhar para ele de cima a baixo com uma ternura cultural e oferecer-lhe a generosidade da compreensão.

"Vou ver o que Micky está fazendo e voltarei mais tarde."

"Micky sabia que você estava comigo?"

"Sabia. Ele saiu com duas negras que contratou num bar por aí, do Central Market. Perto do Central Market. Só se excita com as negras, e em duplas. Descobriu isso aqui, em Trinidad. Não sou mulher dele. Trabalho no bar dele."

Vestia-se enquanto falava. Abriu a porta, e a luz do corredor penetrou no quarto. A contraluz, Gladys agitou um dedo como uma reprimenda que Ginés notou ser diretamente dirigida a seu pênis.

"Não saia daí, que Gladys não demorará a voltar."

Os passos da mulher fizeram com que se sentisse à vontade, protegido naquele refúgio recuperado para ele sozinho. Adormeceu e, horas depois, foi acordado pela evidência de uma presença a seu lado, na cama. Gladys ali estava de novo e se despia em pé, perto da mala obstinadamente aberta. Agora ele ouvia o ruído leve das roupas caindo umas sobre as outras. A mulher se inclinou para o abajurzinho na cabeceira da cama e o acendeu.

"Está acordado?"

Ela soltava o curto rabo-de-cavalo que balançava em sua nuca, e em seus lábios se moviam a língua e a promessa de um trabalho agora perfeito.

"Está cansado? Esse porco do Micky ainda não voltou. Deixe Gladys fazer. Gladys consegue ressuscitar os mortos."

E começou uma cerimônia de posse à luz de um abajurzinho de renda plissada que outorgava a Gladys contornos dignos de uma feiticeira em sua posição de busca do sexo do homem e de introdutora do animal na boca, onde passeou com ele em todas as direções, como se o impedisse de fugir daquele cárcere úmido. Com a cabeça recostada sobre o duplo travesseiro, Ginés via como seu pênis tentava sair daquela gruta, como a ponta brigava para romper o tecido da face esquerda ou da face direita da mulher, e finalmente era engolido pelas profundezas da garganta, como ficava prestes a escapulir como um êmbolo molhado, e finalmente era de novo sugado pelos lábios implacáveis. Estranhou aquele objeto como se não fosse seu, como se uma estranha anestesia local o separasse daquele músculo morto que a mulher tentava ressuscitar. Aplicada como uma colegial concentrada, a silenciosa Gladys revisava suas notas mentais sobre sexualidade e, a certa altura, considerou que a excitação oral tinha terminado, porque deixou escapar o que parecia uma apetitosa iguaria e se ajoelhou na frente do homem estirado, adiantando os joelhos e procurando assento para o bumbum na entreperna de seu par. Meteu a mão em direção às obscuridades do contato, empunhou o pênis com delicadeza e, apesar de sua relativa flacidez, o foi enfiando na vagina com cuidado e assepsia de supositório. Subiu e desceu para comprovar que o pênis estava em condições de idas e vindas e pôs as palmas das mãos abertas sobre o peito moreno do homem. Levantou a cabeça para o alto do teto e iniciou os movimentos de subidas e descidas, lenta, pausadamente, para forçar o ritmo pouco a pouco, acompanhando-se de arquejos e expressões entrecortadas que iam do "minha vida" ao "meu amor", passando pelo "me fode", que faziam Ginés se lembrar do jargão profissional de todas as pensões portuárias. A excitação progressiva de Gladys provocava a frigidez não menos progressiva do homem, a tal ponto que sua extremidade posta à prova perdeu a consistência mínima para continuar recebendo aquele tratamento de cima a baixo. Gladys custou ou fingiu custar a perceber que tinha perdido contato físico com o prazer, e finalmente deu-se por achada, porque baixou a cabeça, ficou de olhos fechados e expressão concentrada, a expressão de quem busca o fio perdido de uma conversa ou uma recordação. Animou a si mesma com um sorriso, ainda de olhos fechados, e finalmente os abriu para contemplar, risonha, o seu par.

"Menino. Meu menino. Será que eu não te agrado?"

Deixou-se cair de repente com a precisão de quem encaixa peças de madeira e sua boca procurou a de Ginés para se alimentar nela, entre mordiscos brutais e dentes com carícias, nascidos para dilacerar ou roçar de leve, num jogo alternativo. As vozes de estímulo erótico obedeciam a um ritmo paralelo ao das carícias, mas de vez em quando a mulher se afastava para estudar o processo anímico de seu par e o crescimento ou não-crescimento do ingrediente fundamental. Jogou-se a seu lado e metralhou sua linguagem no ouvido do homem.

"Do que você gosta? Diga do que você gosta, que Gladys faz. Tem quinze dias que Gladys está na secura, menino. Me diga. Você gosta de apanhar? Gosta de bater?"

As negativas silenciosas de Ginés não a desanimaram. Voltou à posição de quatro pés, dessa vez com a bunda de cara para os olhos de Ginés e a remexeu como se fosse um doce que queria e não queria ser comido.

"Viu direitinho minha pererequinha, meu nenê? É uma pererequinha macia. Toda para você. Toda para o meu nenê."

Ginés afastou o rosto e procurou num canto do quarto uma fonte de inspiração, um estímulo cultural de simples educação, de estrita necessidade para se sentir bem, e se levantou como uma besta de lascívia que se animava a si mesma com respirações ofegantes, enquanto as mãos se transformavam em bocas que amassavam as carnes da mulher. Assim, assim, gritava a ruiva com alvoroçado prazer, e oferecia seu corpo ao encontro das bolinagens cegas do homem, que, em seu desejo de não ver o que não queria, às vezes se enganava de convite e caía no vazio do colchão onde a mulher o procurava implacável para que não recuasse em sua ressurreição. O ritual surtiu efeito, porque Ginés imaginou estar em condições de trepar sobre o outro corpo, e assim o fez com uma grosseria de conquistador, que foi recebida com entusiasmo. Até conseguiu se enfiar onde tanto o chamavam e iniciar uma galopada que, de repente, degenerou numa simples caminhada em cima de um cavalo que aos poucos foi assumindo a miséria do cavaleiro. Ali Ginés ficou, friamente lúcido diante da inevitabilidade de sua derrota, como se estivesse contemplando o molambo vencido, que, envergonhado, procurava um esconderijo entre as dobras da própria pele. A mulher já não ofegava, respirava, e era uma respiração que logo evoluiu do cansaço ao protesto.

"Pronto? Só isso, meu nenê?"

"Não é o meu dia."

"Meu caso é pior. Não é o meu ano. Pois é. Mas o que é que acontece com vocês no Trópico? É culpa minha? Não sou do seu gosto?"

"É. Gosto muito de você."

"Pois já já vai se ver."

Tascou-lhe um empurrão que o fez cair da cama e começou a caminhar sobre o trêmulo colchão, em busca de uma solução para o caso. Recuperou sua roupa às pressas e foi com ela para o banheiro para não oferecer a Ginés o espetáculo de seu vencido vestir-se. Na condição de macho caído, Ginés escutou os ruídos de uma profilaxia bem aprofundada: pia, gargarejos, água enfim para a suja submissão feminina de desaguadouro. A porta foi aberta e Gladys atravessou o quarto em velocidade de fuga deixando sobre o homem uma palavra que pareceu uma cusparada.

"Bicha."

No chão, Ginés levantou os braços, num esforço titânico para tirar de cima dele uma vergonha divertida, porque seus lábios sorriam, e quando caiu na cama apertou a boca contra o travesseiro para não ouvir as próprias gargalhadas, provocadas pela lembrança de tanto esforço em vão por parte da mulher. Causava-lhe hilariedade sobretudo aquela gravidade mamária com que ela enchia a boca de carne humana. Sossegou, e do riso passou à compaixão pela mulher que tanto lhe dera em troca de nada. Pela janela penetravam claridades incertas. Ele se levantou para verificar se era promessa de novo dia. Ali estava ele. Hipocritamente insinuava que o sol era possível, orlas alaranjadas a leste, sobre a crista de nuvens que aos poucos recuperavam o céu.

"Maracas Bay. Maraval Road. Savannah. Pitch Lake", recitou como se fosse uma ladainha inapelável. E acrescentou: "o Bósforo".

E de repente quis verificar um pressentimento. Tomou um banho de chuveiro com tantas mãos quanto possível. Vestiu-se e saiu em busca do elevador e da porta do hotel. Ali já estava a caravana dos taxistas habituais. Ali estava seu hindu olhando para o céu à procura dos violadores do tempo e do espaço. De seu esconderijo, com um pé dentro do elevador e o outro fora, Ginés o contemplou longamente. O hotel renascia aos poucos, mas nenhum cliente à vista. Homens e mulheres da limpeza saíam de portas secretas e proibidas, se arrastando como escuros caracóis surpreendidos pelo novo dia. O hindu continuava com a cabeça levantada e a mexia de um canto a outro do céu para deixá-la, enfim, na direção de Maracas Bay.

"Sim, homem, sim. Maracas Bay", disse Ginés em voz alta.

Um garotinho, que se deixava levar por um balde de zinco e um esfregão, virou o rosto para descobrir de que tipo era a loucura daquele branco meio fora meio dentro do elevador. Quase vestido. Mas descalço.

"E se eu lhe dissesse, Biscuter, que não gosto nada desse caso, que não gosto de quase nenhuma dessas pessoas?"

"Então largue o caso, chefe."

"Se eu tivesse largado todos os casos de que não gostei... Depois, aos poucos você vai encontrando as coisas. Apaixona-se por alguém. Eu, quase sempre é pelo falecido. Sempre tendo a dar razão aos mortos."

"Pois eles não precisam muito disso. Chefe, preparei

para o senhor um fiambre feito de rolinhos de vitela recheados com trufa e estragão ao molho montado com creme de leite."

"Biscuter, você chegou aos píncaros da *nouvelle cuisine.*"

"Não acho que seja muito nova porque quem me deu a receita foi a moça dos frangos, da Boquería. Desculpe, chefe, mas peguei esse livro de policiais que o senhor tem aí para pôr sobre o rolo de fiambre, enquanto esfria deve ter um peso em cima."

"Da próxima vez cozinhe o livro com todo o resto."

"Também lhe preparei um *trinxat con fredulics*, de acordo com a receita que lhe deu a dona do Hispania."

"Não sei se ela me disse toda a verdade."

"Está bom."

Carvalho comeu de um e outro, com Biscuter do outro lado da mesa de trabalho, onde o homenzinho se punha atrás de um parapeito formado por um pano de cozinha, que lhe servia de guardanapo pendurado no pescoço e cobria aquele peito de escassos suspiros. Depois o detetive fumou um Condal nº 6, charutos inencontráveis que eram enviados por um cliente incondicional de Tenerife, grato por ele ter descoberto o adultério da mulher, que agora ele mantinha do outro lado do Atlântico. Toda vez que Carvalho acendia um Condal nº 6 pensava na estranha condição do homem que finge temer o que não ama e que até pode lutar para conservar o que não ama.

"O que você sabe de Albacete, Biscuter?"

"Sei que, junto com Múrcia, forma uma região."

"Isso era antes. Agora não mais. Agora faz parte da comunidade autônoma de Castela-La Mancha."

"E Múrcia ficou sozinha? Então já não é uma região. É uma província."

"Antes já havia regiões que tinham uma só província, Astúrias, por exemplo. Mas não, Múrcia é uma comunidade autônoma."

"E já é oficial?"

"Tudo o que há de mais oficial. Que mais você sabe sobre Albacete?"

"Que faz frio e que lá fabricam navalhas. Mais nada."

"Você nada acrescenta ao pouco que sei."

Tinha combinado com Charo levá-la ao cinema na sessão da tarde. A mulher queria ver *Sob fogo cruzado*, porque aparecia o irmão pobre do seriado de tevê *Homem rico, homem pobre*. O filme era tão pró-sandinista que até Charo percebeu.

"Olhe, os revolucionários são os que se saem melhor. Você gostaria que houvesse uma revolução?"

Quando Charo fazia essas perguntas, soltava-se do braço de Carvalho e agarrava todo o seu corpo para evitar que ele continuasse andando. Gostava de ver a cara dele quando lhe pedia respostas importantes.

"A revolução, onde?"

"Aqui, em Barcelona."

"Os tanques sairiam para a rua e deixariam o trânsito impossível."

"Vá plantar batata. Eu estava perguntando a sério. Como o Noltke e o Gene Hackman estão bons, não é? Mas de quem mais gostei foi do Trintignant. Lembra dele em *Um homem e uma mulher*?"

E Charo começou a cantarolar a melodia do filme com força suficiente para que Carvalho olhasse para a direita e para a esquerda, caso tivesse de se envergonhar.

"O que você sabe sobre Albacete, Charo?"

"Bem, que ali fabricam as melhores navalhas."

"Algo mais?"

"Não."

"Não sabe nada sobre a família da sua prima, da morta. Como era o marido. A vida dela ali."

"Não."

"Quer dizer que tenho de ir a Albacete."

Charou deu um risada.

"De que está rindo?"

"Não sei, tem coisas que me fazem rir. Por exemplo,

certas palavras. Alface. A palavra alface me faz rir. E viajar a Albacete me faz rir. Também me faz rir La Coruña. E não sei lhe dizer por quê."

Ele se despediu de Charo na altura da Boquería. Ela ia para casa, à espera dos primeiros encontros marcados ou dos telefonemas dos clientes assíduos, e ele em busca de seu carro no estacionamento da Gardunya. Queria chegar cedo em casa para fazer algo tão importante como desconhecido, mas, em vez de pegar as ruas e ladeiras que iam para Vallvidrera, foi parar de repente na avenida de la Meridiana, a caminho de Montcada, e meia hora depois procurava um lugar onde deixar o carro, perto dos Eletrodomésticos Amperi. A loja estava fechada e não havia outra luz além das telas dos televisores transmitindo simultaneamente as três estações, diante do olhar dos indefectíveis curiosos de vitrine. Deu a volta no quarteirão à procura da porta dos fundos da loja, e ao dobrar a esquina viu o autodidata saindo do beco. Carvalho parou e o seguiu à distância. Andava depressa e decidido rumo a um objetivo urgente. Andou dois quarteirões e entrou numa pequena lanchonete cheia de jovens pendurados num cachorro-quente de salsicha que parecia de plástico. Chegava até a rua o cheiro de defumado rançoso das salsichas industriais, combinado com o fedor de uma mostarda feita com ácido úrico. A maioria da clientela estava acotovelada no balcão, sendo atendida por moças de uniforme azul e gorrinho branco de marinheiro de revista musical. Mas também havia pequenas mesas para dois, com cadeiras incapazes de suportar sequer o traseiro de uma bailarina clássica com solitária. O ódio de Carvalho por estabelecimentos daquele tipo, a seu ver tão corruptores da juventude quanto as drogas ou os pais idiotas, era traduzida pela descrição mental que ele interpunha entre o que seus olhos viam e o que seu cérebro sancionava. Mas ali estava Andrés, à espera do amigo, e os dois se lançaram num cochicho que, no caso do autodidata, era persuasivo, e do outro, crispado. Contemplou de longe a conversa, até que resolveu se apresentar, de supetão.

"Fazendo loteria esportiva?"

Era quase um respingo o que tinha saído da garganta de Andrés, e o autodidata não conseguiu evitar um décimo de segundo de alarme até reconhecer Carvalho. Era inútil que o detetive procurasse com os olhos uma cadeira livre, porque não havia, e, caso houvesse, a estrutura do local não permitia mesa para três, a não ser que fosse impossibilitando a circulação no corredor por onde os condenados passavam para pegar aquele alimento turvo, sem dúvida inventado por alguém com mentalidade de assassino lento, mas seguro, de cosmonautas com pouco paladar. Criara-se uma situação impossível. Ou Carvalho desistia de ficar com eles ou os três desistiam do local. Foi o autodidata que ofereceu voltarem para o refúgio nos fundos da loja.

"Se bem que você deverá sair logo para Mercabarna."

"Para onde?"

"Para Mercabarna. Você não trabalha de noite em Mercabarna?"

Andrés demorou muito a assumir a proposta do amigo e seu "ah, sim!" categórico foi pronunciado com os olhos fixos nos de Carvalho, para ver se Carvalho acreditava. Mas o detetive estava disposto a assustá-los e pôs gotas da melhor ironia no olhar que devolveu ao estudante. Desconcertado, Andrés virou o rosto e se predispôs a ajudar a proposta do autodidata.

"Ainda tenho tempo. Meu turno é o segundo, de madrugada."

O autodidata não utilizou a porta dos fundos. Entraram pela principal e atravessaram o local iluminado a neon onde ofereciam suas carnes brancas os eletrodomésticos e alguns computadores pequenos que os curiosos contemplavam como os índios do faroeste tinham contemplado os primeiros postes telegráficos contra o fundo das montanhas Rochosas. Os movimentos do autodidata obedeciam a uma extrema economia de gestos, e em poucos minutos o habitáculo dos fundos da loja se enchia com o quarteto para cordas em si bemol maior de Mozart, e nas mãos dos três co-ouvintes brotaram copos de uísque com gelo tirado pelo anfitrião de uma pequena geladeira que Carvalho tinha visto no escritório de algum executivo assassino ou assassinado.

"O senhor pode falar."

"Falarei muito pouco. Estava passando por aqui. Ou, se preferem, vim até aqui para me ambientar. Gosto de respirar o ar que respiram meus clientes."

"O ar de Montcada está contaminado pelo pó de cimento da Asland."

"Quando eu veraneava por aqui já estava tudo coberto de pó."

"Que história é essa de veraneio? Quem é que tem a idéia de vir veranear neste buraco?"

"O senhor Carvalho esteve aqui no outro dia, quando veio ver os seus pais, e me lembrou cenas da infância."

"O pastor de cabras tinha uma cabritinha. Uma cabritinha muito inteligente, cinzenta. Ainda se via pendurado no bichinho um pedaço do cordão umbilical, e ele pulava sem controle, como um cabrito maluco. Eu me afeiçoei ao bicho, mas um dia o levaram embora. Vi como o levaram. Para o matadouro, imagino, pois nunca mais o encontrei. Às vezes, quando vejo um rebanho de cabras, examino-as com cuidado, quem sabe não reconheço entre elas aquela cabritinha."

"Mas o que é que esse cara está dizendo? Tá pirado?"

"Deixe-o falar. Quer dizer alguma coisa."

"Não. Não quero dizer nada. Na verdade não sei se voltei por vocês ou para verificar que isto não é o que era."

"Um passeio sentimental pelo amor e pela morte."

Era Andrés que falava, com angústia e sarcasmo.

"O que sabem sobre Albacete? E não me digam que lá faz muito frio ou que se fabricam excelentes navalhas."

"Não, não vou dizer isso. É uma das províncias que

mais evoluíram, graças à paulatina substituição dos velhos cultivos por novas espécies e novos sistemas de irrigação. É uma província com muitas águas subterrâneas, e construíram sistemas de irrigação a partir de uma injeção central em profundidade. Além disso, tem uma classe de latifundiários que não dormiu e soube se atualizar."

Carvalho pensava, isso, assim é que eu gosto de te ver, autodidata. Mas o autodidata continuava sua explicação enciclopédica. Na verdade não tinha muito mérito. Bastava saber de cor um dicionário enciclopédico, e Albacete figurava na letra A.

Andrés estava pouco à vontade. Nem sequer se predispunha a acreditar no surrealismo da situação e preferia pensar que entre Carvalho e Narcís havia um código secreto do qual ele estava marginalizado.

"Por que lhe interessa saber algo a respeito de Albacete?"

"Vocês me meteram nisso. Não posso apelar para a polícia, vocês não sabem nada e o marido de Encarnación está, ao que parece, em Albacete. Essa mulher morreu por acaso ou por ter uma vida dupla que vocês desconhecem."

"Quem não tem uma vida dupla?"

"Eu, por exemplo. Passo o dia me metendo na vida dos outros, não tenho tempo de viver duas vidas. Já seria vício. Mas vocês certamente levam duas vidas. Por exemplo, este fundo de loja. É o cenário de outra vida em relação à loja aí ao lado. E você? Que dupla vida você vive?"

O "você" tinha saído naturalmente, porque Andrés tinha cara de menino, de menino prematuramente envelhecido e um tanto cansado.

"Eu vivo três vidas ruins. Minha casa, meus estudos inúteis e meus trabalhos desordenados. Não me leve em conta. Nunca vou chegar a nada. Antigamente, os rapazes como eu chegavam a diretores de banco pelo processo de começar como contínuos. Agora nem sequer podem ser contínuos. Não há mais contínuos."

"Segundo as estatísticas há neste país mais trabalhadores que desempregados."

"Gostaria de contá-los, um a um."

"É verdade que cheguei até aqui quase por acaso e para lhes dizer que esta história é das mais chatas que investiguei, apesar do fascinante ponto de partida, um corpo de mulher destroçado. Mas vocês me dirão se pode ter algo que em parte se passa em Albacete."

"Imagine a história vista por um francês. Para ele, Albacete pode parecer tão fascinante quanto, para nós, Poitiers, por exemplo, cenário dos crimes de Marie Bernard, a Viúva Negra. O que tem Poitiers que Albacete não tem? Ou Eastbourne, onde se passou um fascinante crime em 1924, conhecido como 'o caso do crime do bangalô' de Eastbourne. A polícia chegou a descobrir quarenta e dois pedaços de um corpo humano. O que Eastbourne lhe diz? Está em suas mãos imortalizar Albacete, famosa, aliás, desde a guerra civil pelas barbaridades que ali foram atribuídas a André Marty, um chefe das Brigadas Internacionais. Albacete é sua."

"É um ponto de vista, admito."

"Vou embora."

E Andrés se foi, seguido pelo olhar estudioso de seu amigo. Reinou um silêncio, aproveitado pelo autodidata para dirigir com um dedo a orquestra escondida no disco. Carvalho, engolido por um velho sofá de couro esfolado, tinha à direita o local da intimidade intelectual do monstro, uma mesa, o hi-fi, prateleiras de livros, e à esquerda, separado por uma linha imaginária, um bosque de estantes de metal repletas de pequenos eletrodomésticos, moedores de café, cafeteiras, abridores de latas, afiadores de facas. Era como um duplo cenário de palco circulante ou de estúdio de cinema ou televisão à espera de sua utilização numa peça que se representava do outro lado da parede.

"Ele não vai a Mercabarna."

"Não. Não vai a Mercabarna."

"Mas para seus pais diz que trabalha em Mercabarna."

"É um bom filho, segundo a concepção clássica de ser bom filho. As classes populares conservam conceitos culturais que vêm de manuais pedagógicos do fim do século. Os manuais de urbanidade, por exemplo, os pobres só respeitam quando querem demonstrar que são finos."

"Em que ele trabalha?"

"Pouco importa. Convido-o para jantar."

Agasalhou seus queridos objetos, e no ato de apagar as luzes e apertar a mola da porta automática havia um calor de terna despedida até o dia seguinte. Carvalho o seguiu em seu carro até o passeio de Colón e procurou uma vaga perto do edifício de La Lonja, não muito longe de onde Narcís tinha deixado seu Volkswagen novo. O restaurante a que o conduzia parecia a sucursal de uma Caixa Econômica, e chegava-se a ele por um corredor ligado diretamente à rua. Na porta de vidro trabalhado aparecia a inscrição Racó d'en Pep, e a opacidade da porta deu lugar a um pequeno local em forma de L, e à esquerda uma cozinha não menor, onde os cozinheiros se esfalfavam quase à vista do público.

"*Hola, maco! Tens la tauleta teva com sempre.*"*

Era um homem jovem e ligeiramente barbado que acolhia Narcís com tanta familiaridade. E, apesar de o local estar lotado, ele logo apareceu ao pé da mesa recitando o cardápio com comentários e qualificativos. Passou para o castelhano quando viu que Narcís o empregava com Carvalho, e, fiéis às suas recomendações, pediram feijões com amêijoas e merluza ao alho torrado, e o *restaurateur* também se mostrou bom conhecedor de vinhos e apoiou o patriotismo de Narcís que exigia vinhos brancos do Penedès.

"*Sí, maco, sí. Hem de fer país.*"**

(*) Oi, rapaz! Você tem sua mesinha, como sempre.

(**) Sim, rapaz, sim. Temos de defender nossa terra.

Era gozação ou era senso de negócios. O jantar teve o esplendor só conseguido mediante a aliança da simplicidade com as matérias nobres. Especialmente o excelente filé de merluza, coroado por um picadinho de alhos dourados. Narcís estava orgulhoso de seu poder de cliente habitual e apregoava as glórias daquela cozinha familiar.

"Muitas vezes, sobretudo na hora do almoço, naquela mesa está o governador de Barcelona."

"Considera que isso é uma prova de que aqui se cozinha bem?"

"Os governadores sempre comeram melhor que os ministros. Têm um sentido mais senhorial do paladar. Gosto deste local por suas dimensões, porque fica na região mais bonita de Barcelona e porque tem o nome em catalão. A Catalunha só recuperou os nomes. Não creio que algum dia recupere alguma outra coisa."

Apesar do vinho e do esplêndido Cohiba que Narcís pediu em homenagem à classe política espanhola consumidora de Cohibas, o autodidata não saía do pessimismo histórico observado por um entomologista social.

"Esta é a sua vida dupla?"

"Refere-se à boa mesa? Não. Na verdade, para mim comer bem é uma exceção. Gosto de ser recebido como fui recebido, e isso se consegue com certa assiduidade. Mas em geral eu como qualquer coisa no fundo da loja de minha mãe. Ou na lanchonete em que nos encontrou."

Não contente em observar o comportamento dos outros, o autodidata observava o próprio desde que se levantava até que se deitava. Sem dúvida dispunha de uma teoria sobre si mesmo.

"E agora, as putas."

Carvalho não estava preparado para aquela conseqüência de um processo mental.

"Como é?"

"Agora vamos ver as putas", esclareceu o doentio excursionista encalorado pelas duas garrafas de vinho branco e pelos copos de licor de framboesa.

"Sou livre para dizer sim ou não?"

"Aconselho você a dizer sim, porque vamos a um lugar onde o espera uma surpresa. A prostituição é a tradução exata desta sociedade. Estamos em pleno jogo entre reconversão e submersão. Reconversão industrial, economia submersa. Pois bem, ao classificar as putas presentes no mercado, o senhor se informará mais sobre sociologia do que se matriculando num curso da Universidad Autónoma, como fiz há tempos. Para começar: a puta tradicional de rua ou de bar de bairro puteiro, espécie em decadência biológica revitalizada agora com sangue novo graças à geração do desemprego, a menos instruída e portanto a menos sofisticada para alcançar os níveis de putaria mais bem cotados. Não obstante, procurando bem, encontramse aí verdadeiras pechinchas a preços inacreditáveis, especialmente na parte baixa das Ramblas ou no cruzamento da rua Hospital ou da Porta Ferrissa com as Ramblas. Depois, há espécies tradicionais que mal variaram, como a puta de balcão de cafeteria, cuja origem histórica é preciso buscar na estrada de Sarrià, mas que está sofrendo a concorrência da puta telefônica, oferecida nas seções de massagens e contatos de *La Vanguardia* ou de *El Periódico*. Leu a literatura que respalda essa oferta? Não perca. Em seguida, temos a puta supostamente ocasional oferecida por alcoviteiras, na clandestinidade, para que o marido não saiba de nada, porque estão passando por uma fase difícil, o desemprego, sabe como é, ou porque se tornam putas por causa das drogas ou de alguma seita religiosa, que há de tudo. Seria muito longo explicar, mas me inclino pelas chamadas putas de relax, oferecidas como massagistas, mas procure se certificar bem antes de ir, porque nem todo mundo entende a coisa da mesma maneira. O melhor é ir a estabelecimentos com certa tradição, onde lhe fazem um 'completo clássico', desde a sauna até a trepada sem limites, passando por uma massagem bem-feita, seca ou úmida, com algas japonesas ou sem algas japonesas, uísque rótulo preto e vídeo, no qual sempre aparece o mesmo negro com uma pica grandona e a mesma loura a chupá-la."

Faiscavam os olhos e os lábios ensalivados do autodidata.

"Vamos a um salão de relax clássico. É o que temos de mais parecido com o Império Romano nos tempos de decadência em que a Catalunya vai perecer como povo, embora pareça o contrário. Mas que a Espanha e a Europa ponham as barbas de molho, porque os bárbaros estão chegando."

Não esclareceu de que bárbaros se tratava, e, talvez para se informar de que doença ia morrer, ou movido por aquele sumidouro de ciências, Carvalho viu-se, primeiro, ao lado de um perigoso condutor semi-embriagado, e, depois, descendo as escadinhas de uma sauna aparente, ao encontro de duas moças sorridentes, sem mais vestuário do que leves roupões brancos e a oferta de que eles se despissem.

"Você já sabe do que se trata, bonitão. Seu amigo também?"

"Meu amigo sabe tudo", disse o autodidata, liquidando a questão, e empurrando Carvalho para o vestuário.

O excursionista olhava para a direita e para a esquerda, como se no vestuário faltasse alguma coisa ou alguém, mas de repente a pouca carne que tinha no rosto se comoveu com um sorriso quando Andrés se aproximou deles, de camiseta e calça brancas, enrubescido pelo duplo rubor das luzes vermelhas e da surpresa, com os braços carregados de toalhas, andando lentamente para os dois clientes que menos tinha vontade de encontrar.

"Eis a surpresa!"

Carvalho não sabia se descarregava sua fúria contra o autodidata ou contra si mesmo. Andrés deixou as toalhas sobre uma banqueta que ficava no meio do vestuário e foi embora sem nem sequer olhar para eles.

"Responsável pelas bacias das putas, das nove da noite às três da madrugada. Não se iluda. É o turno mais perigoso. Às vezes há assaltos."

Já na sauna, Carvalho olhava para os regos de suor que levavam os vinhos excessivos e acres para o falso chão de ripas de madeira. O vapor transformava o autodidata num corpinho desvanecido e nu, aboletado no degrau mais alto da sauna.

"Quando for a Albacete, o melhor é fazer um desvio em Valência para Játiva e Almansa."

E Carvalho baixou as pálpebras, talvez para dizer sim, senhor, talvez simplesmente porque o suor transbordava as sobrancelhas e cravava em seus olhos alfinetes de ácido.

"Seria mais bonito uma excursão até Manzanilla Bay."

O taxista tentava demovê-lo de seu propósito de aeroporto e excursão a Tobago, mas aprendera a interpretar os silêncios de Ginés e levou-o finalmente até uma algaravia digna de estação de trem em plena debandada civil por causa do estouro da terceira guerra mundial. Todos os negros e hindus do Caribe estavam empenhados em tomar de assalto as salas de check-in e embarque do aeroporto de Trinidad, e para chegar ao balcão era preciso optar entre empurrar ou ser empurrado, e, uma vez ali, uma dupla de funcionários esquizofrênicos, de fisionomia solícita e de voz crispada, mandava que você esperasse a sua vez e o punha numa misteriosa fila de fugitivos para Tobago. Os mais impacientes eram os europeus e os americanos, náufragos num mar de aborígines resignados e disfarçados de inverno caribenho, em contraste com os inevitáveis solitários, imitadores de uma estética do Harlem, com fones de ouvido, suéteres de mangas rasgadas para deixar em liberdade os braços musculosos e nus e pulseiras escolhidas ao acaso num mercadinho qualquer da Internacional da quinquilharia. Ginés teve a impressão de ser convocado até três vezes, quando viu que as massas se precipitavam para o balcão e que, por trás do parapeito, os funcionários liam os nomes dos eleitos para o vôo seguinte. Nenhuma das três vezes ouviu seu nome, e quando conseguiu se aproximar do balcão, passando por cima de crianças, velhos e matronas gordas que nem sequer protestavam, fosse pelos empurrões de Ginés, fosse pelas goteiras formadas pela chuva insistente, o funcionário retirou o fone de ouvido de onde saía o som que fazia seu esqueleto sentado dançar, e respondeu:

"Não sci. Talvcz hojc. Talvez amanhã."

"Amanhã?"

"Não sei. Talvez ponham um avião maior, de tarde."

"Mas então vou ter que ficar para dormir em Tobago."

Seu interlocutor deu de ombros e voltou a pôr os fones no ouvido. Ginés se afastou do balcão, por um estreito corredor de negrura, sob os pingos das goteiras cada vez mais audazes, pensando no pouco dinheiro que lhe restava e na pronta necessidade de recorrer ao cartão de crédito. Lá fora, havia chuva e gente à espera, sob a proteção de marquises de telhas moduladas de cimento. Pegou outro táxi sem abandonar o alarmado cálculo dos dólares que lhe restavam, e a entrada em Port of Spain pareceu-lhe como nunca a entrada voluntária num túmulo que se fechava às suas costas. Quase na porta do hotel, sentiu uma espécie de chamado; primeiro achou que era um chamado interior, depois deduziu que era uma sirene soando para lá dos edifícios e armazéns do Kings Wharf. A porta giratória se mexeu para dar passagem a Gladys e ao barman. Ela passou a seu lado sem lhe dizer nada, o barman lhe piscou um olho, mas havia certo menosprezo em seu na riz franzido. Ginés entrou no hall para fugir da necessidade de iniciar um diálogo com o casal, mas quando os viu entrar num táxi voltou a sair, rejeitou a oferta de Maracas Bay que havia na boca de seu taxista particular e atravessou a Dock Road em busca do acesso ao recinto portuário. Por cima dos telhados via-se o vôo em câmera lenta das gruas, suas repentinas quedas com o gancho para os galpões e as cargas, como se tentassem evitar a possível escapatória da presa. Um petroleiro liberiano se transformou num obstáculo para o horizonte da entrada larguíssima do porto, e quando estava prestes a cruzá-lo ele consultou outra vez o relógio de pulso: 21 de janeiro. E ao verificar a data correu para ganhar o quanto antes a liberdade de ir olhar, e ali estava a quilha de *A Rosa de Alexandria*, secundando a manobra de virar a bombordo no início da manobra do atracamento. Era como se chegassem até ele a sua casa, os quatro pontos cardeais propícios, uma pátria. Reexaminou a fisionomia do navio como se examina o corpo do amor depois de uma longa ausência ou de um inútil esquecimento e ficou à espera de que ele parasse, quase sozinho, sem outra companhia além dos atracadores indolentes, com o gesto lento mas preciso para a atracação. Para o navio avançavam caminhões com caçambas, em busca de seus tesouros, e a distância esperavam outros caminhões com as cargas se oferecendo, era um rigoroso rito de troca que em outras ocasiões ele havia contemplado do convés ou do passadiço. E ali imaginou seus colegas, Germán, Juan Martín, o comandante Tourón, outros rostos cujo nome era inútil lembrar porque o simples rosto ou um gesto marcavam o reconhecimento de identidade adquirido na solidariedade de dias e dias de navegação pelo mar ou contra o mar. A presença de *A Rosa de Alexandria* o devolvia à evidência e à proposta do mar com maior intensidade do que quando enfrentava a bofetadas as ondas de Maracas Bay. O mar não existiria para ele se não existissem os barcos, e abriu os braços como para acolher o quebra-mar branco já calmo, mas na verdade era para abraçar a si mesmo e conter a emoção íntima. Nas próximas duas ou três horas os embarcados não iriam descer a terra, e ele passeou para um lado e outro nos molhes procurando observar e não ser observado lá do navio. As operações de carga e descarga se iniciaram num ritmo que dava para um dia de trabalho, e quando o trabalho estivesse terminado Germán desceria, porque esse era seu impulso quando chegava a um porto e porque tentaria localizá-lo. E ele o viu, primeiro no degrau mais alto da escada de embarque e depois descendo num trote seguro que o fez correr, mais que caminhar, quando as solas dos pés chegaram ao chão do cais. O oficial vacilou, fez uma pergunta a um dos carregadores e foi para Port of Spain. Ginés o seguiu e deixou-o pegar o caminho do Holiday Inn, para, a uma quadra do hotel, chamá-lo aos gritos. Germán se virou e depois de reconhecê-lo esperou que ele se aproximasse.

"Quer dizer que você ainda está vivo."

"Se se pode chamar isto de vida. Veja só que merda de tempo."

"Pois se você visse o sol que está fazendo em toda a costa da Venezuela."

"Tinha que acontecer logo comigo."

Caminhavam para o hotel trocando notícias das últimas semanas, Germán ainda não decidido a entrar no assunto da estranha escapada, e assim foi até que se viram diante de dois daiquiris que Ginés precisou pedir duas vezes no balcão.

"Pois isto aqui é muito bonito, o jardim tropical, a piscina com lugar para se tomar essas bebidas intragáveis, dentro d'água."

"Seria ótimo se fizesse sol. Olhe para esse índio. Passa o dia cuidando da piscina. Você vai me perguntar para quê."

"Vai saber... E você, como vai?"

"Não sei."

"Você vem ou não vem?"

"Não sei. O que disse Tourón?"

"Primeiro mandou você para a puta que o pariu, e ainda bem que Juan abriu o jogo com ele, e como ele é mais inseguro do que pombo coxo, teve que calar o bico. Você sabe como é Juan. Mas isso não pode durar, e se você não se incorporar agora ele vai ter de comunicar à companhia. Por ora, telegrafou dizendo que você tirou umas férias por motivos de doença. E não é mentira, porque você não está muito bem daqui para cima."

"Quando vocês partem?"

"Amanhã. Na verdade poderíamos partir já esta noite,

mas Tourón anda cheio de frescuras, esse aí está mais louco que você, passa o dia falando do perigo de guerra nestes mares e afirma que todo dia muda o fundo do mar por culpa das provas atômicas clandestinas. Eu, quando chegar à Espanha, vou falar desse cara com a turma do sindicato, para ver o que se pode fazer."

Ginés contemplava os restos da bebida amarelo-esverdeada e a ginja empalitada que começava a perder o brilho da umidade. Era como uma gota de sangue na primeira indecisão de abrir-se e cair.

"Eu deveria voltar. Seria imprescindível que eu voltasse."

"O que o impede, merda? Você me tira do sério. Olhe, não posso almoçar com você porque quero vigiar a carga. Na verdade desci para ver se o encontrava, mas você também poderia ter subido. Está na lista dos embarcados. Esqueceu? Mas esta noite posso descer à terra e vamos sair em busca de uma boa trepada. Como estão as coisas por esse lado?"

"Nem me informei sobre isso."

"Como, não se informou?"

"Parece que não anda muito bem, porque tem feito mau tempo e então o turismo vai para Tobago ou para Aruba e Curaçau. E aí elas se dedicam a escutar música pela rua carregando essas geladeiras musicais ou então se metem nos grandes armazéns abandonados para ensaiar as *Fallas*."

"Que *Fallas*?"

"O calipso, o Carnaval. Bem. É a mesma coisa."

"Desço ou não desço?"

"Posso lhe oferecer uma canadense para que você dê uma trepada e deixe em alta o pavilhão *spanish*, porque eu, há dias, tentei mas não consegui."

"É leprosa? Não tem pernas?"

"Não. O material é bom. E não tem frescuras, vai direto ao assunto."

"Isso aí é legal. Eu teria que vê-la, mas fodi com umas

mulheres legais em Maracaibo e La Guayra e o corpo me pede castidade. Se a fulana fosse muito gostosa..."

"Também não é."

"Então fico no navio. Vá fazendo as malas e embarque esta tarde. Em uma hora pode estar tudo resolvido."

"Deixe-me pensar pela última vez. Uma noite."

"Partiremos ao amanhecer. Se você ficar, venha ao menos se despedir e apanhar suas coisas que continuam a bordo."

Com vontade de detê-lo, Ginés o viu ir-se embora. Mas não o deteve, acabou o drinque, mastigou a ginja que lhe pareceu amarga e cuspiu-a para dentro da taça. Já no quarto, a mala aberta e meio desfeita desde o dia da chegada se transformou num chamado progressivamente obsessivo que ele escutava enquanto andava de um lado para outro, do recorte de cidade e lonjuras marinhas que a varanda lhe oferecia até a porta pela qual não podia esperar a chegada de ninguém que amasse. E no banheiro, o espelho lhe devolvia um rosto condicionado por fúrias e medos abstratos ou concretos que ele não queria mencionar nem para si mesmo, nem mesmo quando aproximava os lábios do espelho e se beijava antes de dizer o próprio nome, ou como se lhe chegasse de um poço horroroso o nome de Encarna, pronunciado como um lamento. No fundo do espelho seu rosto desaparecia e dava lugar ao Chifre de Ouro visto do mirante do Topkapi, os barquinhos que se desviavam da rota do Bósforo para os antros de Istambul. Nunca tinha penetrado no mar Negro. Vira-o das praias de Kilyos ou de Anadolufenieri. Alguém lhe dissera:

"Quando você entra nele é como se partisse para sempre. O Bósforo é como a última prova ou a última porta. Parece feito de propósito. Como uma advertência."

Fosse porque era dele a iniciativa da manobra, sem lhe bastar a rede de telefones e sinais de que dispunha no passadiço, fosse por estar com meio corpo debruçado por cima dos corrimões metálicos, virado para Germán ou Basora, aos gritos, como que acossando sua tarefa na manobra que se avizinhava, a figura do comandante Tourón crescia sobre a de todos os outros corpos em movimento na coberta de *A Rosa de Alexandria*. Ginés tinha subido a bordo no último momento, quando a figura de Martín coroava o alto da escada e ele dava ordens aos marinheiros para que a retirassem. Foi uma instigação definitiva, e ele subiu de dois em dois até chegar, sem fôlego, a Martín, que o recebeu de boca aberta e com o apito numa mão que parecia paralítica.

"Caralho! Porra! Puta que pariu!"

Era a expressão de seu desconcerto, e seguiu Ginés dando-lhe conselhos e arrancando-lhe respostas.

"Germán está sabendo? E o comandante? Tourón já sabe?"

O meio corpo do comandante aparecia ou voltava para a sala de comando, aquele rosto quase totalmente ocupado pelas duas lentes, mais de pedra opaca que de vidro, dissolução de seus olhos finais num mar leitoso. Aquela barba já branca, escanhoada até arrancar a pele e, no entanto, deixando um vestígio de bruma num rosto definitivamente imerso na falta de personalidade da pele branca como leite. De tão branco que era, nem se via o cenho, embora fosse possível ouvi-lo em seus gritos, quando ele aparecia, e Ginés se encaminhou para esses gritos, deixando as malas pelo caminho e preparando respostas que não foram necessárias. Apresentou-se e Tourón o recebeu com um ah, é você, indiferente. Com um gesto convidou-o a juntar-se à frenética atividade que precedia a partida, e o simples gesto o motivou a correr para o tombadilho, recuperar seu camarote, abrir a mala para vestir a fantasia de marinheiro, e segundos depois já estava examinando o molinete para quando chegasse o momento de virar a âncora. Como formigas cabisbaixas, sábias e eficazes, os homens verificavam a entrada da amarra, fechavam as escotilhas de carga, ligavam a agulha giroscópica, os hodômetros de superfície, testavam os artefatos pirotécnicos, o radar. Um testava as luzes de navegação, outro verificava a subida e descida dos botes salva-vidas, içando os que tinham sido arriados e deixando-os pendurados nos turcos nos costados e com todos os apetrechos a bordo. Sob a vigilância de Germán eram fechadas as portas estanques antes das outras portas, das escotilhas, das clarabóias e das vigias situadas sob o nível da coberta superior, ou soltavam-se as amarras, deixando-as no jeito para que *A Rosa de Alexandria* continuasse onde estava até a hora da partida. Em sua condição de contramestre, Germán ia de alto a baixo com o cenho franzido e as ordens taxativas, enquanto atava tudo o que pudesse se mover. Verificada a âncora, Ginés foi até os aparelhos de navegação, mas ali já estava Tourón com a lista de verificação do bom funcionamento dos telégrafos de máquinas, telefone, sirene, bomba de esgoto e de incêndio, e para Ginés só restou a tarefa de reconhecimento dos guardins, do servomotor e dos hélices, pois quando chegou à sala de máquinas Martín lhe fez o gesto de ter tomado conta da situação. Ele imaginou que estavam em ordem os aprovisionamentos prévios de combustível, lubrificantes, água potável, reservas e víveres, e ouviu os gritos de Tourón exigindo a documentação do navio e da carga que algum subalterno tinha guardado onde não devia. O comandante compôs a pose para assumir a manobra de partida, empunhou o telefone e mandou retirar a escada principal, com o mesmo tom de voz com que Napoleão iniciava as retiradas vitoriosas. Germán tinha se situado na proa e Juan Basora na popa para dirigir a desatracação. Sem vento e sem nenhum barco atracado à proa, a manobra não tinha outra complicação além do nervosismo de Tourón, que gritava diante do telefone como se fosse o comandante do *Titanic* e o iceberg estivesse indo para cima dele. Basora mandou largar a espia de popa enquanto punham a âncora no escovém e o navio girou a bombordo preso pela espia de proa e, completado o giro e largada a última espia, pegou o rumo da barra, que era sinalizada por uma bóia. Praticamente não foi necessária, porque o mar se abria quando deixaram para trás Queen's Wharf e começaram a desfilar os armazéns do King's Wharf, tendo ao fundo o Holiday Inn, do qual Ginés se despediu com certo alívio, e a constância rítmica dos quarteirões retangulares que cresciam radialmente desde o porto até a Savannah. Deixaram para trás a desembocadura do Maraval River e em poucos minutos Port of Spain tornou-se uma cidade às suas costas, uma das tantas cidades que deixara às suas costas. Fora fixada uma primeira rota para deixar para trás as ilhas do Noroeste e passar o quanto antes pelas Bocas del Dragón, entre a península venezuelana de Paria e a ilha Chacachacare. Desde que o navio se afastara dos recortes de Port of Spain, Tourón examinava o serviço de mar, as guardas, sem captar o sarcasmo com que Basora sublinhava cada um de seus lembretes com um "Às suas ordens, meu comandante" que causava desastres na hilaridade contida dos outros.

"Tem nevoeiro nas Bocas del Dragón", Tourón repetia de vez em quando, sacudindo o boletim metereológico diante dos narizes dos oficiais. "Mantenham-se grudados no radar até deixarmos para trás o banco de nevoeiro, reduzam a marcha na altura de Chacachacare, a sirene ligada e quatro olhos na proa, quatro na popa, quatro a boreste e quatro a bombordo. Essa viagem me dá calafrios, era só o que faltava se, ainda por cima, a gente tivesse que enfrentar uma encrenca dessas. Para a direção de Barbados o tempo vai melhorar, mas vai começar a confusão."

"De que confusão ele está falando?", Ginés perguntou a Germán.

"Os americanos estão patrulhando por aqui."

As recomendações de Tourón eram como um zumbido incômodo de fundo que suscitava afirmações de cabeças enquanto os cérebros estavam em outra parte. O de Ginés ajudava o esforço dos olhos para apreender as últimas imagens de Trinidad, mais uma vez escurecida, em seu ensimesmamento de chuva acentuado pelo anoitecer.

Quando Tourón acabou de se queixar e se lamentar, todos interpretaram que tinha dito "não me encham o saco" e o abandonaram no silêncio imóvel e um tanto melancólico em que o comandante costumava se trancar depois de cada desabafo. Ginés se adiantou para evitar a companhia e as perguntas de Germán, com a desculpa de ir arrumar suas coisas no camarote. Chegou ao tombadilho e se trancou no seu canto, abriu a mala, contemplou o que ela lhe oferecia, como se fosse uma coisa alheia, e, sem tocar em nada, jogou-se numa poltrona. Levantou-se para abrir as tampas das vigias e se aproximar subjetivamente dos respingos de mar pressentidos contra o fundo azul-celeste e de chumbo. Sentou-se de novo e as pálpebras encerraram a dor de seus olhos, uma dor que o acompanhava havia meses, quando as pessoas e as coisas deixavam de solicitá-lo e ele podia ficar absorto. Conteve um gemido e se levantou para dar voltas em torno da poltrona. Alguém batia na porta, ele abriu o trinco e um Germán assustado estava ali.

"Incomodo?"

"A casa é sua."

Só quando se sentou e o olhou de frente é que Ginés viu que Germán não tinha mãos suficientes para tudo o que trazia: um processador, um saco com bananas e cubos de gelo e uma garrafa de rum.

"Rum velho da Martinica."

E dois copos que deixou à altura dos olhos de Ginés, sobre a mesa. Germán sacudiu a penca de bananas.

"Das pequenas, que são as boas."

E começou a descascá-las e picá-las dentro do copo de plástico para atacá-las em seguida com o braço elétrico e reduzi-las a polpa. Para aquela polpa, a mesma quantidade de rum e cubos de gelo, e para os copos passou uma bebida grossa cor de marfim velho que ficou à espera da decisão de Ginés e do acomodamento de Germán na poltrona, frente a frente com seu anfitrião.

"E isso o que é?"

"Banana daiquiri. Alegra e alimenta."

Ginés esvaziou o copo em dois goles e uma pausa intermediária, que lhe serviu para mastigar os restos sólidos da banana e sentir a solidez doce e ácida da poção, na boca primeiro e depois nos abismos interiores do corpo, e, ao chegar o sólido a seu fim, circulava por todas as suas carnes um calor tão satisfeito como o frescor que sentia na boca. Germán contemplava os efeitos de seu preparado com um sorriso cheio de barba e nicotina. Serviu outro copo na medida da sede de seu amigo, e mais um e mais um, enquanto saboreava o primeiro como se fosse o único.

"Tourón me dá nos nervos", Ginés se desculpou, sem saber de que se desculpava.

"Você não precisa de Tourón para se alterar."

Germán se inclinara para a frente de copo na mão e olhos fixos no crescimento da satisfação naquele rosto no qual o que não era olheira era uma franjinha grisalha compactada pela umidade e pelo sal.

"Agora você está bem?"

"Estou."

"Tranqüilo?"

"Tranqüilo."

"Agora vai me dizer que porra está acontecendo com você."

Viu o alarme no fundo do olhar que lhe chegava e um esgar de desdém que cuspia um "não diga besteiras", sem voz e com mais ira que convicção.

"Você acha que é normal o fuzuê que arrumou em Maracaibo, e ter nos deixado semanas a fio, com um telegrama diário e toureando com Tourón para que ele não comunicasse à companhia?"

"Pelo contrato me sobravam uns dias de férias."

"Mas você sabe que isso se avisa e se negocia."

"Estou de saco cheio."

"De ter embarcado?"

"Deste navio."

"Não é melhor nem pior que qualquer outro."

"De Tourón. Do Atlântico. Desse ir e vir entre os mesmos lugares."

"O que você quer fazer?"

"Queria ficar por aqui, no Caribe. Estão escasseando os oficiais para esses cargueiros que não saem desse charco. Ou talvez o Mediterrâneo, o Bósforo."

"O Bósforo? O que foi que você perdeu no Bósforo?"

"Há sempre uma última viagem. Mas primeiro tenho de passar por Barcelona."

"Deixe ver se estou entendendo. Você quer ir para o Bósforo, mas primeiro tem de passar por Barcelona. Diga como é que você vai, quem sabe eu não resolvo ir com você."

"O Bósforo é uma última viagem, mas pode não ser. Preciso saber se algum dia posso voltar."

"Para onde?"

"Para Barcelona, para isto, para tudo."

O copo de Ginés pedia mais banana daiquiri e Germán o serviu.

"Encarna?"

"Encarna", assumiu Ginés desviando os olhos.

O timoneiro manteve o navio rumo ao largo do corredor marítimo formado pelas ilhas Barbados e as ilhas de Barlovento. Assim que as Bocas del Dragón ficaram para trás, os ventos amainaram até desaparecer, como se o obstinado açoite tivesse sido cevado com Trinidad e com Ginés. Enquanto verificava a rota fixada pelo comandante, consciente de que sua atenção e seus gestos obedeciam mais a um ritual do que à necessidade de verificar o que já fora tantas vezes verificado, escapou da conversa entre Tourón e Germán sobre a proximidade da ilha de Granada e a possibilidade de que encontrassem navios de guerra americanos de patrulhamento. Quando o comandante abandonou o passadiço para examinar o que não precisava examinar, Germán cantou teatralmente, aos gritos:

Adiós Granaaaaaaada
Gra na da míaaaaaaaa

Tentava encaminhar a conversa para o que estava acontecendo na grande lagoa do Caribe, mas, como se o Atlântico lhe exigisse atenções fundamentais, depois de vencido o obstáculo visual de Barbados, Ginés olhava a boreste e Germán continuava raciocinando para ninguém, com os olhos fixos a bombordo, em direção às ilhas de Barlovento.

"Mas a carta lhe interessa tanto assim? Em janeiro nada acontece por estes mares. A única coisa que se tem de fazer nesta travessia é vestir um suéter ao chegar ao paralelo 30."

Utilizava a contemplação inútil da rota traçada para justificar a pouca atenção dada ao que Germán falava.

"Vai ter mar grosso quando bordejarmos o mar dos Sargaços."

"Como sempre, ora essa. Desviamos a rota e pronto. Você esqueceu o ofício? Pegue a *Pilot Chart* de janeiro e faça bom proveito."

Germán o deixou diante de um oceano de papel quadriculado, molecularmente compartimentado em quadrados de cinco graus de latitude e longitude. Nem previsão de temporais, nem depressões, nem nevoeiro, pelo menos até depois da latitude das Bermudas, quando a rota começasse a procurar a curva da corrente do Golfo. Ao ficar sozinho, parou de se preocupar com o que não o preocupava e assestou o binóculo para a já ultrapassada ponta Norte da Barbados Maior. O mar ondulava com uma falsa liberdade que terminava no horizonte. Era um limite, simplesmente um limite falso, uma linha sem esperança. Eram empurrados por suaves alísios para a falsa fronteira do Trópico do Câncer, para a real fronteira do inverno. Saiu da sala e desceu discretamente pela escada do passadiço até a coberta superior, solitária, e foi para a proa entre as escotilhas abertas ao movimento do trabalho oculto do navio. À medida que ia para a proa implacável e prepotente, imaginava a si mesmo como um objeto leve no dorso de águas precipitadas para o sumidouro, o que poderia ter acontecido dias antes em Maracas Bay se ele não tivesse atendido às chamadas do apito dos guarda-vidas. De costas para o mar, apoiado na tampa metálica erguida da escotilha de proa, para lá do imediato pau-de-carga, o passadiço parecia ser o final do navio, como a cabeça de um animal que esconde a continuidade do corpo, ali era seu lugar de trabalho, sua oficina, o final de um percurso cotidiano entre o distante tombadilho, onde ele dormia, e a passagem pelas entrecobertas, de pau-de-carga em pau-de-carga, de escotilha em escotilha até chegar à oficina, com seus papéis, botões, quadros de comando retilíneos e eletrônicos, terminais de um processo de cálculo e gestão ensimesmados, que já não pertencem a uma oficialidade resumida ao papel de tutores de uma besta eletrônica autônoma.

"Chegará um dia em que os navios poderão ser teledirigidos da terra por um computador único central, um só para todos os navios do oceano."

"E se esse computador enguiçar todos os navios do mundo naufragarão. Vão se abalroar uns contra os outros ou contra os quebra-mares e as escarpas. E o pior é que nessa época todo o mar será um imenso charco de merda. O final da aventura. Um final asqueroso para uma linda aventura que há séculos cunhou a frase: viver não é preciso, navegar é preciso."

Diante do pessimismo de Juan Basora, piloto e escritor, Germán assinalava o céu assim como o taxista hindu de Port of Spain. Ali, ali continuava a aventura.

"Que aventura?"

"A corrida espacial."

"Uma aventura, essa viagem programada por computador e com esses carinhas vestidos de mergulhador que não tiram a pica nem para mijar?"

"Você não tem colhão para se pendurar lá no alto, de cabeça para baixo."

"Muito pior é se jogar num furacão, com ventos acima dos oitenta e você num pesqueiro perseguindo sardinhas."

"E quando você esteve num pesqueiro perseguindo sardinhas?"

"E o que é que você sabe de mim, ô cara? Você é casado comigo?"

"As únicas sardinhas que você viu na vida foram as de Santurce, e bem fritinhas."

Uma travessia dava para cem cenas iguais a essa, que cresciam em sua memória como se tivessem ocorrido de manhã no refeitório dos oficiais presidido por uma televisão e um vídeo que a companhia lhes dera de presente. Ou talvez a discussão tivesse acontecido quatro meses antes. Ou ainda não teria acontecido, mas aconteceria a qualquer momento, quando se enfrenta a hora da verdade do Atlântico e o mar é um vidro opaco dia após dia, sob um teto de estratos-cúmulos que silenciam as estrelas desde as Bermudas até os Açores e as mãos se cansam de jogar cartas ou de serem passadas nos olhos tentando apagar sombras de tédio e enxaqueca.

"Espuma por toda parte, no ar, no mar. Espuma que o vento leva com raiva sobre um mar branco como um lençol sujo. Aí é que eu queria ver esses mijões do espaço."

Acreditou ver a sombra de Santa Lúcia a boreste, mas era improvável que a desbotada luminosidade do crepúsculo permitisse vislumbrar a ilha na distância em que se mantinham. Entregou-se ao devaneio do homem vestido de branco com chapéu de palha e barba de dias, pulando de ilha em ilha como se pudesse costurá-las com uma lancha e, de dentro da lancha, apagar com a mão o rastro de sua esteira no mar.

"Passeando?"

O comandante Tourón aparecera atrás do pau-de-carga de proa.

E, sem esperar resposta, começou a andar, confiante de que Ginés o seguiria.

"Você ainda não passeou bastante? Temíamos que nos deixasse para sempre. Germán me disse vagamente que você queria ficar por aqui, em busca de um cargueiro pequeno que pudesse capitanear."

"Estou um pouco cansado de *A Rosa de Alexandria*. É sempre a mesma coisa."

"E isso que você é solteiro. Para um casado é muito pior. Um marinheiro casado passa por maus momentos, Larios, maus momentos."

A afabilidade de Tourón o incomodava quase tanto quanto suas periódicas indignações histéricas à medida que a travessia fosse ficando irreversível. Havia um ponto de não-retorno, ainda longe dos Açores, em que Tourón virava um insuportável cachorro latindo, a quem só Juan Basora se atrevia a mandar plantar batatas.

"Mas tem as compensações das chegadas. E vi você desfrutar delas em grande estilo."

"Onde?"

"Em Barcelona, por exemplo."

"É possível."

"Ofício filho-da-puta", resmungou Tourón contemplando o oceano como se fosse um inimigo. "Pois vi você em grande estilo em Barcelona, Larios, em grande estilo."

E ria como só consegue rir um idiota cúmplice de uma idiotice. De repente, pôs a mão no ombro direito de Ginés e baixou a voz como se não quisesse que os peixes ou os albatrozes se inteirassem de sua confidência.

"Enquanto não sairmos das Antilhas não fico descansado. Aqui vai haver confusão porque os americanos vão meter os pés pelas mãos, e quanto mais longe de um bafafá, melhor. Fiquei na posição de viver a guerra dos judeus e dos egípcios instalado no passadiço de um petroleiro que acabava de entrar no mar Vermelho. Não desejo isso nem a meu cunhado, e saiba que tenho horror a ele. Fiquei com a garganta tão tomada pelos colhões, de tanto medo, que não dei nem uma garfada enquanto não dei marcha a ré e zarpei para Djibuti a toda máquina. Pelo sim pelo não, posicionei Pons no turco com a ordem de dar-me parte de tudo o que avistar — até os mosquitos. E de que não tirem o olho do radar enquanto a gente não vestir os pulôveres. Com a bandeirinha a postos, pois não será o primeiro caso em que primeiro lançam as bombas e depois pedem desculpas. Por estes mares tem mais tráfico de armas que de amendoim."

E riu de sua própria graça, enquanto a noite subia de tom e eximia Ginés até mesmo da cumplicidade de um sorriso.

"Imagine você..."

Tourón falava, mas na verdade comentava algo consigo mesmo.

"Imagine você..."

"Quê?"

Tourón o olhava agora como se avaliasse a priori sua capacidade de compreensão ou como se estivesse fascinado com as dimensões do que estava imaginando.

"Imagine você que joguem uma bomba atômica."

"Onde?"

"Por aqui. Mais dia menos dia vão jogar. Isto aqui está fervendo. Fiz meus cálculos e, caso a bomba caia a menos de duas milhas do navio, não restará de nós rigorosamente nada, nem para os peixes. Entre duas e quatro milhas, vamos ficar bem maltratados e não vai ser fácil. Não se esqueça do que lhe digo, saiba que já avisei a Germán, e se comunico a você é porque, se acontecer alguma coisa com Germán e comigo, você será chamado a se responsabilizar pelo navio, não se esqueça. Caso a bomba caia a uma distância não catastrófica em si mesma, é claro, mas suficiente para que a radiação térmica provoque uma onda de ar e uma enorme onda no mar, tem que se pôr a popa no Ponto Zero, em direção ao ponto onde se produz a explosão. Uma bomba de cem quilotons provoca uma primeira onda que, aos doze segundos, tem cinqüenta e três metros de altura e chega a seiscentos metros do Ponto Zero, e depois dessa primeira onda vêm outras cada vez menores, mas tome cuidado, pois vá saber como ficou o navio depois da primeira. Aos dois minutos e meio da explosão a altura média das ondas é de seis metros. Não se esqueça, Larios, quando souberem do bombardeio, a popa para o lado da explosão e ficar esperando."

No alto de Almansa abriram-se as portas do vento e na descida para Albacete e La Mancha, diante do carro de Carvalho, cruzaram-se folhas secas desesperadas ao capricho do vendaval. Cor de zinco invernal, os céus e a terra prometiam frio e necessidade de calor, intimidade, sonho, vinho espesso. Toda a paisagem parecia resignada a esperar o milagre da ainda distante primavera e rejeitava o olhar do forasteiro em busca de um traço de ternura da natureza. Nuas estavam as escassas árvores, enregelado o matagal, arrepiada a terra meio ocre, meio cinza, os telhados pardos, acinzentados estavam os muros brancos pela luz de inverno, e assim por todo um corredor comprido de horizontes iguais a si mesmos até chegar às promessas de Albacete, à própria Albacete prematuramente escurecida pelo céu nublado. O Bristol Gran Hotel tinha um quarto para ele e o incentivo do restaurante dirigido pelo próprio dono, El Rincón de Ortega, laboratório da nova cozinha manchega pelo que ele tinha ouvido um dia no rádio, qual rádio pouco importava. Na recepção, um cliente com jeito de viajante retirava apressado os ingressos para um jogo de futebol. Era domingo. Domingo em Albacete, fizera um lembrete para si mesmo ao tomar posse das quatro paredes de um quarto individual com janela dando para um pátio interno e travesseiro dando para um teto. E no teto os olhos de Carvalho se encharcaram de depressão e vontade de sair correndo para qualquer lugar.

"Quem vai jogar?"

O desconcerto do recepcionista durou alguns segundos, antes de fazer uma silenciosa indagação no interior de si mesmo e deduzir que quem jogava eram Albacete e Jerez.

"Os ingressos que eu tinha para vender acabaram. Mas se você se apressar, no campo lhe vendem."

Seguiu as indicações do recepcionista, rua Marqués de Molins acima, e no parque de los Mártires topou com a atrasada retaguarda da torcida albacetenha. Estavam abrigados como samoiedos, o que a tarde merecia. Pareciam os únicos sobreviventes da cidade dividida entre a televisão-estufa e o jogo de futebol de segunda divisão, segundo grupo. Fossem as dimensões do campo, fosse a imediatez das arquibancadas, o fato é que Carvalho teve a impressão de voltar a ser protagonista de um jogo de futebol de sua infância, aquelas peladas de trinta contra trinta, uma bola de papel-jornal e barbante ou de borracha arrebentada por sapatos do pós-guerra com biqueira reforçada com chapinha. Da segunda divisão para baixo, os jogadores vão mais para cima da bola, verdade objetiva que ele deduziu da quantidade de pernas que se esfalfavam para bater na bolinha que rodava daqui para lá, como tentando escapar da matilha de músculos. Ouviam-se o ruído das pisadas dos jogadores, dos chutes contra o couro da bola e contra as pernas alheias, o bufar dos pontas e as imprecações diante da brutalidade ou do fracasso. Até se ouviu um "Puta que o pariu!", cuja origem Carvalho não soube determinar, embora lhe parecesse que vinha das hostes do Jerez. A tribuna principal se dividia em duas zonas, a mais central, semi-ocupada pelo patriciado da cidade, apático e pouco entusiasmado com o espetáculo, e a restante, onde se amontoava a torcida mesocrática, nos corpos uma solidez de origem agrária junto com a elogiadíssima contenção manchega nas atitudes. Dos cartazes publicitários que havia em volta do campo, chamou a atenção de Carvalho a mensagem que dizia: Informática Albacete. Sem dúvida já haveria calculadoras prontas para dar a proporção exata de leite para que os queijos manchegos saíssem redondos.

"Mansilla não está no seu dia."

A voz saíra de dentro de um cachecol, e seu dono esfregava as mãos e sapateava no chão de cimento da arquibancada como se esperasse uma resposta de calor vindo das profundidades da terra.

"Não. Não está no seu dia."

"E quando quer, consegue."

"É possível."

O árbitro apitou o final do primeiro tempo e Carvalho saiu da tribuna e do campo para enfrentar nas redondezas uma paisagem urbana arestada pelos frios penumbrosos de um poente encapotado. A cidade parecia desabitada, o vento balançava toldos e cartazes rasgados, mas era impotente diante da paralisia das árvores cadaverizadas, esqueletos eriçados. Uma cidade como que recém-feita, e das destruições se salvavam edifícios de um modernismo tardio e prosopopéico, com o encanto que vinha do obsoleto abandonado à própria teimosia de sobrevivência. Um modernismo cinza de cidade séria, alterado nas policromias de um prédio militar ao lado do qual se construíra um esforço de arranha-céus manchegos a serviço de uma Caixa Econômica valenciana. O mundo todo é Disneylândia ou Disneylândia já é o mundo todo. "Preferimos o balaço marxista ao abraço direitista", escrevera um jovem pessimista numa fachada triste. Cutelarias. Club Cinegético. Cassino Primitivo. "Músicas natalinas-1983, XVI Concurso, Caixa Econômica de Albacete." E, numa mesma fachada, de norte a sul: "Preparações militares", "Oposições ministeriais", Rádio-Cadeia Espanhola, RTVE. Castanhas assadas no fogareiro de rua de um carrinho na esquina de um belo edifício clássico florido, abandonado, rachado, amortalhado pela piedade de velhos e novos cartazes de cinema. Na retina da memória, os tiques da cidade rumo ao território literário de dom Quixote: Aldonza Bar, Confeitaria Dulcineia e, na descida para o hotel, o Albacete Religioso: livros de folclore e da Editora Planeta, santos universais de estuque, guitarras, guitarrinhas, alaúdes, vidas de santos e beatas e, quase porta com porta, uma proposta:

"Informe-se sobre a perfuração de orelhas e brincos cem por cento antialérgicos". O estabelecimento se gabava de utilizar o sistema Stesi-Quick: "Totalmente esterilizado, rápido e seguro". Carvalho se perguntava sobre a extensão do movimento punk em Albacete, até que chegou à conclusão de que a proposta de furar orelhas era dirigida sobretudo às por ora invisíveis mulheres de Albacete. Passou pela porta do hotel, evitando a tentação do calor do quarto e a sonolência desprendida do teto, atravessou a outrora praça del Caudillo em busca da catedral anunciada, circulando entre os primeiros caminhantes do entardecer e os rios de jovens que entravam ou saíam dos cinemas, dispostos a viver intensamente o que lhes restava do impossível oitavo dia da semana. Verificou com os próprios olhos que o estabelecimento Informática Albacete existia e foi parar no início de uma alameda, presidida por um provável monumento ao moinho siamês, porque consistia em dois moinhozinhos unidos para sempre, lembrete perfeito do papel das redundâncias na construção da memória. Nos bares, tinha vida, clientes ambulantes com palavras e pedaços de queijo na boca, tecno-rock tocando no juke box e uma resposta para Carvalho quando perguntou pelo resultado do Albacete-Jerez.

"Três a um."

O Albacete teria ganhado depois de demonstrar sua superioridade no meio de campo.

"O Jerez não tinha meio de campo", opinou um cara da mesma turma e ninguém o contradisse, pois talvez todos estivessem ocupados contemplando o forasteiro que tentava entrar na conversa e pedira vinho de Estola ao barman, demonstrando um conhecimento pouco usual sobre os vinhos manchegos.

"Sou de fora e cheguei hoje mesmo. Não há muita gente na rua aos domingos."

"Ainda é cedo e faz frio. Entre pelas ruas de pedestres... Mayor... Concepción... ou pela Marqués de Molins daqui a meia hora, e não conseguirá dar um passo."

"Estou tentando localizar o senhor Rodríguez de Montiel. Tenho um endereço antigo, mas pelo visto ele não mora mais lá. Alguém o conhece?"

"Há muitos Rodríguez de Montiel. É uma família muito conhecida por aqui."

Eram uns trintões um tanto balofos, que davam olhares à distância, como que pesando Carvalho na balança dos prós e contras.

"Luis Rodríguez de Montiel."

Trocaram entre si olhares e informações. Sim, rapaz, aquele de El Bonillo, o da mulher... e ao dizerem a palavra mulher todos souberam o que queriam dizer e voltaram a observar Carvalho para ver se ele conhecia algum daqueles antecedentes.

"Isso mesmo. Aquele cuja mulher teve aquela desgraça."

"Desde então não o viram muito por aqui. Você o tem visto?"

Não. Não o tem visto.

"E se esse aí não o tem visto... Ele trabalha no Banco Central e os Rodríguez de Montiel estão muito metidos nisso."

"Muito metidos. Metidíssimos! Pois *don* Luis era, ou, aliás, é conselheiro."

"E não vai ao Banco?"

"Faz meses que não o vejo. Dizem que sua saúde anda delicada. Mas vá saber, porque esse aí vivia mais em Madri do que em Albacete, como todos eles, para ser sincero."

"Quem são eles?"

"Quem podem ser eles? A turma da grana. Meio ano em Madri vivendo no maior luxo e meio ano em Albacete passando a mão no que as terras produzem ou dando quatro tiros pelos coutos ou saindo com as putas dos arredores."

"Você está bem por dentro."

"Como, por dentro? E não é verdade tudo o que eu

digo? E como agora eles têm a sensação de que a cidade está ocupada pelos comunistas, porque os socialistas ganharam, pois é, ainda os vemos menos ainda."

"Mas o que você está dizendo, do que está falando, cara? Vá ao cassino Primitivo, ou ao Tiro de Pinchón ou a El Cantábrico e eles vão estar lá, você vai encontrar todos juntinhos, sem faltar nenhum. Mas quem foi que disse isso?"

"Sou eu que estou dizendo, que desde que o PSOE ganhou a gente os vê menos."

"Cruz credo, homem. Que isso é pura maldade. É que você está muito por dentro. O senhor não ligue para ele, não, que a coisa não é assim. É verdade que as principais famílias daqui dão no pé para Madri, mas não tiram o olho da galinha dos ovos de ouro e cuidam de suas propriedades. Dê uma volta pelos campos de trigo e de videiras, está tudo se transformando em terras fertilizadas porque em toda a província tem muita água subterrânea, e os que souberam se adaptar às novidades, bem, instalaram esse negócio do rego circular, a partir de um ponto de água central, e se encheram de grana. Com Franco ou sem Franco ninguém pegou um tostão deles e continuam levando a mesma vida. Esse cara está sonhando. Esse cara acha que essa gente se amargura por qualquer coisa."

"Os Rodríguez de Montiel são muito ricos?"

"São."

"Eram."

Eram, opinião majoritária, entre acenos de cabeça. Os Rodríguez de Montiel tinham brasões demais no cérebro e pouca gente da nova geração disposta a fazer o resto. Descuidaram-se e não se incorporaram aos novos tempos. Agora vivem de vender o que lhes resta, mas ainda lhes resta muito.

"Aqui houve gente muito esperta, que tem até helicóptero particular e vai ao latifúndio de helicóptero", opinou o resistente funcionário do banco.

"Mas cuidam de sua vida e não se metem com ninguém."

"Não conspiram? Vi muitos grafites de extrema-direita na cidade."

"Quatro garotões com vontade de sujar os muros. Mas veja o senhor, o PSOE está na prefeitura."

Ia dizer, nós estamos na prefeitura, mas optou por uma via de identificação mais humilde.

"E como *eles* viram isso?"

"Nem pelota. Nunca intervieram diretamente na política. Antes tinham testas-de-ferro, agora vigiam os socialistas a distância. Não hostilizam, mas também não colaboram."

"Luis Rodríguez de Montiel, o que podem me dizer dele?"

"Que o vemos pouco. E já é muito, porque tome cuidado, ele deu o que falar. Aquele fechava todos os puteiros de Albacete ao amanhecer."

"E fechava por dentro."

Todos riram. Carvalho agradeceu e voltou para o hotel cruzando uma Albacete escura, mas mais habitada, até mesmo um tanto buliçosa, com nervosismo de últimas horas de festa. Ao passar defronte da prefeitura socialista viu no alto de uma escada sólida a imagem policromática e protetora de um Sagrado Coração enorme e ensangüentado.

Pelo rádio, provavelmente num programa radiofônico, havia escutado um dia que o dono de El Rincón de Ortega tinha se transformado no Quixote da velha e nova cozinha manchega. Ia pelo mundo ensinando a quem não sabia as excelências do *ajo de matanza*, do *atascaburras* ou dos gaspachos.* Poucos clientes, embora com cara de

(*) Pratos típicos da Mancha. *Ajo de matanza*: pasta feita com fígado de porco, miolo de pão, alho, canela e pinhões, que se passa em fatias de pão. Come-se no dia da matança dos porcos. *Atascaburras*: prato de bacalhau, batatas amassadas, azeite e nozes. O gaspacho manchego, diferentemente do gaspacho andaluz, tem como base a *torta de gazpacho*, uma espécie de pão ázimo muito fino e crocante, cortado em pedacinhos e jogado no caldo da sopa. (N. T.)

habituais e partidários, conversas da elite local ou de viajantes com dinheiro e preocupações gastronômicas. Carvalho se submeteu à vontade do dono, excitado pelas perguntas estimulantes de um cliente desejoso de adentrar nos segredos da cozinha manchega. Rica e sólida, havia adjetivado o evidente Ortega.

Na frente de Carvalho, cresceu, no prato, um cheiroso ensopado escuro e profundo, um ensopado com memória de si mesmo, com consciência de ser um vestígio antropológico. Pedaços de *torta de gazpacho* junto com carnes desossadas de coelho num leito de caldo sólido aromatizado pela pimenta, o rosmarino e o tomilho. Seguiu o conselho do dono e aceitou como vinho companheiro de viagem um Estola de Villarrobledo, treze graus, o que o tornava mais próximo dos vinhos de La Mancha da região de fronteira que dos vinhos leves de La Mancha castelhana. Não foi brincadeira a entrada de *atascaburras*, um prato popular com suas batatas, alho, azeite e bacalhau; não era um bacalhau socado junto com o pimentão cozido, à moda murciana, mas enfeitado com ovo cozido e nozes. Prato sábio de exclusivo empenho popular, assim como o *morteruelo*, sublime grude de sua preferência, que tem em Cuenca o seu Vaticano e em todas as Castelas sua memória de derivado da *olla podrida*.* Imerso em verificações do nariz e do paladar, Carvalho custou a perceber a presença, junto de sua mesa, de um velho acompanhado de bandurra e que lhe sorria de boca aberta, a campainha da garganta vibrando ao fundo de uma caverna de dentes amarelos, pontudos e dançantes.

"Essa guitarra é sua?"

"Minha e muito minha. Levo comigo o dia todo. Mas

(*) *Morteruelo*: prato típico da província de Cuenca, em La Mancha, feito com fígado de porco amassado, frango e coelho, misturados a pão ralado. *Olla podrida*: cozido típico de Castela-León, que, além de carne, toucinho e legumes, leva presunto, aves e frios. (N. T.)

seria mais apropriado chamá-la *requinto*, nome que se dá aqui à guitarrazinha de seis cordas."

"O que é que o senhor canta?"

"*Mayos* e cantos de *ánimas*.* Sou andador de almas. E o senhor come gaspachos e bebe vinho de Villarrobledo, pelo que lhe felicito."

"Gosta?"

"Bem, gostar, gosto, mas tenho a pressão lá no alto, se bem que, se me deixarem escolher, aceito o vinho."

Carvalho pediu um copo ao garçom que observava a cena, vigilante, e ofereceu uma cadeira ao velho bandurreiro.

"Este vinho não se pode tomar de pé."

"O senhor entende de bebida", aprovou o bandurreiro, e manteve o entusiasmo de seu velho rosto para receber o primeiro meio copo de vinho, que reteve na boca enquanto o cérebro lhe dava a aprovação para jogá-lo goela abaixo. "Desculpe a intromissão mas gosto de saber quem me convida: o senhor é de Madri?"

"De Barcelona."

"Viajante?"

"Em certo sentido."

O homem deu outro gole e recitou de chofre:

En la Francia soy francés,
en Valencia valenciano,
en Aragón aragonés,
en Cataluña catalano.

"Muito curioso. É seu?"

"Mais antigo que andar a pé. Recito para retribuir a sua amabilidade. Vejo que pediu duas coisas da terra: *atascaburras* e gaspachos. Já conhecia?"

(*) *Mayos*: músicas cantadas pelos rapazes, no último dia de abril, às moças solteiras. *Ánimas*: toque de sinos noturno para que os fiéis rezem pelas almas do purgatório. (N. T.)

"As *atascaburras* já, os gaspachos, vou estrear."

"Pode comer sem problema, que nesta casa são de confiança. Embora estejam na moda, continuam fazendo bem."

"Na moda?"

"Com a autonomia regional, entraram na moda, e o gaspacho manchego não tem outro segredo além da honradez."

Agradeceu a nova dose de vinho que Carvalho lhe serviu, examinou-a e tomou ar para ilustrar o forasteiro sobre o que se cozinhava e o que se comia. Declamou, mais que falou:

"Eu não poria a mão no fogo pela legitimidade das *tortas de gazpacho* feitas hoje em dia nos restaurantes, onde a mania das autonomias regionais transformou o gaspacho manchego num sinal de identidade regional, mas lhe direi como os pastores faziam as tortas e como ainda as fazem as velhas de Bonete, Elche de la Sierra, Villarrobledo, Montalegre, Higueruela, Pozohondo, Mahora, La Herrera, Liétor, Corrar Rubio, Alpera. Seria um exagero utilizar a pele de cabra curtida na qual os pastores amassavam a farinha, basta uma vasilha de barro esmaltada, onde se põe um punhado de farinha, faz-se um furinho no meio para o sal, a água morna acrescentada aos poucos, e depois se trabalha a massa até que esteja bem sovada para que a mão possa trabalhá-la sem que ela grude nem fique borrachuda. Com a massa são feitos os bolinhos, que se deixa descansar, para depois achatá-los e fazer tortas de três ou quatro palmos de diâmetro e um centímetro de altura. Cada torta é dobrada em quatro para mais tarde serem cozidas num fogo alimentado a lenha, bem cobertas de brasas com um cobre-pão de ferro com cabo de madeira. Depois de cozidas, são guardadas num recipiente, e a partir desse momento podem ser usadas para transformar ensopados em gaspacho manchego. O gaspacho pode ser feito com caracóis e molejas, com qualquer animal caçado, mas é preferível fazer com coelho-montês e lebre, com porco e com chouriços, com rúcula, batata, ou como o dos pastores, típico de El Bonillo, com batata, presunto, alho, aspargo verde, tomate e pimentão. Também é possível fazer gaspacho com cogumelo, sem carne, como o reputado gaspacho sem acompanhamentos dos debulhadores de trigo."

"O nome me interessa."

"Elementar, simples, gaspacho de pobres. Os debulhadores sempre foram muito pobres: abóbora, batatas, alhos, pimentão, tomate, água, sal, e, depois que tudo ferveu por um instante, as tortas em pedacinhos. Caldinho. Grossinho. Suculento. Bem suculento. Antes que a batata chegasse da América, os debulhadores deviam fazer só com abóbora, alhos macios, pimentão... pois é. Digo isso porque, embora não seja necessário insistir, as tortas são o que são, um mata-fome que, em companhia de qualquer fantasia, enchia os estômagos, antes que chegassem a La Mancha o arroz e a batata. Veja como estou lhe falando de muito tempo atrás."

"De antes de Cristo."

"De antes até do próprio pai Nosso Senhor Jesus Cristo."

O bandurreiro piscou o olho e bebeu meio copo de tinto Estola.

"Nunca esqueça isso. Para pratos escuros, vinhos escuros."

"E o senhor diz que há gaspachos de rúcula?"

"Com rúculas, sim, senhor, que não há melhor folha para salada, e no passado se fazia com ela um molho gostosíssimo com mel, vinagre e pão torrado. Nas grandes capitais esqueceram as plantas dos caminhos, mas no campo há mais cultura, e nestes tempos volta a haver fome. O gaspacho de rúculas, segundo conta a exímia Carmina Useros em *Mil recetas de Albacete y su provincia*, era comido pelos pastores acompanhado das tortas dispostas sobre as pedras, e ainda se costuma comer gaspacho com as tortas que ficam ali ao lado, sobre as mesas das cozinhas rústicas. Tudo o que não sei por ter visto, devo ao livro da senhora Useros, livro difícil de encontrar, de edição numerada e que ela me deu de presente porque conhece minha grande paixão em observar como as pessoas comem. Ponho à sua disposição o exemplar que dona Carmina houve por bem dedicar-me."

"Vou procurá-lo numa livraria."

"Não vai encontrar."

"Que queijos me recomenda que sejam daqui e de confiança?"

"Artesanais, não há como os de El Bonillo ou Munera, mas estão prestes a passar para a história. E quanto ao manchego industrial, há bons e menos bons. Recomendo-lhe os de Villarrobledo."

"Conhece El Bonillo? Pelo visto, todo o povoado pertence aos Rodríguez de Montiel."

"Velha família, com muita terra e não propriamente em Havana. Meio decadentes, mas eu trocaria de lugar com o mais pobre deles."

"Conhece-os?"

"Cantei em muitas de suas festas, em casamentos e batizados, é uma família que não se acaba."

"Conhece Luis Miguel Rodríguez de Montiel?"

"É o mais famoso."

"Por quê?"

"Por viver muito bem e pela desgraça ocorrida com sua mulher, que morreu em Barcelona de uma morte estranha. Um crime horroroso que todos aqui comentam, mas em voz baixa, porque a família tem mais poder que todos os deputados da Aliança Popular e do PSOE juntos. Mandavam nos tempos dos Reis Católicos, mandaram com Franco e mandam agora. O senhor conhece esse filhinho-de-papai chamado Luis Miguel?"

"De ouvir falar."

"De ouvir falar toda a Espanha o conhece, porque faz farras em Madri e em Albacete, perto das quais as do marquês de Cuevas são uma brincadeira. Sabe quem foi o marquês de Cuevas?"

"Um farrista."

"E um artista. Em todo farrista há um artista. Fui um farrista na juventude e olhe para mim."

Apontou para a bandurra que descansava numa cadeira como uma velha senhora cansada e com vontade de passar despercebida.

"E o senhor não sabe por que sempre me lembro do marquês de Cuevas."

Carvalho confessou sua ignorância com um gesto de entrega à generosidade informativa do bandurreiro.

"Porque em certa ocasião li num *Siete Fechas* que, para celebrar não sei o quê, tinha instalado em sua casa uma bomba-distribuidora de champanhe. O senhor não sabe o que era *Siete Fechas*?"

Carvalho já tinha chegado à conclusão de que o bandurreiro era um chato, e estava disposto a ignorá-lo, quando ouviu:

"Pois o senhor veio de muito longe para encontrar don Luis."

Havia perspicácia e receio nos olhinhos do velho.

"Como sabe que o procuro?"

"Isto aqui é muito pequeno. Aqui as notícias correm como lebres. Mas o senhor veio em mau momento. Luis Miguel não está em Albacete."

"Em Madri?"

"Não. Não creio. Dizem que está no estrangeiro."

"Sabe onde fica a casa dele em Albacete?"

"Vivia na passagem Lodares, mas a casa está fechada."

"Desde quando?"

"Desde aquilo. Sinto muito. Mas fez a viagem à toa. O que procurava, se é que se pode saber?"

"Assuntos familiares, da família da mulher."

"Má sorte."

"Ninguém representa esse senhor em Albacete? Não tem familiares aqui? Não tinha filhos?"

"Não. Não tinha filhos."

Pouco restava do velho e tagarela andador de almas

introdutor às ciências locais. Seu rosto imóvel exibia um ríctus de jogador de pôquer.

"Tinha mãe, pai?"

"Pai não, e mãe, era como se não tivesse. É tão velha que não tem forças nem para abrir os olhos."

"Tenho que ir embora."

"Compre queijo e vinho. Para que não se diga que vai voltar de mãos abanando."

"É impossível ver a mãe, não é?"

"Mais que impossível, é inútil."

"Vive em Albacete?"

"Não lembro. Também pode estar ali por El Bonillo. Ali os Rodríguez de Montiel têm as propriedades importantes."

"Quem poderia me informar?"

"Todos e ninguém."

Agora, o bandurreiro procurava não olhar na direção de Carvalho. Em compensação, de vez em quando fixava os olhos numa mesa onde quatro rapagões comiam resolutos, sem falar entre si. Depois recuperou sua guitarrazinha, inclinou-se cerimoniosamente diante de Carvalho e se foi por onde sem dúvida tinha vindo, tão sigilosamente.

"O guitarrista canta aqui?"

"Que nada. Aqui não é costume."

"Anda sempre com a guitarra nas costas?"

"Também não."

"Veio direto à minha mesa. Perguntou alguma coisa a vocês?"

O garçom retirava o serviço de Carvalho e sorria quieto.

"Não confie nas aparências, o andador de almas é um bicho ruim. Um dedo-duro perigoso."

La Mora, La Herradura, La Cabaña; todas as estradas que ligavam Albacete ao mundo ofereciam, mal se ganhava o descampado, a promessa afrodisíaca das placas de neon verde e vermelho, uísque com água, gelo, moças com bom papo e oferta de subir aos apartamentos do andar de cima. Três uísques duplos em cada balcão, conversa com intenções ocultas, encostado num decote, até chegar o momento em que lançava o nome de Luis Rodríguez de Montiel, um amigo que me recomendou já faz tempo este estabelecimento e a quem estou procurando, porque acabo de chegar e não sei onde diabos meti o endereço dele. A que não era tão moça não tinha memória do personagem, e custava a aparecer uma veterana que, claro, claro que sim, que antes don Luis vinha muito por aqui, mas não se pode dizer que fosse um assíduo. E foi finalmente em La Cabaña, com nove uísques em cima, que uma moça de Bilbao, segundo presumia, o orientou para El Corral como sendo o bar de moças outrora preferido por don Luis.

"E, mais que o bar, a Morocha."

"Uma garota?"

"Não ia ser um caminhoneiro, lindinho. Você só se interessa em encontrar o seu amigo? Não quer subir comigo um instantinho?"

"A Morocha trabalha ali?"

"Trabalha ali. Não sabe fazer outra coisa. Igual a mim. Você acha que se eu soubesse fazer outra coisa estaria aqui?"

El Corral parecia um motel fortificado. Uma casa cúbica, verde-avermelhada pelo neon, como as outras, mas cercada por um muro alto em que se abria um sólido portão de granja. Carros com placa de Albacete — a maioria —, Madri e Valencia. Uma casa de dois andares e, através de uma janela mal fechada, imagens do programa *Estudio Estadio* num quarto do andar de cima. Os outros estavam com as janelas fechadas desde sempre e para sempre, com aquele aspecto de edifício selado que têm os hotéis de alta rotatividade. Uma espaçosa sala na penumbra e um balcão comprido em ziguezague no qual se acotovelavam sete ou oito garçonetes e uma mulher na caixa, que podia ser a mãe de todas elas. Só duas ou três moças conversavam com supostos clientes, outra reclamava de um obcecado que batia no fliperama de marcianozinhos como se esperasse um orgasmo eletrônico, duas jovens dotadas para ser amas-de-leite, a julgar pela elevação do peito sob seus suéteres, conversavam com a mulher da caixa sobre como era ruim o sereno manchego no inverno, e a restante foi para perto de Carvalho e cravou os cotovelos sobre o balcão, decidida a deixar o forasteiro ancorado diante de seu rosto de mocinha de Valladolid.

"Você é de Valladolid?"

"Que engraçadinho! Isso lá é jeito de começar conversa. Será que eu tenho cara de ser de Valladolid?"

"Você parece muito com uma garota que conheço, que é de Valladolid."

"Pois eu não sou de Valladolid, benzinho, sou de Sinarcas."

"De Simancas?"

"De Sinarcas. E você tem cara de valenciano."

"Até agora ninguém me disse isso."

"O que quer tomar, benzinho? Fico muito contente com você falando do que for, mas tem que tomar alguma coisa, meu coração."

"Um uísque com gelo."

"Que marca?"

"A primeira que encontrar."

"Escute, benzinho, ninguém o obriga a beber uísque se você não gostar."

"Nesses lugares tem de se tomar uísque."

"Que engraçadinho. Você é mesmo um brincalhão. Assim é que eu gosto dos caras, brincalhões e de Valencia. Vou lhe dar o melhor uísque que tenho."

Carvalho achava que o uísque era uma bebida de compromisso e o uísque sabia disso, porque passava pela boca do detetive sem se instalar, consciente de que não era muito apreciado. A moça de Sinarcas era falante e reconheceu que a noite estava meio fraca, se você tivesse vindo ontem, benzinho, ou se tivesse encontrado os caçadores, no outro dia, olhe, isto aqui estava cheio, e tem um salão ali para banquetes e convenções de caçadores, no qual não cabia ninguém.

"Mas nos domingos, é ruim. Fica todo mundo de mau humor porque amanhã é segunda-feira, e só vêm assim, como você, viajantes, porque você é caixeiro-viajante, não é?"

Carvalho assentiu.

"E valenciano. O que você vende, laranja?"

E a lourinha peituda ria, mostrando dentinhos de rato.

"Não quer ir comigo lá para cima?"

"Por enquanto estou muito bem aqui."

"São só sete mil pesetas pelo que você quiser e o tempo que quiser."

"Pois isso aqui está muito divertido."

"Humm."

Os olhos de Carvalho foram retidos por uma morena angulosa que conversava com um homem forte, de rosto mais vermelho que moreno, e corpanzil coberto por um casaco de antílope com gola de pele de cordeiro. Ele distraiu a vista naquela mulher cheia de esquinas e carnes dentro de roupas justas, sobretudo nos belos pômulos de animal fotogênico e na bunda redonda e grande revelada pela calça jeans.

"Gosta daquela?"

"Quem?"

"Aquela de quem você não desprega o olho."

"Não é má. Como se chama?"

"Carmen. Mas é mais conhecida como Morocha."

"Me falaram muito dela."

"Quem?"

"Um amigo meu. O mesmo que me recomendou vir aqui. Luis Rodríguez de Montiel. Conhece?"

A lourinha ficou séria e piscou, depois de ter enviado um olhar para a Morocha.

"Não o vejo há séculos. Antes vinha aqui, às vezes. Mas ultimamente, não."

Carvalho fixou o olhar na morena de jeans e seu obstinado paquerador.

"Este é dos que sobem?"

"Você se refere ao que está com a Morocha?"

"É."

"É. É dos que sobem. Mas talvez hoje não, porque o papo está demorando muito. Por que pergunta? Quer ir com ela?"

"Ainda não resolvi o que vou fazer."

"Estou vendo."

"Ponha outro uísque."

"E outro para mim?"

"Mas é claro."

O incremento da comissão pareceu consolar a ruivinha, que voltou a se acotovelar na frente de Carvalho com um propósito mais informativo que paquerador.

"Ela é muito vistosa, reconheço. Distinta, não é? Agrada muito, mas não a todo mundo. E ultimamente não trabalha tanto aqui como antes. Passam-se dias e dias sem que ela apareça. Você conhece muito don Luis?"

"Fizemos serviço militar juntos."

"Que legal, que legal. Pois don Luis era muito chegado à Morocha."

A mulher parecia ter recebido os olhares de Carvalho e de vez em quando virava a cabeça para ir ao encontro da mensagem passiva que ele lhe enviava.

"Garante que esse cara é dos que sobem?"

"Quer subir com ela?"

"Quero."

"Quer que a avise?"

"Quero."

Foi-se a lourinha até a Morocha, e com a distância Carvalho conseguiu ver o corpo de sua interlocutora, poderosos quadris para duas pernas de princesa que tinha feito pouco uso delas, pés de ave pernalta mal nutrida. A mensageira conseguiu que a morena se desvencilhasse da paquera e um breve aparte permitiu que ela olhasse diretamente para Carvalho. Não havia nos olhos da Morocha nem proposta nem constrangimento, eram os olhos neutros de um animal examinador numa disciplina que Carvalho achou que não tinha nada a ver com o sexo nem com a economia.

"Diz para você subir e esperar. Vai tentar se livrar desse cara."

"Eu a agrado mais?"

"Sem dúvida, benzinho. E você me agrada também, mas pelo visto não sou seu tipo."

"Gosto das morenas nas segundas, quartas e sextas. Terças, quintas e sábados, louras."

"Pois hoje é domingo."

"Os domingos são os domingos."

"Então você me paga, benzinho? Já subo com você para que o deixem passar."

Carvalho pagou e deixou uma gorjeta que mereceu um beijo do outro lado do balcão.

"Obrigada, benzinho. Sabia que você era um cara legal."

Um sorriso e um gesto para abrir caminho até uma porta lateral, e a partir dali renascia a luz elétrica normal, rumo às alturas por uma fria escada de granito. Chegaram a uma recepção onde duas velhas cochilavam com um olho, o outro aberto para o zumbido da televisão onde estava se despedindo o apresentador de *Estudio Estadio.*

"Uma tarde com novos milionários e a surpresa do novo tropeço do Barcelona, dessa vez em seu próprio campo, contra o Mallorca e sem que seus super-astros, Schuster e Maradona, tenham conseguido fazer nada."

A lourinha disse umas palavras mágicas ao ouvido de uma das velhas, que acariciava um gato semi-adormecido em seu colo, e os dois olhos redondos e avaliadores se detiveram em Carvalho ao mesmo tempo em que a cabeça assentia. Novamente um gesto da lourinha o incitou a avançar por um corredor que parecia de hotel recém-construído e barato. A guia escolheu uma porta e a abriu para que Carvalho penetrasse num cômodo com jeito de quarto de conjunto habitacional, embora com a limpeza asséptica de construção nova.

"Espere aqui, benzinho, que a Morocha já vai chegar."

Carvalhou se sentou na beira da cama, sobre uma colcha de xadrez escocês e diante de uma paisagem de catarata com a legenda: "Los Chorros. Nascente do rio Mundo". A porta abriu-se de par em par, e onde ele esperava encontrar Morocha, a contraluz, apareceu o velho bandurreiro do restaurante. Não estava sozinho. Na penumbra do corredor ficaram dois corpos escuros e sólidos que obedeceram à ordem do velho no momento em que ele avançava para Carvalho.

"Me esperem aí fora."

"O senhor logo percebeu onde está o que é bom."

O velho ria, ao mesmo tempo em que pegava, perto da parede, uma cadeira de plástico e a aproximava de Carvalho, da luz que vinha do abajurzinho da mesa-de-cabeceira. Sob essa luz, o rosto do velho não tinha nada a ver com o que Carvalho vira da perspectiva do conviva que faz as vezes de um personagem local e folclórico. A luminosidade esticava sua pele e acentuava dois olhos rômbicos e duros, e a crueldade da boca velha dentro da qual uma língua lambia e relambia as palavras que o cérebro estava pré-fabricando.

"Não esperava por mim, hein. E, verdade seja dita, é que não me sinto à vontade, não, senhor, porque o senhor tem os seus negócios e eu tenho os meus e é uma pena que um homem tão simpático, que me cai tão bem, que foi tão amável comigo no restaurante, pois é, que ele se meta onde não é chamado, e, me desculpe tanta franqueza, mas quanto mais cedo esclarecermos as coisas, melhor."

"Quem o envia é o senhor padre?"

"Por que o padre ia me enviar?"

"Pensei que o senhor praticasse o apostolado nos puteiros. Há loucos que andam pelos puteiros pedindo aos pecadores que se arrependam."

"Vai ficar gozando com a minha cara?"

O "com a minha cara" ressoara concomitantemente ao estalinho da lâmina de uma navalha automática diante dos olhos de Carvalho. Com os joelhos do velho contra os seus, a navalha a dois centímetros de seu rosto e o corpo entregue à maciez movediça do colchão, Carvalho se sentiu agarrado e sem outra saída além de um sorriso e um pouco de cândida surpresa na expressão que oferecia ao desejo do velho de acreditar nele. Alguma serenidade o bandurreiro tinha recuperado, porque afastou a navalha, sacudiu a cabeça como que aborrecido consigo mesmo e voltou a oferecer a Carvalho o tratamento cerimonioso, como um elemento de respeito.

"Não me obrigue a fazer coisas que não quero nem devo fazer. Mas o senhor está alvoroçando o galinheiro. Não se pode ir de puteiro em puteiro com o nome de don Luis na boca. Em duas horas o senhor provocou uma sublevação. Primeiro acharam que era da polícia, mas o senhor não é da polícia... Nem caixeiro-viajante."

"Depende do ponto de vista."

"Documentos, por favor."

"Por que eu haveria de mostrar-lhe meus documentos?"

"Se não mostrar, não sai daqui. Por bem ou por mal."

A navalha apontava para a porta. Novas navalhas podiam aparecer. Os olhinhos rômbicos vigiaram cada milímetro da viagem da mão de Carvalho ao bolso interno do paletó e a oferta da carteira com os documentos. Um estalinho engoliu a lâmina da navalha e as mãos do velho ficaram livres para manusear o que Carvalho lhe oferecia.

"Detetive particular. Puxa, isto está ficando interessante."

"Já sabe do que se trata. O senhor vai ao cinema?"

"Bem, não vou ao cinema desde que passaram aquele filme de romanos em que Nero aparecia."

"*Quo Vadis*?"

"Esse. E pode se saber o que procura um detetive particular em Albacete?"

Carvalho pensou: você dirá que procura a fórmula secreta do queijo manchego, mas o velho estava puto da vida, era evidente.

"Luis Rodríguez de Montiel."

"Por quê?"

"Isso já não me diz respeito. Meus clientes me encarregaram de encontrá-lo e mais nada. Não sei o que farão depois dessa informação."

"Quem são seus clientes?"

"Familiares de Encarnación, a mulher de don Luis."

"E para que eles querem encontrar don Luis?"

"Imagino que seja algo relacionado a heranças ou seguros. Não sei de nada."

"Nem heranças nem seguros. Essa aí não tinha onde cair morta."

Dissera o "essa aí" com uma má vontade maior que sua velhice.

"Bem. Dou por certo o que me disse e o darei por definitivo se amanhã pegar a estrada e partir por onde chegou. Don Luis não está em Albacete nem em Madri nem na Espanha. Partiu para fazer uma longa viagem porque ficou arrasado, entenda."

"Entendo perfeitamente. Eu, no lugar dele, teria feito o mesmo."

"Isso sim, é ser sensato. Amanhã, pé na estrada, vôo rasante, e até Alicante."

O velho riu da rima, se levantou, afastou a cadeira e deu as costas para Carvalho. Virou-se já com a mão na maçaneta da porta.

"Repito. Descanse. Durma em paz e amanhã, pra casinha."

"Devo interpretar que a Morocha não virá?"

O velho apertou os lábios.

"Façamos a festa em paz."

E desapareceu, embora no corredor ficasse o eco de um pelotão de passadas que aos poucos foram se afastando. Carvalhou largou o corpo sobre a cama. A luz do abajurzinho desenhava no teto uma lua minguante e engaiolada. Do outro lado da porta, o silêncio. Levantou-se para ir até o corredor e verificar que o silêncio traduzia solidão. As duas velhas já não estavam na recepção, nem o gato, só a televisão dormindo ratificava a cena que ele tinha vivido minutos antes. Solitárias, a escada de granito e a porta de madeira que comunicava o motel com o bar devolveram-no ao panorama do local semivazio. A mulher da caixa continuava ilustrando duas pupilas, outra batia papo com o último cliente e o louco eletrônico continuava correndo diante do flipper de marcianozinhos. Nem vestígio da lourinha, nem da Morocha, nem do velho e de suas sombras ameaçadoras.

"Viu o cara da bandurra?"

A mulher da caixa e suas interlocutoras se abandonaram ao desconcerto e ao intercâmbio de olhares de surpresa.

"De quem está falando?"

"É que não sei o nome dele. Mas é um senhor que anda com uma guitarrazinha, canta *mayos* e me disse que era andador de almas pelos povoados da serra."

"Ah, o Lebrijano. Chamam-no de Lebrijano, vive aqui desde pequenininho, mas não é de Albacete, é de Lebrija e agora não sei muito bem onde fica Lebrija. É andador de almas."

"Não vem ao caso. Mas tive a impressão de vê-lo lá em cima, no corredor, e quando saí ele já tinha ido embora."

"Pois por aqui não passou. Talvez tenha ido direto para o primeiro andar."

"E o que é um andador de almas, se você tão amável puder me ensinar."

"Pois o Lebrijano, acho que ele é o chefe de uma confraria de andadores de almas, de lá da serra, e agora não saberia lhe dizer se para as bandas de Yeste ou por Elche da Sierra ou Molinicos, enfim, por ali. Uma confraria de andadores de almas, bem, é isso, é uma confraria de andadores de almas, oito, dez pessoas que organizam todos os festejos dos dias de Natal, as nove missas de louvor à Virgem, que começam com a do galo. Ei, não é mesmo?"

"E como é que eu vou saber, eu que sou de Villarrobledo e tão novinha?"

"E o que você acha que eu sou, sua bruaca? Os andadores de almas existiam antes e agora. Esse negócio das nove missas é pelos nove meses que o menino Manuel ficou no ventre da mãe, Maria, a Virgem. Os andadores de almas cantam canções muito bonitas enquanto se diz a missa:

Con ese agua bendita
en que lavas las manos
saca las almas de pena
y la mía de pecado.

Não é bonito?"

"Muito bonito, sim, senhora. E o Lebrijano canta isso."

"Canta e dirige a coisa, porque nem tudo são missas e cantos. Também tem a passacalha com o sino, pelas aldeias e pelas granjas. Fazem soar o sino e dizem: Ave Maria Puríssima! Os de casa têm de responder: Quem está aí?, e o confrade tem de dizer: as Almas, e se canta ou se reza? E o dono da casa, se durante o ano tudo correu bem, responde: Se canta. E se houve algo ruim, então ele diz: Se reza. É tudo muito bonito, olhe que me lembro de minha infância e me vêm as lágrimas."

A mulher da caixa já não conseguia parar a evocação folclórica. Os andadores de almas são convidados a entrar em cada casa à qual batem, e dão-lhes suspiros, o suspiro é um doce típico, o senhor sabe?, rosquinhas, geléias e boas talagadas de aguardente, conhaque ou anis, e às vezes dançam com as moças da família e recebem coisas, ou gratificações ou coisas assim, de um certo valor. No meu tempo os andadores de almas andavam em mulas, e os presentes eram postos sobre as armações de madeira presas aos animais, onde se levavam os cântaros de água, e era tradicional que os moradores da casa cantassem músicas do alto das nogueiras, numa nogueira, sim, numa nogueira, que na serra tem muitas, e é assim que me lembro de meu pai, do alto de uma nogueira e cantando malaguenhas, *jotas* ou seguidilhas. E a senhora da caixa ia começar a cantar quando Carvalho redirecionou a conversa.

"Onde eu poderia encontrar o andador de almas?"

"É difícil encontrar, porque cuida de seus assuntos em Albacete, mas depois sai por aí. Tem bicho-carpinteiro, não pára quieto! Olhe, olhe, escute que versinho lembrei agora, que meu pai cantava:

A las Ánimas benditas
no se les cierra la puerta,
se les dice que perdonen
y ellas se van tan contentas.

Tourón jogou o guardanapo e fixou os olhos na mancha marrom espalhada sobre o bolso da jaqueta branca do garçom. Depois levou os olhos até os do rapaz, estabelecendo uma firmeza que o outro aceitou interrompendo o serviço.

"O senhor acha bonito servir a mesa com uma jaqueta que acabou de sair da latrina?"

"Desculpe, mas é que não tive tempo de..."

"Dispa essa jaqueta imediatamente! Não se serve oficiais como se se servisse numa espelunca ordinária."

O garçom tirou a jaquetinha branca e a jogou sobre um tamborete. As mangas de sua camisa estavam arregaçadas e Tourón examinou criticamente os braços seminus.

"Abotoe os punhos da camisa."

O garçom olhou para os outros oficiais em busca de ajuda, mas só Juan Basora se mexia inquieto, como disposto a intervir. O garçom abotoou os punhos e serviu a sopa de vagem com chouriço. O comandante pegou o prato com as duas mãos, levantou-o à altura do nariz, cheirou-o.

"Aposto que a fizeram com esse chouriço asturiano que me deixa arrotando."

Mas deixou o prato no lugar e empunhou a colher. Servidos os pratos, e ausente o garçom, Basora inverveio:

"Não lhe disse nada porque não quero açular um subalterno em plena travessia, mas não está certo que o achincalhe em público."

"Mas ele estava com uma mancha ignominiosa!"

"Já tinha visto. Mas se repreeende depois, ou o senhor diz a Germán, que para isso ele está aí, é ele o responsável pelo pessoal."

"As manchas me dão nojo."

E se fixou na sopa, que, segundo a opinião de todos, estava boa, pena que já tinham comido outras iguais fazia três, seis, nove dias. Vamos ver se você cuida da intendência, Germán, que estamos na base do prato único. O comandante sorria, mas não os escutava, continuava sua viagem mental afastado daquele refeitório de oficiais, ao qual regressou para advertir:

"Corrijam a rota quando chegarmos ao mar dos Sargaços, quero rodeá-lo."

"Tapando os ouvidos para não ouvir as sirenes e usando uma navalhazinha para cortar os colhões dos polvos gigantes, vapt-vupt. Não há perigo."

"Não seja tão engraçadinho, Basora. O mar dos Sargaços tem outros perigos não tão mitológicos. Sabia que a frota soviética está ali, sempre, acocorada, estudando a natureza das algas, sua origem e esperando a ocasião de intervir no Caribe? Temos de ir buscar a corrente do Golfo e do Atlântico norte até avistar os Açores. E se virem bancos de algas, cuidado, podem estar salpicados de minas."

"O que me dá mais medo são os piratas malaios. Isto aqui está cheio de piratas malaios. Outro dia vi um seguindo-nos a nado com uma adaga entre os dentes, mas joguei em cima dele um balde cheio de peixe podre e nunca mais o vi."

Germán deu uma cotovelada em Juan Basora. O comandante não o havia escutado ou não queria se dar por achado. Agora, o garçom, de jaqueta limpa, servia filés de peixe empanado.

"Assim é que eu gosto. Assim é que eu gosto. Está vendo como as coisas mudam? De uma jaqueta limpa a uma jaqueta suja muda tudo. Eu, o primeiro prato, comi com nojo por causa daquela mancha, sabe. Em compensação, este, comerei com vontade porque o senhor está com uma jaqueta impecável."

Era um *impecável* que se aplicava mais a uma interpretação filarmônica, adjetivo desmesurado para a espécie de paletó de pijama com que o garçom tinha se coberto, assim como eram exagerados o sorriso e a dedicação complacente do gesto do comandante, dirigido à maravilha do vestuário do garçom.

"Estão vendo? A limpeza é uma virtude e mais ainda num mundo tão pequeno como este."

Ginés pretextou estar sem apetite e saiu para o passadiço a fim de descarregar o corpo e a alma no parapeito. Logo em seguida ouviu os passos de alguém que descia a escada e Germán se pôs a seu lado, entre bufadas.

"Puta merda, a coisa está fervendo. Está doido, doido varrido. Agora se meteu numa conversa com o garçom. Está contando sua vida para ele. Esse aí, temos que desembarcar dentro de uma camisa-de-força. Está pior do que o Cojoncitos, o foguista. Teve um chilique entre Maracaibo e La Guayra porque diz que viu uma fulana a bordo, uma fulana com leque, deu todos os detalhes, em pleno mar. E não era tesão, pois acabávamos de sair de Maracaibo. Vou examinar a carga. Ficou brabo porque diz que nos espera um mar difícil depois que passarmos as Bermudas, e não estranhe se ele mandar espalhar areia na coberta. Tem mais medo que vergonha."

Ginés ficou só, mas não olhava para o mar. Começava a acontecer com ele o que sempre acontecia nas longas travessias, só existia o navio, o mundo era o navio, e o mar acabava sendo esquecido, como uma tela de fundo que só merecia atenção caso se enfurecesse, e ainda assim eram os quatro pontos cardeais do navio que contavam. Foi fazer uma verificação de rotina nos aparelhos de medição meteorológica e, em plena verificação dos índices de umidade, chegou-lhe um aviso do comandante de que o esperava no castelo de proa. Avançou pela rota dos pontais de carga e divisou, na ponta do navio, Tourón agarrado na escada.

"Germán já lhe disse que esperamos um mar difícil?"

"Eu já sabia. Chegou no boletim do dia."

"Por que não me disse?"

"Eu mandei lhe entregar."

"Você tinha que ter me trazido pessoalmente, para comentá-lo. Bem. Não faz mal. Mas ultimamente você anda muito distraído. Um dia desses temos de conversar. *Cherchez la femme*? Quem é a senhora?"

A não resposta de Ginés não foi obstáculo para que o comandante iniciasse um discurso que mal o levava em conta.

"Eu o vi com a dama, em Barcelona. Já faz tempo. Acho que foi na última escala de 1981 ou na primeira de 82. É isso. Na primeira de 82, porque era pleno inverno, tenho a vaga impressão. Comprei um mantô muito bonito na liquidação de El Corte Inglés, um mantô azul-marinho, de lã grossa, com o forro xadrez. Valem a pena os saldos, sobretudo quando praticamente se vive só, como nós. Temos que cuidar de nós mesmos. Não é, Ginés? Os portos estão cheios de mulheres que ficam. Nós passamos. Somos nós que contamos. Nenhuma mulher vale uma obsessão. Digo isso por mim mesmo e por você. Falo como um pai, ou melhor, como um irmão mais velho. Vi sua namorada, bem, seu caso, em Barcelona, naquele momento, e era uma mulher muito bonita, muito nossa, muito espanhola, sim, muito espanhola. E, embora você não saiba, voltei a vê-los juntos não faz muito, ou melhor, sim, já faz bastante tempo. Foi na escala de verão de 1982. E mais. Vi vocês outras vezes, e é porque vocês se exibiam sem recato, pelas Ramblas, nos restaurantes, por ali, por ali, e eu encontrava vocês mesmo sem querer, e ficava aflito, porque pensava, o que faço, cumprimento, não cumprimento. É uma situação difícil. Por isso gosto de ser um embarcado. Aqui você nunca tem com surpresas. Sempre vê as mesmas caras e já sabe o que esperar. E não me aborreço. Possuo todos os mundos dentro deste mundo."

E apontou para a frente.

"E meus olhos vêem tudo o que meu cérebro quer ver. Contemple o mar. O que vê? Pense que estamos sobre uma horrorosa cordilheira que percorre o Atlântico de norte a sul como o espinhaço de uma serpente. Isso quer dizer alguma coisa. Assim como as nuvens. Imagine só, os altoscúmulos. Não são inquietantes. Os mais inquietantes são os cirros. Não consigo suportar os cirros. E você se perguntará: por quê? Porque em tudo há uma chave e portanto há uma ameaça em tudo, se você não descobre a chave a tempo."

Depois de um silêncio que Ginés empregou em tentar adivinhar a chave escondida nos aparentemente inocentes altos-cúmulos, pensou que o comandante tinha se desinteressado por ele e iniciou a retirada.

"Como se chamava aquela mulher?"

"Encarna."

"Encarnación. Muito apropriado. Tinha umas olheiras lindas. As mulheres com olheiras costumam ser lindas, mas morrem logo, têm males obscuros, profundos."

Era sua última palavra. Fechou a boca e virou-lhe as costas. Ginés chegou ao castelo de proa e cruzou com Juan Basora, que o saudou militarmente.

"Comece a treinar, que esse louco está nos militarizando. De que lhe falava?"

"Da liquidação de El Corte Inglés, de nuvens e olheiras de mulheres."

"Pena que lhe falte talento poético, porque disso aí sai um poema. Em compensação, tem talento musical. Já o ouviu?"

"Não."

"Bem. É que você e Germán têm o camarote na outra ponta. Mas o meu é junto ao dele, e para que vou esconder? Ele passa horas e horas cantando músicas ainda mais antiquadas do que as de Conchita Piquer. Tem uma, *La bien pagá*, que não sai de sua cabeça. E o bom é que às vezes ele canta com voz de barítono, assim, estufando o peito, e outras com voz de cantora tuberculosa de opereta."

Basora calçou bem os óculos leves e dourados e foi atrás do comandante.

"Também me concedeu audiência. Comigo falará da saúde a bordo. Tem estudos de medicina ou, pelo visto, leu uma enciclopédia de saúde. É o pior que podia ter nos acontecido. Tal como se teme uma epidemia de escorbuto. Se ele pegasse uns bons chatos ou uma sifilisinha, acabariam todas as suas frescuras."

Solidão nos céus e nos mares. Eles se afastavam das rotas dos peixes voadores e não eram tempos de migrações. Fazia tempo que os pássaros tinham buscado as rotas do sul, deixando o céu à sua sorte imóvel. Enfiou-se no camarote para atualizar seu caderno de bitácula, especialmente as observações meteorológicas de sua competência, mas não conseguia tirar da cabeça o constrangimento pela presença de Tourón em suas relações com Encarna. Havia penetrado nelas como uma sombra que escurecia até mesmo a encenação da lembrança. Ele e Encarna, mas também a sombra do comandante. Na rua, nos cafés, nos restaurantes, nos quartos de hotéis. Só um lugar tinha ficado a salvo da mancha de seu olhar. Ou não? O estremecimento irreprimível o fez mal, como uma pontada na coluna vertebral.

"O baralho é novo e dá gosto começar com um baralho novo. Olhe só o ruído."

Basora embaralhava e os outros se predispunham ao

tute com um olho posto no relógio e outro nas clarabóias dissimuladas pela noite.

"Por hoje, para mim, chega."

"Mas se o baralho é novo. É como começar de novo."

"Deixe para lá."

Germán serviu o rum da Martinica e deram uns goles.

"Vou dar umas espiadas."

"Nas máquinas?"

"Não. No comandante. Por via das dúvidas. Ele pode ter vontade de dar uma volta e exigir minha presença."

Martín, o oficial de máquinas, tentou se levantar, mas Basfora o segurou pelo braço.

"Nós todos vamos acabar que nem uns bobos atrás desse chato-de-galocha. Mendoza e o Palique não estão lá embaixo?"

"Estão."

"Pois então."

Jogou as cartas e se espreguiçou.

"Porra. Está começando a navegação séria. As Bermudas já ficaram para trás, e vai ser assim até em casa. O navio vai sozinho e eu estou cansado de andar em navios como este e mais ainda com comandantes iguais a esse. Comunico que esta é a minha última viagem."

"Você se retira para suas propriedades no campo?"

"Minhas propriedades, sim, minhas propriedades. Não tenho nem um vaso de plantas. Mas não agüento essa rotina. Há um cargueiro em Maputo, Moçambique, à minha espera. Ali terei variedade. Ali se navega com os olhos e com os braços, não é como aqui."

"Como se trata de negros, vão lhe dar um navio que não serve nem para levar banhistas."

"É um cargueiro alemão de uns trinta anos. Não está ruim."

"Quer dizer que isso é sério."

"É sério."

Era idêntica a curiosidade dos três parceiros, mas Basora mantinha as mãos na nuca como se ainda lhe sobrasse espreguiçamento, e os contemplava sorridente e de longe.

"Ali quase todo o transporte é marítimo ou fluvial. Terei de costear e às vezes me meter em braços de rio naturais. Quando estiver aposentado eu chamo vocês. É um contrato por dois anos. Renovável. E em dois anos eu poupo o que aqui levaria dez, e além disso aqui a gente faz uma rota que não convida a poupar. Quem é que poupa na Espanha? Em compensação, em Moçambique você não consegue comprar nada, ou muito pouco. Ideal."

"Ainda poderia poupar mais se embarcasse num navio-sonda ou numa plataforma de petróleo, eles precisam de marinheiros, gente que não se arrepie diante das ondas. O antigo chefe de máquinas, Colomo, está numa torre de perfuração flutuante que fica defronte de Trinidad. Taí, Ginés, esqueci de lhe dizer, você poderia ter ido visitá-lo. Não navega, mas controla a situação. Isso ele me disse outro dia, por rádio, rindo. Como é um dos poucos que já estiveram embarcados, sabe do que se trata. Ginés queria embarcar como patrão de um pequeno cargueiro que navegasse pelo Caribe."

"Algo tem que ser feito. Porque navegar em navios como *A Rosa de Alexandria* é igual a amargar uma cadeia de montagem na Seat, só que em alto-mar."

"Quer dizer que isto vai ficar à deriva."

Martín contemplava, estupefato, Basora.

"Você vai embora, este aqui gostaria de ir, e o comandante, doido varrido. Eu vou fazer concurso para mergulhador na minha aldeia, que é porto marítimo."

"Mas você não sabe nadar!"

"E que porra é essa de ter de saber nadar para ser mergulhador? Você desce com um tubo e depois te puxam. Um mergulhador é mais seguro que um maratonista."

"O que acontece conosco é que viramos marinheiros por causa do que lemos quando crianças e depois você descobre que está tudo controlado. Dizem por telex o que vai acontecer e o que você vai fazer. Você aperta um botão e o navio a bombordo. Outro, e a boreste."

"Eu, quando era criança, não lia. Virei marinheiro porque vi um filme chamado *Sherazade*, em que aparecia um músico russo que se chamava Korsakov e era marinheiro, e tinha um duelo com açoite. Foi o único duelo com açoite que vi em toda a minha vida. Garotinho. Como eles ficavam feridos, o Korsakov e o outro, um cara moreno, de costeletas!"

"E você, Ginés? Seus planos? Você continua?"

"Esse quer ir para o Bósforo. Disse isso para mim outro dia."

"E o que ele perdeu no Bósforo?"

Martín não entendia nada nem ninguém, mas Basora tinha recomposto o gesto de pôr os braços sobre a mesa e atender ao desejo de Ginés.

"Por que o Bósforo?"

"Estive lá uma vez. Cruzamos os Dardanelos e chegamos a Istambul. Passamos dois ou três dias na cidade e aproveitei para percorrer as duas margens do Bósforo até avistar o mar Negro. E fiquei com essa idéia. Você já sabe. Ou, se não sabe, dá no mesmo. Gosto de pensar que algo acaba em algum lugar. Chega um momento em que você se irrita de pensar que a Terra é redonda, que tudo recomeça, sempre."

Basora apontou para Ginés como se fosse uma prova de suas próprias intenções.

"Estão ouvindo? É a mesma coisa que eu procuro em Moçambique. Um limite. E no limite está a aventura. Me recuso a andar embarcado em navios modernos, porque esse modernismo é falso. Significa que vão ter uma maquinaria cada vez mais sofisticada e acabarão voando e sendo dobráveis. Já já, vocês verão, vai aparecer o navio cosmonauta, e não riam, porra. Pois bem, eu ponho um limite a isso e embarco num velho cargueiro alemão que costeia um país que fica no quinto dos infernos. E esse aí quer ir para o fim do mar, porque adiante do Bósforo fica o fim do mar, o único beco-sem-saída autêntico de todos os oceanos. Ou será que vocês ainda não perceberam?"

"Bem, bem, bem, meu chapa, não estique demais a conversa, Charles Boyer, que já está saindo fumaça da minha cuca."

Germán acalmava com as mãos a febre da imaginação irônica ou transcendente de seus companheiros, como se baixasse o nível de um som que o ensurdecia.

"Vamos por partes. Você, rapazinho, nem limites, nem antitecnologia, nem babaquices. Você vai para Moçambique poupar para a velhice."

"Para qual velhice? Se você ainda me quiser por dez anos!"

"E você, você, fugitivo, você, paspalho, porque você é um paspalho, e é isso que nós dizemos a respeito de Tourón, mas onde entram as idiotices do Larios a gente tem que tirar todas as outras, pois bem, você vai para o Bósforo, e o Bósforo, se não me engano, vai parar no mar Negro, e pelo mar Negro se vai à União Soviética, quer dizer que você vai para a União Soviética e depois vai me dizer que se perdeu na União Soviética."

"Esse aí vai para o fim do mar."

"Merda. Vai para a União Soviética, e que isso conste em ata. E tem mais. Estive em Odessa e posso lhe garantir que não há nada em Odessa que você não encontre em Barcelona ou em Gênova. E mais, encontra menos coisas, e as soviéticas são umas freiras de clausura, ou seja, se você vai à União Soviética, você que agüente, eu estou fora."

O vozerio dos três se generalizou, enquanto Ginés se abstraía ou tentava criar um recanto mental naquela confusão de línguas e desejos.

"Esse negócio do Bósforo é uma metáfora, e o de Moçambique, também", Basora insistia.

"O que é uma metáfora?"

"É quando uma palavra é tomada em sentido figurado."

"Valeu, sábio, valeu. Muito bem. O Bósforo é uma metáfora, porque esse aí, não sei que porra ele imagina que vai fazer lá, mas Moçambique não é uma metáfora, a mim você não enrola, Moçambique é um navio e um contrato e um percurso e umas economias, valeu, cara? Umas economiazinhas."

E Germán abria o olho com um dedo cúmplice.

"Não se pode falar com gente sem sensibilidade metafórica."

E Basora riu do próprio pedantismo, amparado pelos risos e por Martín e Germán, que lhe davam uma banana, liberados assim da obrigação de entendê-lo. Tomaram o que sobrava da garrafa de rum e Basora propôs montarem uma expedição às portas do camarote do comandante para ver se ele estava cantando e se poderiam escutar um concerto.

"Você o ouviu?"

"*La Zarzamora.* Ouvi com estas orelhas aqui."

"Cuidado, que se ele se ofender nos planta em Barcelona com um folha de serviço negativa e depois não há quem nos embarque."

"Que planta que nada! Ele que nos agradeça por não lhe querermos mal e por deixá-lo dizer sandices e fazer besteiras. Vamos fingir que vamos para o meu camarote, que fica colado ao dele."

Saíram do camarote de Germán e avançaram para onde ficava o do comandante. Com um dedo nos lábios, Basora reafirmou o necessário silêncio, e a vontade de ouvir permitiu que percebessem a voz do comandante cantando aos gritos. Tiveram que colar os ouvidos no frio da porta metálica e ainda aproximá-los da fresta para que a voz ganhasse significado:

No me quiera tanto
ni llore por mí,
no vale la pena
que por un mal cariño
te ponga azí.

Martín prendia o riso com a mão na boca, e os outros temeram a explosão e saíram desabalados para o camarote de Basora, onde puderam rir à vontade.

"Que cafonice era aquela que ele estava cantando?"

"É uma canção do tempo da Picó."

"E o cara cantava como se fosse andaluz. Dizia: '... *te ponga azí...*'."

E era um riso liberado pelo nariz aquele que não ousava se transformar em sonora gargalhada.

"Gostaria de vê-lo cantando. Igual a uma cantora folclórica que se mexe e requebra os ombros e quadris."

"A gente precisa ver isso."

Era uma idéia genial que havia seduzido Basora, e ele estalava os dedos no ar como convocando a solução técnica do problema.

"O cara se tranca por dentro, mas alguém tem que fazer alguma coisa."

"Se ele quiser, a gente não consegue abrir o camarote por fora."

"Isso é óbvio. Tem que se encontrar uma solução. E não vejo outra senão combinarmos com o garçom para que ele, com a desculpa de levar-lhe alguma coisa, deixe depois a porta encostada."

"Isso não."

Era Germán que acertava os detalhes e preparava uma retirada radical do projeto e do camarote.

"Por quê?"

"Porque isso é tirar toda a autoridade dele diante da tripulação."

"Tem razão", Basora admitiu, e começou a contemplar Germán, maliciosamente.

"Você vai fazer. Vai entrar noite dessas, quando ele estiver cantando. Primeiro lhe avisa por telefone para que ele não se zangue. Vai visitá-lo, com qualquer pretexto, e deixa a porta só encostada."

Os muros de Albacete continuaram a surpreendê-lo desde de manhã cedinho. “Fui eu que matei Mortimer, o Coxo.” “Calvo Sotelo = Sadat = OTAN.” Talvez fosse o contraste entre os poetas ocultos e a seriedade das pessoas recém-amanhecidas, nas ruas, entre arquiteturas jovens que já haviam nascido velhas, edificadas sobre terrenos baldios antes ocupados por casarões memoráveis, de que era possível fazer uma idéia a partir dos escassos sobreviventes de sua espécie. A velha senhora Rodríguez de Montiel já não vivia em seu apartamento enclausurado da passagem Lodares, cenário de teatro italiano renascentista, neoclássico, de um estilo *pompier* cinza inquietante, sob uma abóbada de vidros frios. Na escuridão da passagem havia se refugiado todo o mistério da cidade, talvez fosse o pouco que restava da fisionomia de um passado, lojas tristes, portões semifechados de escadas sólidas que levavam a apartamentos onde os jovens ricos já não queriam viver e que agora serviam para profissionais centrais e cêntricos. A passagem Lodares é o que há de mais central aqui em Albacete, confirmaram-lhe numa mercearia, onde indagou sobre o queijo manchego e a velha senhora.

“Segundo minhas notícias, ela está reclusa na região de El Bonillo. Há boas fazendas por lá. Se quer que lhe diga a verdade, há anos não a vejo e também há anos que não me falam dela.”

“E o filho?”

“Bem, isso é farinha de um outro saco. Desse se falou muito ultimamente pela desgraça que teve, mas também não o tenho visto, faz um tempão.”

De novo a moderação da paisagem manchega, sem se saber quem, se o céu ou a terra, tinha começado a implicar com o outro. As folhas secas continuavam sua loucura de objetos malditos, movidas por um vento cego, e de vez em quando se deixavam atropelar pelo carro com obstinação de suicídio. Na direção de Barrax e Munero surgiam povoados nos cruzamentos das estradas ou ao longe, em torno de uma granja nobre, pintada de ocre e branco, cercada pela monotonia de terras hibernadas, pela vida escondida sob os torrões, nas margens verde-cinza barbeadas pela navalha do inverno. De Munera a El Bonillo a estrada brincava de subir ladeiras excepcionais e até brincava nas curvas com os morrinhos que em seguida lançavam a vista do viajante à fatalidade da planície.

O carro desembocou numa praça que ficava ao lado de uma igreja neoclássica, ocre por fora, verde por dentro. Carvalho entrou para verificar se a solidão de dentro era equivalente à de fora. As estátuas estavam sozinhas, em sua entediada segunda-feira, atores de estuque interpretando autocomiserações e amparos que não comoviam ninguém. Já fora, ao pé de uma cruz de mármore, verificou a externa desolação da manhã, apesar do sol, de que só desfrutavam os homens que haviam saído para a sacada de um edifício nobre, importante, de onde tentavam adivinhar a procedência do carro do intruso e suas intenções de forasteiro desconcertado na labiríntica retícula de La Mancha. Passavam mulheres apressadas, escondidas em três ou quatro abrigos contra o frio, e sua intenção de puxar conversa esbarrou em olhos prevenidos e confundidos por uma voz que não era de nenhuma delas.

"A casa dos Rodríguez de Montiel? Qual?"

"A casa onde mora a dona."

"Pois isso não fica aqui. Tem de ir em direção a Lezuza, pela estrada de Balazote, e não tem como se perder. A dez quilômetros de El Bonillo você vai ver. É uma baita casa, a maior da região, cercada e com um portão de pedra na entrada das carruagens. Não tem erro."

A paisagem se amontanhava suavemente, se arborizava em rios vegetais que pareciam uma torrente, e de súbito um caminho prometeu no horizonte o casario dos Rodríguez de Montiel. Carvalho seguiu o caminho, atravessou o dintel do portão e chegou a um pátio de terra em que descansavam dois tratores e um velho jipe e vadiavam dois meninos louros perseguidos por um cachorrinho. A imobilidade dos meninos diante do forasteiro que saía do carro foi compensada pelo surgimento nervoso de uma mulher com um avental que lhe servia de toalha para as mãos vermelhas.

"Isto é uma propriedade particular. A estrada vai para Balazote, é só não sair dela."

"Não me perdi, procuro a senhora viúva Rodríguez de Montiel."

"O que quer com ela?"

Era uma voz masculina, e portanto não podia ter saído da mulher, nem das crianças. Às suas costas crescia um homenzarrão com uma jaqueta de gabardine e gola de pele, botas de caubói, boina, óculos de madrepérola e um nariz adunco sobre um bigodinho fino.

"Perguntava pela senhora, don Martín."

Agora estavam frente a frente.

"De fato. Vim para conversar com a senhora viúva Rodríguez de Montiel."

"Pois é curioso, porque deve ser a primeira visita que essa senhora recebe há pelo menos dez anos. Desculpe, mas se para o senhor tanto faz, eu o atenderei, a pobre mulher não está em condições de receber visita. De que se trata?"

"Em primeiro lugar devo me apresentar, e desculpe minha desconsideração por não ter feito isso antes."

"O mesmo digo eu, porque não lhe disse a minha graça."

"Cabia a mim."

"Não, me desculpe."

O homenzarrão estava muito amolado consigo mesmo e recitou de chofre:

"Martín Cerdán Samaniego, para servi-lo. Sou o administrador da fazenda."

"Eu me chamo José Carvalho e sou uma espécie de corretor de seguros e preciso muito falar com os Rodríguez de Montiel sobre assuntos ligados à desgraça ocorrida com a nora da senhora."

"Eu não sabia que tinha alguma coisa pendente."

"Don Luis Miguel não lhe disse nada?"

"Esse não diz nem bom-dia."

Com um gesto o administrador abriu caminho para que Carvalho fosse atrás dele até o portão central de pedra e madeira trabalhada em outros tempos por um bom artesão e depois abandonada ao sol e ao vento. Uma fria penumbra de saguão de pedra serviu de prelúdio para um escritório onde não havia outros móveis além de uma mesa trabalhada, com pé de forja, e arquivos metálicos de quartelzinho da Guardia Civil. Um crucifixo sobre a mesa contemplava a papelada organizada e, na parede, um cartaz de rações industrializadas. Num canto fumegava uma estufa cilíndrica de ferro, mas ainda restava muito espaço ao frio instalado desde o outono naquela sala.

"O senhor compreende que não posso confiar meus assuntos a qualquer um. Na verdade gostaria de chegar a don Luis, mas ele não está em Albacete e ninguém sabe me dizer onde se encontra."

"Nem eu quero que me conte nada desse senhor, porque os assuntos dele são assuntos dele e os de sua mãe são de sua mãe. Administro tudo o que é propriedade exclusiva de dona Dolores e não tenho nada a ver com o que ficar para o filho. Se o fiz entrar foi para não falar de tudo isso em voz alta na frente da criadagem, por mais confiança que se tenha nela. Os tempos mudaram e já não existe fidelidade como antigamente. Não sei aonde vamos parar."

"Pode me indicar onde encontrar don Luis?"

"Não."

"Talvez a mãe dele saiba."

"Não. Não creio."

O administrador tinha franzido o cenho e foi para a estufa verificar a lenha. De um cesto de vime pegou quatro pedaços de madeira tão recém-cortada que ainda soltou pó branco em seu curto trajeto até a boca de fogo da estufa.

"Além disso, não é uma mulher que esteja bem, entende? Se estivesse bem, não digo nada. Mas é que há dias em que não coordena as coisas, que nem se lembra de que tem um filho, bem, um, tem sete, mas sobretudo esse, esse que tantos desgostos deu a ela. Para mim, é claro, não me disse onde ele está. Embora eu também não passe a vida perguntando por esse cabeça-de-vento. Sei que não é direito falar assim do rapazinho, mas, bem, é que ele fez cada uma. Para o pai dele, que descanse em paz, para a mãe e para a mulher, que, digam o que disserem, agüentou-o mais que ninguém."

"Esta se referindo à falecida?"

"Estou me referindo a ela. Chegou a esta casa quando era quase uma menina e aqui teve maus exemplos."

"Viviam aqui?"

"Quem? Don Luis e a mulher? Não, homem, não. O rapaz só vinha aqui para saquear. Aqui durante anos e anos só vivemos meu pai, descanse em paz, e eu, cuidando de que não morresse a galinha dos ovos de ouro, e todos os outros, enquanto isso, vivendo como príncipes em Albacete ou em Madri ou nas Chimbambas. E depois, quando foi preciso preocupar-se com isto aqui porque senão ia a pique, pois é, ninguém deu as caras. Todos os filhos têm sua vida, aqui e lá, os que não fizeram uma carreira têm um pequeno negócio, todos menos o cavalheiro de quem falamos. Ia ser tabelião, ia ser uma eminência, e só foi um vadio. Não. Não me conte nada. Não quero saber nada do cavalheiro."

"Eu precisaria falar com a mãe dele."

"É tão importante?"

"Muito importante."

"Não a azucrine. Tudo devagarzinho. Ora entende, ora não. Já não sei se entende quando pode ou quando quer. Mas também não me importa", concluiu o administrador, deixando cair com raiva a tampa redonda do fogareiro.

O homem corria, mais que andava, sobre os grandes ladrilhos esmaltados do saguão e subiu as escadas de pedra de dois em dois, diante do olhar de figurões da família emoldurados em quadros cheios de poeira e penumbra. Bateu com os nós dos dedos numa porta marrom muito sólida e, sem esperar resposta, puxou a maçaneta da porta e abriu-se diante deles a perspectiva de um salão, onde envelheciam adamascados e tapetes à luz pálida do inverno introduzida por uma sacada. E junto da sacada uma mesa com toalhas até o chão e, embaixo, um braseiro de bagaço, sol de calor para a anciã entregue a uma poltrona de couro esfolado. Vitrines para louças e porcelanas finas, pratas lavradas, uma Diana caçadora de alabastro nobre sobre um console elisabetano conservado pela inteligente piedade dos cupins que tinham se afeiçoado a ele. E vozes e músicas que saíam de um aparelho de rádio último modelo, radiocassete, com gravador e desenho aerodinâmico recém-importado do Japão, imposição da estética do metal e do plástico e da eletrônica naquele antro de antiquário: "Você acha que o filho de Caroline será menino ou menina?", "Também podem ser gêmeos, Silvia, não esqueça, Silvia, que na vida amorosa da princesa abundaram os jogos simultâneos". "Mas como você é mau, muito maldoso." A anciã ria e convidava os dois homens a se aproximar.

"Dona Dolores, este senhor veio vê-la."

"Espere, espere. É Silvia Arlet... Espere."

Toda sua atenção estava concentrada no diálogo mantido pela locutora com seu informante sobre questões de vidas principescas.

"Caroline de Mônaco espera um bebê", a velha informou a Carvalho, que assentiu com certa convicção.

Prosseguia o diálogo malicioso entre a locutora e o informante, e o nervoso administrador passeava pela sala com as mãos cruzadas às costas e uma estranha obstinação em contemplar a evidência dos bicos de suas botas. Carvalho tinha procurado uma cadeira, aproximou-a da mesa, sentou-se e logo recebeu o calor desprendido pelo braseiro oculto sob a toalha. A velha estava do outro lado da mesa, e o sorriso da mulher convidava a continuarem a ouvir o malicioso programa de rádio. Quando terminou o diálogo sobre a jet society, a anciã se aproximou do aparelho e mexeu os botões em busca de outra emissora.

"Agora ponho *Protagonistas*, de Luis del Olmo, porque aparece um rapaz muito simpático e muito bonito que se chama Tito B. Diagonal. É muito rico e muito bom filho. Sempre fala bem do pai. O senhor gosta de rádio?"

"Ouço pouco."

"Não sei o que faria sem o rádio. Antes também gostava de televisão, mas agora não tanto. Gostava muito quando aparecia aquele jogador do Zaragoza, Lapetra. Lembra-se de Lapetra?"

"Não."

"E o senhor, Martín?"

O administrador deteve seu andar de ruminante erradio e levantou os olhos para as vigas do teto.

"Lembro, senhora, sim. *Os cinco magníficos*: Canario, Santos, Marcelino, Villa, Lapetra. Ela gostava de Lapetra por causa do cabelo", esclareceu a Carvalho.

"Tinha um cabelo muito bonito. Nessa época a televisão era em preto-e-branco, mas eu adivinhava que Lapetra era ruivo. Também gosto muito de 'La jaula de las fieras', um quadro de *Protagonistas*. Aparecem quatro moças e se metem com alguém importante. Vou trocando. *España a las ocho*. Depois fala um rapaz que tem uma voz muito doce e que se chama Aberasturi, deve ser basco, pelo sobrenome. E Silvia Arlet ou Luis del Olmo, Tito B. Diagonal. À tarde, *Clásicos populares*. Eu não sabia nada de música, e olhe que quando criança aprendi a tocar piano. Mas não sabia por exemplo quem era Smetana. Conhece Smetana? Tem um disco muito bonito que se chama *O rio Moldávia*. Ponha-o, Martín."

A anciã revirou um monte de cassetes e escolheu uma que entregou a Martín. Com rigidez facial mas pacientemente, o administrador mexeu no aparelho para que deixasse de ser rádio e se transformasse em gravador. Introduziu a fita e prosseguiu com os passeios. Uma música majestosa, lírica, de rios e vales tomou conta da sala embalsamada.

"E depois, *Directo-Directo, Tablero deportivo, El loco de la colina*. O senhor ouve o louco da colina?"

"Não."

"É uma maravilha. Um rapaz delicado. Muito bom rapaz também. Todos os rapazes que aparecem no rádio são muito bons. Mas o louco da colina é o melhor. Está sozinho numa colina cercado de discos e livros de poesias. Às vezes também convida gente e começam a falar devagarzinho e em voz baixa. Termina muito tarde e então eu durmo, mas acordo como se tivesse um relógio no corpo quando está quase começando *España a las ocho*. Uma ou outra noite também escuto esse que é tão mau, esse que se mete tanto com a gente, García. Esse mereceria ouvir umas boas verdades. Vive entediado. Um dia quis lhe telefonar, mas por azar as linhas estavam cortadas. Não é mesmo, Martín? O senhor me disse que não tinha linha."

"Eu mesmo verifiquei". E acrescentou, para que só Carvalho ouvisse: "À uma da madrugada".

"A rádio e Cristo na Cruz. Meus dois consolos. Viu o Cristo na Cruz?"

"Não."

"Está em El Bonillo e é de um pintor muito importante."

"De El Greco", retrucou o administrador num tom de voz que equivalia a um: "não precisa dizer mais nada".

"E a família?"

"Ah, a família..."

"Quantos filhos tem, dona Dolores?"

O administrador piscava o olho para que Carvalho se preparasse para uma resposta surpreendente.

"Sete. Como os sete pecados capitais."

"Muito bem!", aprovou Martín. "E este senhor é, justamente, amigo de um filho seu e está procurando por ele. O senhor Luis Miguel."

"Ah, Luis Miguel, Luis Miguel."

Smetana estava pelos cerros de Úbeda da Moldávia e a anciã tinha ido para as montanhas secretas de suas lembranças.

"Luis Miguel, Luis Miguel. Também era muito bom, muito bom. Teve má sorte, pobrezinho do meu filho. Era o mais bonito de todos, o mais bonito de El Bonillo, de Albacete. Dava gosto vê-lo quando se vestia de caçador e ia caçar perdiz com os irmãos, o pai, os amigos do pai. Nunca vem me ver. Por que nunca vem me ver, Martín?"

"Mas lhe escreve. Pelo que sei, ele lhe escreve, senhora Dolores."

"Ah, sim, essas cartas."

Os olhinhos da anciã resvalaram para um monte de cartas atrás do vidro de uma vitrine. A cobiça dos olhos de Carvalho foi captada pelo administrador.

"Não há remetente no envelope."

Era um aviso dirigido ao detetive.

"Onde está seu filho, senhora Dolores?"

A anciã não deu pelota para a pergunta de Carvalho.

"O que lhe custaria vir me ver? Eu sempre o compreendi e mais de uma vez me pus entre ele e o pai. Meu marido era muito firme, muito correto. Demais, às vezes. Se bem que um homem nunca é firme demais. Antes que nos pusessem abaixo a casa de Tesifonte Gallego, antes que fôssemos para aquele apartamento da passagem Lodares, dava prazer ver as festas no jardim, na primavera ou no outono, quando começa o outono, porque logo o inverno se mete aqui e não há quem o tire. Aqueles eram os bons anos de meu Luis Miguel. Depois, um dia se apresentou com ela e já nada foi igual. O pai lhe disse: primeiro termine os estudos. Mas ele não ligou. Fazia quatro ou cinco anos que vivia trancado estudando para tabelião e mandou tudo às favas por causa dela. E o que teve em troca? Uma mulher leva a sorte ou a desgraça à vida de um homem. E olhe que ensinamos tudo a ela. Ensinamos até a pegar um garfo. Onde está Encarnita, Martín?"

"Morreu, dona Dolores, a senhora já sabe."

"Morreu, sim, pobrezinha. Deus a perdoou."

"E seu filho, dona Dolores, onde está?"

Os ombros da anciã se encolheram, mas os olhinhos estudavam Carvalho.

"Eu preciso encontrá-lo para uma coisa que interessa muito a ele."

"Quer vender alguma coisa a ele?"

"Não. Não é isso."

"É que se quer vender alguma coisa a ele, perde seu tempo. Ele não tem mais nada. É o mais pobre de meus filhos. Bem, alguma coisinha ele tem. Coisas o seu pai lhe deixou, sua parte do que isto aqui produz, e La Casica."

"Tenho que falar com ele. São assuntos ligados ao falecimento da mulher dele. Seguros. Assuntos familiares. Urgentes."

"Não vejo meu Luis Miguel desde o outro Natal. Por que ele não apareceu neste Natal? Meus filhos vêm cada vez menos. Este ano faltaram quatro. Um foi para umas ilhas que ficam muito longe, umas ilhas onde faz calor o ano todo. Por que têm de ir nestes dias de festa? E eu, com a ilusão de que vou reunir todos. Quem sabe conseguimos isso no ano que vem. Luis Miguel também não veio. Não podia vir."

Respeitaram seu desejo de enigma, seu jogo de olhar para os olhos de um e de outro, tentando adivinhar se seriam capazes de adivinhar seu segredo.

"Está em La Casica. Se o vir, diga-lhe que o espero, que venha me ver, que o que passou passou. E quanto a Encarnita... é como uma filha para mim."

"Encarnita morreu, dona Dolores."

"Morreu, coitadinha."

Mas o assunto já não a interessava e ligou de novo o rádio. Recuperou a paz quando um locutor e uma locutora se revezaram nas informações sobre a vida política e cultural local. Naquela manhã tinha começado uma reunião da Junta do Governo Autônomo de Castela-La Mancha. O administrador e Carvalho saíram do salão e, assim que fechou a porta, o administrador resmungou:

"Como uma filha! Se não fosse pela idade que tem, eu

lhe diria umas boas verdades. Infernizaram a minha vida, até que ela virou mulher e os pôs no seu devido lugar. Como uma filha!"

"Pelo visto, o filho está em La Casica."

"Vai saber. Duvido."

"Onde fica isso?"

"É uma velha propriedade que o senhor Luis Miguel herdou diretamente da avó, fica no cu-de-judas, com perdão da palavra. Lá para a nascente do rio Mundo."

A imagem da cachoeira que ele vira no quarto de El Corral se sobrepôs ao rosto caviloso do homem.

"Não sei o que é que ele pode ter perdido ali. Mas está maluco, perdido, e mesmo ali continua um idiota completo."

"Pode-se verificar? Pode-se telefonar?"

"Não. É um velho casarão situado bem ao lado do nascente do rio Mundo, por ali é conhecido como Los Chorros, isso fica lá pelo Calar del Mundo, perto da serra de Alcaraz. O melhor é que vá até Elche de la Sierra e desvie para a direita, em direção a Riopar, de Riopar à nascente do rio é um pulo. Mas para não se perder pergunte por ali. Eta lugar para se meter. Mas não tenha muitas ilusões de encontrá-lo. Esse, como sempre, está em qualquer lugar, isto é, em lugar nenhum."

Era sua intenção apanhar a bagagem no hotel e ir para Riopar sem perdas inúteis de tempo, mas junto com a conta o recepcionista lhe entregou um bilhete, e no bilhete havia um encontro marcado: às oito, na passagem Lodares. Sem assinatura, mas a sombra da imagem do bandurreiro se fechava sobre o papel quadriculado e a letra tinha sido educada pela velha caligrafia escolar, de traços grossos, parecia até escrita por uma velha pluma molhada no tinteiro. Uma tarde imensa e cinza se abria para além das portas do hotel, e de novo o vento inexplicavelmente impotente contra as nuvens obsessivas. Voltou para deixar a bagagem no quarto e foi esticar as pernas pela rua Tejares, onde sobrevivia o que ainda restava da arquitetura manchega de Albacete. Era como uma concessão museológica à história da habitação, no marco de uma cidade implacável com seu passado físico. O vento era o único habitante ululante das ruas que o levavam ao cinturão urbano, e mortiças eram as luzes das lojas à medida que se afastavam do centro, e àquela hora da tarde os bares ainda estavam vazios.

"Passou diante da prefeitura?"

"Há pouco."

"E não tinha gente na porta?"

"Pois nem prestei atenção."

"É que vão ver aquele cara, aquele que faz greve."

"Quem?"

"Um desempregado que se trancou na prefeitura e não come e diz que dali não o tiram se não lhe derem um trabalho."

Estavam sós, o dono do bar e ele. O dono do bar prosseguiu o monólogo entre cabeçadas de premonição sobre a maldade dos tempos presentes e o horror dos tempos futuros.

"E olhe que aqui o desemprego se faz sentir menos que em outras partes. Isso, pelo que me contam os fregueses. Mas o que vai fazer um pai de família que chega toda noite em casa com uma mão na frente e outra atrás?"

Carvalho foi para a rua, com a noite cerrada como testemunha de seu desejo de voltar para casa, para os pratinhos de Biscuter, para a tagarelagem lamurienta de Charo, para não ter nada a fazer ou para ter a fazer algo desimportante; mas voltar para horizontes propícios onde sua vida tivesse algum sentido. Faltava uma longa hora até as oito e estava na entrada de uma rua chamada Alférez Provisional, na avenida Rodríguez Acosta, junto ao parque de los Mártires.

"Se o senhor tivesse visto o bairro antigo, ali no Alto de la Villa, a vida alegre que havia. Mas não deixaram nada, e agora, como o senhor está vendo, é o progresso. Albacete é a Nova York de La Mancha, ou algo assim. Não sei quem disse isso. Um senhor importante. De Madri."

O homem do bar estava queixoso e ao mesmo tempo feliz por Albacete render tanta conversa, e Carvalho agora se lembrava dele como o único interlocutor gratuito em vários dias. O pior dessas viagens é o silêncio. Você está ficando velho. Não seria a cidade como um mar cinza sem margens, como um mar dentro de outro mar, La Mancha invernada, outro inverno de pedra, outro inverno por outros procedimentos, irrealidade da vida? Não obstante, rapazes e moças ressuscitavam a estas horas nas discotecas, entre gritos e sussurros, cidadãos naquela estepe inventada por um louco parcimonioso. E ao entrar na passagem Lodares ficou impressionado com a quietude teatral da arquitetura de cenário, luzes macilentas de lâmpadas insuficientes, os vidros opacos do teto, e os palcos para o espetáculo, as sacadas envidraçadas como que dependuradas sobre a paisagem nos dois extremos, instrumentos para a contemplação à distância entre duas famílias outrora poderosas e hoje palcos obsoletos para um espetáculo praticamente inexistente sobre o cenário de uma passagem omitida. E, por omissão, a solitude de um percurso, tanto para lá como para cá, à espera do surgimento do anunciado, pela frente ou por trás, talvez a morte, e a simples menção mental da palavra faz Carvalho caminhar de banda, para não dar inteiramente as costas à morte e poder vê-la chegar, ainda que de perfil. Mas o que vem é um homem coxo que, de perto, tem a face cor de vinho e os olhos adormentados por velhos alcoóis.

"Pepe Carvalho é sua graça?"

"Sim, senhor."

"Pois venho da parte do senhor Martín, o administrador de El Bonillo. Que o senhor não vá a Riopar porque ali não há nada, que quando o senhor partiu a senhora se desdisse e confirmou o que todos sabíamos, que don Luis Miguel está no estrangeiro."

O mensageiro tinha o olhar bobo ou olhava mais para lá de Carvalho, e ali estavam, às suas costas e a uma distância suficiente, outras duas silhuetas que fumavam no escuro e observavam o céu ou a terra, assim à toa, por observar.

"O senhor Martín demorou pouco a convencer a velha a dizer a verdade. De El Bonillo até aqui levei apenas uma hora, e na minha chegada sua mensagem já me esperava."

"O senhor Martín me telefonou em seguida, assim que o senhor partiu."

Quase todas as janelas permaneciam com os postigos fechados. Poucas frestas de luz para uma vida oculta e ignorante do que acontecia na passagem.

"Portanto o senhor vai para sua aldeia, não é, patrício?"

"Pois é, terei de ir embora. Se bem que me disseram que a nascente do rio Mundo é muito bonita e talvez eu chegue perto para vê-la."

"Pouco que ver, e estradas ruins. Isso é bom na primavera ou no verão."

"E me falaram de estranhos costumes, dos andadores de almas por exemplo. Conhece um andador de almas muito famoso da zona da serra?"

"Um andador de almas?"

Definitivamente, os olhos avermelhados e pouco inteligentes olhavam mais longe e convocavam o alerta dos outros dois homens, que se aprumaram e se viraram para onde estava Carvalho, andando em sua direção.

"Um andador de almas, sim, que anda sempre com a guitarrazinha."

"Pois não me recordo de tê-lo visto."

"Ele se chama ou é chamado de Lebrijano e tem cara de filho-da-puta e mau-caráter."

O coxo não suportou o insulto ao andador de almas e se jogou para trás para ganhar distância e impulso no momento em que Carvalho viu o início da corrida dos dois homens que estavam às suas costas. Carvalho se jogou sobre o coxo e pensou em derrubá-lo com um empurrão das duas mãos, mas o aleijado tinha a gravidade de seu peso, cambaleou, mas manteve a vertical e fez um molinete na frente de Carvalho, com a bengala, que roçou seu nariz e barrou-lhe o caminho ao mesmo tempo em que os outros chegavam. Dessa vez Carvalho tascou um chute violento nas partes brandas do coxo, que mugiu como se tivesse recebido o punhal na nuca e se dobrou, com a má sorte de que a única perna não lhe foi suficiente, pois caiu de lado. Carvalho pulou por cima dele, já com o bafo agressivo dos perseguidores no cangote, e esse bafo virou palavras ameaçadoras e insultantes, sem fôlego. A corrida o aproximou mais lentamente do que gostaria da saída da passagem Lodares, diante das indiferentes sacadas, inúteis, onde ninguém aparecia para presenciar o espetáculo. Enquanto corria, agora longe da emboscada da passagem Lodares, lembrava-se da cena vivida como um ensaio geral, sem espectadores, de uma peça, provavelmente clássica, em que a vítima se nega à fatalidade da própria morte. Misturou-se com a relativa multidão que se jogara na rua Mayor e se enfiou num bar onde o taberneiro servia *tapas* típicas do interior, sólidas, gordurosas, saborosas, picantes e requentadas pelo procedimento de pegar porções e enfiá-las, por uma janelinha que lembrava um guichê, à sua mulher engaiolada dentro de uma cozinha — turva de aspecto, mas com aromas sugestivos. Fotografias com as torcidas do Barcelona F. C. e do Real Madrid falavam da deliciosa neutralidade épica da casa, e Carvalho, com o fôlego agitado e o susto nos nervos, pôs uma garrafa de Estola na alma, acompanhada por uma interminável *tapa* de miúdos açafroados e oleosos, que lhe caiu como uma vaselina do espírito. Sentia um cansaço profundo nos nervos, que foi descendo pelo corpo, como buscando o centro da Terra, e quando voltou ao hotel, entre receios, eram os pés que lhe pesavam como chumbo, chumbo que as duas garrafas de Estola e as cinco *tapas* de miúdos tinham lhe metido na cabeça e no estômago. Trancou por dentro a porta do quarto e caiu de cara para o teto com a adquirida, profunda convicção de que havia descoberto outra forma de suicídio.

Aconselharam-no a pegar a estrada de Hellín e, uma vez ali, virar à direita na estrada vicinal de Elche de la Sierra. La Mancha o acompanhou quase adormecida até que um pequeno rio Mundo, a partir de Elche de la Sierra, mostrou-lhe os valões abertos por sua dentadura de água através dos séculos, e à medida que ele avançava para as origens do rio um sol suave com escassez de inverno realçava os contrastes vivos de uma paisagem de montanha, vegetações de região com águas de passagem, zimbros, pinheiros, azinheiras, estevas, romãzeiras, mas também as copas nuas e pulposas das nogueiras à espera do milagre da primavera. E foi no cruzamento de Molinicos que parou o carro para auscultar seus receios e onde de repente pensou que talvez fosse parar numa armadilha, sem deixar pelo caminho as migalhas que tinham servido ao Pequeno Polegar na volta para casa. Molinicos estava ali, numa depressão do terreno para a qual descia a estrada secundária, e ele resolveu se aproximar das colinas do povoado e perguntar pelo senhor prefeito à primeira vizinha que encontrou. A mulher tinha a impressão de que o senhor prefeito não estava, porque ultimamente viaja muito à capital.

"A Madri?"

"Bem, não é Madri. A capital é Toledo."

Sem dúvida o mapa político da Espanha havia mudado e Carvalho não tinha se atualizado.

"Verifique o senhor mesmo. O prefeito mora no primeiro prédio, quando se entra no povoado. Um prédio novo. Não lembro o andar, mas lá lhe dirão."

Carvalho estacou, com seu jeito de estrangeiro às costas, diante do prédio e em pouco tempo apareceu na janela uma mulher jovem que indagou sobre suas indagações.

"Procuro o senhor prefeito."

"Bem, meu marido não está, mas posso atendê-lo com muito prazer."

Era a mulher do prefeito, uma mediterrânea de olhos grandes e fala decidida, de Valencia pelo visto, com um filho que efetuava a operação de caminhar pelos móveis com a segurança dada pelo exato conhecimento dos quatro pontos cardeais do apartamento, onde perambulava um instalador de calefações com o metro dobrável em riste, atento às explicações da senhora prefeita, e uma empregada.

"É que nestas casas novas faz um frio de rachar. Luis Miguel Rodríguez de Montiel, o senhor disse? É que nem meu marido nem eu somos daqui. Estudamos em Valencia, lá nos casamos e um belo dia ele resolveu vir morar numa velha casa que sua mãe tinha na serra. Eu também vim, e quando Franco morreu todos esses povoados saíram de um sono político que o senhor nem imagina, e meu marido e eu ajudamos as pessoas a tomarem consciência para que os que tinham mandado sempre deixassem de mandar."

"A senhora é do PSOE?"

"Do PSOE. Aqui, poucos matizes. Ou é PSOE ou os outros. Agora me lembro desse nome. É uma família de Albacete, mas achei que essa casa estivesse fechada. É um casarão, embora se chame La Casica, fica coladinho à nascente do rio Mundo, atrás do Calar del Mundo, defronte da serra de Alcaraz."

"O nome de Lebrijano lhe diz alguma coisa?"

"E a quem não diz. Esse é um pistoleiro a serviço dos pequenos caciques da serra. Era um dedo-duro. Mais de uma surra houve por aqui por causa das confidências do Lebrijano. Quando havia um rebelde, fosse por que fosse, o Lebrijano denunciava, subiam até aqui e patatim-patapam."

"Agora as coisas mudaram."

"Mudaram, e para melhor. Já não há aquela selvageria e aquele medo do pós-guerra civil."

Carvalho se queixou de como ia ser difícil encontrar sozinho o caminho para a nascente do rio Mundo. A mulher do prefeito pediu que lhe desse tempo para dar instruções ao sujeito da calefação e com muito prazer o acompanharia, porque o marido estava na capital da comunidade autônoma, como membro que era da Junta do Governo Autônomo de Castela-La Mancha. Meia hora depois a prefeita-guia estava instalada no carro que avançava para Riopar. Ela se chamava Elena, disse, e não, não sentia saudades da luz do Mediterrâneo, embora tivesse sido difícil adaptar-se ao interior e ao frio da serra, onde primeiro tinha vivido com o marido, numa casa que ainda estavam pagando e para a qual um dia voltariam para sempre, porque já não via esta serra como passado ou presente, mas como futuro.

"Sabe o que significa o fato de que aqui, em Molinicos, estejam dando aulas de música? A prefeitura contratou uma professora para as crianças."

De Riopar saía a estrada de montanha que ia em busca da serra de Alcaraz e que de repente oferecia um desvio para Los Chorros, a nascente do Mundo. E onde terminava o caminho asfaltado começava uma larga via de cascalho entre frescores de alta montanha, abetos em descida para o primeiro remanso do rio já adivinhado pelo canto da água em sua queda. E para lá de uma curva, a aparição repentina de uma escarpa da qual brotava, como abrindo caminho, o filete de água do que seria rio Mundo alguns quilômetros mais abaixo e que agora eram jorros de água lamacenta sobre uma rocha atapetada de musgo, contemplando-se nas primeiras águas aquietadas. Era impossível não escutar o canto propício do centro da terra enviando à superfície suas águas preferidas para formar um rio que, ninguém sabia como nem por quê, chamava-se Mundo, tinha assumido a responsabilidade de chamar-se Mundo, num canto de uma serra de Albacete.

"Sabe por que se chama Mundo?"

"Não."

Passarelas de troncos sublinhavam o caminho de descida das veredas para remansos inferiores, e lá embaixo já se via a presença convencional do rio iniciando a descida para suas mortes.

"Chega ao mar?"

"Por ora vai parar no açude de Caramillas, no limite com Múrcia, e depois deve ir se jogar no Segura, que é um rio importante." A senhora prefeita assinalou a cortina de água: "Atrás da cachoeira há uma gruta. Sabe-se onde começa, mas não onde termina. Há anos um francês se enfiou ali dentro e nunca mais saiu. E olhe que foram expedições em sua busca, mas nem rastro. E por aquele caminho no alto chega-se a La Casica, já dá para ver as barras de ferro e a corrente que impede a passagem. Terá de deixar o carro aqui. Quer que o acompanhe?".

"Não precisa. Minha visita não será longa. Se eu demorar mais de meia hora toque a buzina, assim poderei dar a desculpa de uma urgência e terei motivo para ir embora."

"Faça seu trabalho com calma, que não tenho pressa."

Era inevitável caminhar olhando o tempo todo para o prodígio das águas nascentes de uma ranhura aberta nos altos penhascos, que finalizavam contra o céu uma cenografia de primeiro dia da Criação, na medida de uma região sem ares nem espaços para permitir-se as cataratas Victoria ou simplesmente as do Niágara. Caminho acima, numa curva, desaparecia a presença de Los Chorros, para reaparecer a dez metros dali, ao mesmo tempo em que se via o final da trilha larga: dois pilares de pedra entre os quais se encaixava um portão de ferro e a tabuleta de metal laqueado e descascado: "La Casica". E, atrás da porta mal fechada por um cadeado mumificado pela ferrugem, o esplendor solitário de um pátio quadrado, resguardo de calor e luz para a mágica vegetação de pés de louro, laranjas silvestres e a inevitável nogueira em sua velhice nua. Claustro com os quatro cantos sustentados por colunas de pedra de capitel coríntio, vigas de madeiras eternas, uma sacada sob um beiral de telhas rachadas, antes de um corredor para o qual mais se fechavam do que abriam portas largas e ogivais. Aqui e ali, a enramada hibernada dos glicínios e a onipotência da luz de montanha forçando os olhos à invasão do contorno mais puro das coisas. Nada que não fosse a maravilha do lugar se opunha ao avanço de Carvalho para uma porta lateral que dava para uma escada ampla de pedra, perdida nas escuridões altas da casa. Carvalho pigarreou, fez apelos convencionais que havia aprendido nos livros e, ao não ter resposta, subiu os degraus com humilde cautela, para que qualquer observador desculpasse a ousadia de um intruso que tentava não sê-lo. No alto da escada, os olhos acostumados ao escuro adivinharam um hall com piso de ladrilho, uma arca trapezoidal de madeira com cravos de ferro e um anjo policromado com as pinturas entre o descascado e o empoeirado. Ao lado do anjo uma porta, e atrás da porta um salão com lareira de pedra lavrada em que ardiam troncos, uma mesa central, cadeiras escuras a contraluz de uma janela que dava para a distante serra de Alcaraz, e dois homens e uma mulher. A mulher, a Morocha, um dos homens, o andador de almas da guitarrazinha e, mais para lá, com uma escopeta entre as mãos, um rapagão com cara de cachorro que olhava para Carvalho e depois para o andador de almas, como se esperasse uma ordem dele para começar a atirar.

"Entre, homem, entre. Como se estivesse em casa."

"Mais parece a sua."

"Pode-se saber o que perdeu por aqui?"

A Morocha era a mais encrespada, e o andador de almas puxou seu braço para que não fosse em direção a Carvalho.

"Pois vim ver um amigo, o prefeito de Molinico, e ele me disse: dê um pulo lá para ver se por acaso don Luis Miguel não está. A senhora do prefeito me acompanhou e ficou ao pé de Los Chorros, me esperando."

O rapagão e o velho se entreolharam. As palavras não foram necessárias. O jovem se afastou da parede, passou por Carvalho e saiu da sala. O velho passou a mão no rosto e expirou o ar do desalento que parecia carregar dentro de si.

"Meu senhor, meu senhor. Como são simples as coisas e como às vezes complicamos a vida. O senhor complica a vida e complica a dos outros."

"Só quero ver uma pessoa e o senhor faz o impossível para que eu não a veja."

"Se o senhor fosse sincero. Se me dissesse, olhe, Lebrijano, trata-se disto e daquilo, e eu lhe responderia, pois é, homem, isto sim, aquilo não, ou aquilo também. Entende?"

"Deixe-o, papai, que este aí é raposa velha."

A palavra papai nos lábios da Morocha dava outra dimensão ao Lebrijano. Às costas de Carvalho o rapagão já estava de volta, e ele adivinhou sua respiração de maratonista antes que dissesse:

"É. Tem uma mulher ali onde começa a estrada. E um carro."

"Por que o senhor não a fez subir? Por que deixá-la esperar lá fora com esse frio?"

Carvalho deu de ombros. Era ódio o que enviavam os olhos negros da Morocha, e agora o andador de almas passeava em círculo, como dando voltas em torno de si mesmo.

"Don Luis Miguel está aqui. Eu quero vê-lo."

"Você não vai vê-lo porque ele não está aqui na minha carteira de identidade", disse a Morocha levando a mão ao púbis.

Havia um certo contraste entre a delicadeza morena de suas formas e a canalhice da voz da mulher raivosa.

"Vejamos, amigo. Vejamos se nos esclarece esse assunto. Porque as coisas podem ser simples, muito simples. O que quer com don Luis Miguel?"

"Que me fale de sua mulher."

"De que mulher, ô carinha? De que mulher você fala? Daquela asquerosa que acabou como merecia? Era ela a mulher dele?"

"Carmen, fique calma."

A Morocha se chamava Carmen, Carvalho anotou mentalmente como um dado circunstancial perfeitamente inútil.

"Não quero. O que é que esse cara está pensando? Que

pode chegar aqui e encher o saco da gente, é isso que ele quer. Aqui a única mulher de Luis Miguel sou eu."

O andador de almas passou ao primeiro plano e indicou a Carvalho que o seguisse. Os dois homens saíram da sala perseguidos pelo discurso histérico da mulher, no qual, de cada quatro palavras, uma era um insulto contra o forasteiro ou contra a vida. A sala contígua era um pequeno refeitório, perto da cozinha, que se adivinhava atrás de um torno com uma bancada de mármore.

"Vamos falar de homem para homem."

O andador de almas se sentou numa cadeira com o espaldar para a frente e tirou do bolso superior do paletó de veludo um palito usado. Brincou com o palito dançarino entre os lábios, enquanto discorria sobre a situação e as possibilidades de futuro.

"Imagine que o senhor veja don Luis Miguel. E daí? Que vai tirar disso? O passado pertence ao passado, e mais vale não remexer na merda. A polícia já fez o que pôde na época, há meses, e as coisas estão no mesmo ponto. Mais dia menos dia encontrarão o assassino, pior para ele, quem com ferro fere com ferro será ferido, e será mais uma história desgraçada, que nunca devia ter começado. Aquele casamento foi uma desgraça. Aquela pobre moça acabou sendo uma mulher perigosa, provavelmente sem querer, vai saber, mas infernizou a vida do homem com quem vivia. Que ele adorava as putas, e que isso não agrada a uma jovem casada? Bem, isso se pode discutir. Mas que no final ela o tratasse como um cão, isso não, que no final fosse minha filha que tivesse de arcar com o morto, isso não estava certo, e ela ainda ficava radiante, xingando-nos com todos os nomes, quando aparecíamos em primeiro plano, eu sobretudo, e sem nenhuma consideração com o menino... porque há um menino... é isso mesmo, há um filho, com papéis e tudo, e Deus é testemunha de que há um filho. Não sabia?"

O andador de almas tirou do bolso traseiro da calça a carteira, depois o elástico que reforçava o fecho, e nas dobras pegou a foto de um menino vestido de almirante na primeira comunhão.

"Meu Luisito, o filho de minha filha, meu neto. Filho de minha filha com don Luis Miguel, o senhor está vendo que estou disposto a dizer tudo porque de homem para homem vamos nos entender."

O menino era um moreninho melancólico, com os olhos tristes e uma certa beleza puxando à da mãe.

"Estamos com o pobrezinho trancafiado em Hellín, porque em Albacete a história teria circulado de boca em boca e o anjinho não poderia ter levantado a cara, de tanta vergonha. Está vendo, amigo, o que é o destino, na minha época eu me deixaria matar e mataria para assegurar o futuro desse anjinho que não tem a menor culpa de que sua mãe seja o que seja e de que seu pai esteja como esteja. Passarei por cima de tudo que impeça normalizar a vida desse menino, agora que já não há obstáculos legais. Devo comunicar-lhe que minha filha e o patrãozinho Luis Miguel estão prestes a contrair matrimônio, pela via expeditiva, um arranjo só aos olhos de Deus, e do qual um primo meu, padre de Albacete, está tratando."

"E o patrãozinho Luis Miguel, como o chama, sabe que sua noiva continua trabalhando em El Corral?"

"É preciso enganar as aparências até que tudo esteja arranjado. O casamento deve ser de surpresa, sem que nenhum membro da família perceba, e muito menos os irmãos dele, que são uns interesseiros."

"Como souberam que a velha tinha me dito que o filho estava aqui?"

"Tivemos de segui-lo por toda parte e em El Bonillo bastaram quatro tabefes para que o administrador cantasse a pedra quando o senhor foi embora. Esse da escopeta é meu filho, o coxo da passagem Lodares é meu irmão, e os outros dois que estavam com ele, meus sobrinhos."

"Formaram uma empresa familiar."

"Na minha família sempre fomos assim, um por todos e todos por um."

"E o negócio consiste em casar o rapazinho."

"De negócio já tem pouco, porque pouco lhe resta. Mas o pouco que lhe resta, bem administrado e com gente trabalhadora no meio, como nós, irá adiante. O mais importante é o do menino. Ele me tirou o sono desde que nasceu, há dez anos. Especialmente quando a senhora morreu, que descanse em paz, porque lhe desejei mal mais de uma vez, mas Deus é testemunha, e que eu morra, eu e minha filha e meu filho e o anjinho, se estou mentindo, de que não movi nem um dedo para lhe fazer mal. Foi a providência que cruzou seu caminho para fazer justiça."

O velho estava de dedos cruzados e os beijava como se fossem a própria cruz do calvário.

"O que sabe do assassinato de Encarna?"

"O que se escreveu na imprensa da província, e que foi pouco, graças à influência da família, e o que se falou. Mas fazia tempo que se podia suspeitar de um fim tão ruim, porque não era normal que ela fizesse tantas viagens a Barcelona. Sabemos por aqui que em Barcelona há bons médicos, mas é que a cada três meses aparecia algum problema e pronto, lá se ia ela para Barcelona. Ora os ovários, ora os rins, ora o fígado, e dá-lhe viagem e dá-lhe fatura, que aqui temos tudo classificado e eu mesmo verifiquei a contabilidade para tentar salvar o que fosse possível."

"Há faturas que comprovem essas visitas?"

"Há."

"Então a coisa da doença pode ser verdade."

"Tinha o fígado bastante delicado e a haviam operado de não sei quê. Mas quando a polícia investigou, esses médicos de Barcelona disseram que não tinham encontrado nada grave e que a consideravam a típica ingênua que inventa doenças. Mas isso, sim, a cada três meses, Albacete-Barcelona, como se as doenças lhe viessem com regularidade, como se tivesse uma menstruação a cada três meses."

"E o marido, como via tudo isso?"

"No início, estava pouco ligando, pois se sentia mais livre, as visitas a Barcelona duravam uns bons quinze dias, que essa é outra história, e o senhor vai me dizer se ia de consulta médica em consulta médica, para passar quinze dias numa cidade que não era a sua."

E na qual nem sequer via os parentes, pensou Carvalho, nem mesmo a irmã; só foi ao enterro da mãe e chegou como uma rica estrangeira, caixeira-viajante do país do chique e da elegância.

"Ele estava pouco ligando, porque assim ele, enquanto isso, podia fazer das suas. Mas depois as coisas mudaram e ela o tratava como um molambo."

"Por que mudaram?"

"Por que mudaram o quê?"

O velho sorria e seu sarcasmo mudo podia dirigir-se contra Carvalho, contra si mesmo ou talvez contra algo que ainda não havia aparecido, algo que ele retinha até o momento adequado, e em seus olhos debochados via-se a vacilante consideração de saber se esse momento tinha ou não chegado.

"Siga-me."

Era o início de uma saída de cena, não o final de uma cena de efeito, mas o começo de outra. Carvalho seguiu o andador de almas para fora da sala, pelo corredor dos pórticos; ele empurrou a maçaneta de uma porta sólida que, ao se mexer, mostrou um quarto à meia-luz. Cama alta de duplo colchão e, no centro, sob as mantas, um corpo comprido mas magro que correspondia àquela cara lilás e barbada que repousava sobre o travesseiro.

"Patrãozinho Luis Miguel, sou eu, o Lebrijano, trago aqui um amigo de visita que quer cumprimentá-lo."

O moribundo parecia não ter ouvido a introdução do velho, que em voz pausada e gestos semi-ocultos convidava Carvalho a se aproximar da beira da cama. Apontou para toda a extensão do pré-cadáver.

"Aqui está ele. Anda ruinzinho há tempos. Não é, *don*

Luis Miguel? Está assim faz meses. Isso é progressivo. Começou há quase três anos. Os ossos."

Os ossos. E no lugar dos olhos havia pômulos, porque as pupilas estavam afundadas num poço de sombra emitindo a perplexidade de um homem condenado ao constante espetáculo de um teto.

"Pode levantar e tem energia para ficar em pé por uma hora, não muito mais. Mas depois lhe dói tudo e cai no chão. Quando minha filha está aqui, cuida dele e, se não, minhas noras. Tem obsessão de ver a mãe e às vezes lhe escreve, mas o mínimo, porque tudo o cansa, até comer o cansa, e tem um braço, o esquerdo, como se não o tivesse, não sei se é porque já não lhe resta voz para se queixar, mas olhe."

O velho tirou o palito dos lábios e o espetou repetidamente no braço esquerdo do doente sem que nada indicasse que as espetadelas o incomodassem.

"O senhor já viu algo assim? Espete. Espete."

O velho oferecia o palito a Carvalho, que não o aceitou, e o velho o devolveu aos lábios, onde continuou sua carreira de palito bailarino, agitado pelo segredo mental do andador de almas.

"É que a gente precisa ver o mistério do corpo humano. Há quem caia de um sétimo andar e fica inteiro e há quem não pode dar nem um peido sem se arrebentar."

A cabeça do esqueleto virava de lado como em busca da fonte dos ruídos que tinham penetrado em seu universo de sombras.

"Sou eu, patrãozinho Luis Miguel, o Lebrijano. Quer que venha a Morocha? Ela veio de Albacete para cuidar do senhor."

A cabeça teve forças para afundar entre os ombros, ou eram os ombros que tinham subido para amparar o gesto de indiferença da cabeça.

"O que quer, patrãozinho? Seus desejos são ordens."

O velho aproximou o ouvido dos lábios do doente e se afastou, cabeceando.

"Mas não vê que a pobrezinha teria um desgosto? Isso quando o senhor estiver melhor. Depois do casamento vamos ver a senhora e verá que alegria lhe daremos. É que ele quer ver a mãe, pobre homem. Daí o senhor vê o que somos e como somos, que nos momentos em que estamos mais desvalidos diante do destino nos lembramos de nossa mãe."

Era Carvalho o destinatário da reflexão, que prosseguia:

"E às vezes fico pensando, sobretudo quando leio nos jornais essas notícias de que os bebês nascem em provetas, como em Barcelona, nem precisa ir mais longe, que nos jornais outro dia saiu que tinham conseguido fazer uma criança num tubo, com certeza era um dos médicos que a senhora visitava, segundo consta na nota, pois bem, esses bebês de proveta também vão pedir para ver a mãe quando estiverem num aperto?"

Carvalho não teve tempo de refletir nem responder. Era expulso do quarto pelo avanço decidido do outro e pelo anúncio que dirigiu ao doente.

"Vamos saindo, mas logo a Morocha vem e vai deixá-lo como novo."

E já no corredor foi Carvalho que segurou seu braço e o obrigou a enfrentá-lo cara a cara.

"Faz meses que ele não sai dessa cama?"

"Primeiro estava em Albacete, mas quando mataram a mulher, depois da viagem a Barcelona para a identificação, nós o trouxemos para cá. Desde então foi piorando."

"E a família não sabe?"

"Primeiro ele escondeu, o quanto pôde, e agora somos nós que não abrimos o bico, só faltava eles se meterem e nos passarem a perna."

"E vão casá-lo na cama?"

"Pode se levantar de vez em quando. Aplicam uma injeção que o médico nos deu e ele se levanta e até se mexe um pouco. Mas não dura muito."

O velho não gostava do que via no olhar de Carvalho.

"Que mal fazemos? O patrãozinho não dura nem um ano, isso está claro, e se não arranjarmos as coisas ele deixará um órfão morto de fome e filho de uma puta, porque as coisas são claras, é minha filha, mas assim é. E meu filho Antonio está desempregado e aqui tem trabalho para todos, um lugar para minha filha e um futuro para meu neto. A quem estamos prejudicando? Andei de um lado para outro me fazendo de saltimbanco da serra e de guitarrista de quatro patrõezinhos de Albacete. Com a minha idade, mereço um descanso e aqui me sinto bem. Esta casa é mais minha do que desse aí."

"Esse aí" era o moribundo que acabavam de deixar. De volta à sala do primeiro encontro, a Morocha já parecia calma e só se alterou quando ouviram as buzinadas que Carvalho tinha recomendado à senhora do prefeito.

"É para mim. Preciso ir e minha acompanhante está me lembrando disso."

"E aí?"

Era a Morocha que pedia ao pai o veredicto.

"Este senhor é um cavalheiro e saberá compreender."

"De tudo o que Encarna fazia ou desfazia sem que o marido soubesse, quem é que sabe alguma coisa? Tinha uma amiga íntima ou não tão íntima, em Albacete? Alguém em quem pudesse se confiar?"

"Não. Nunca foi muito bem aceita e, embora todas as melhores famílias de Albacete sejam cu e merda — quer dizer, se vejam entre elas, se falem entre elas, só se misturem entre os seus — e apesar dos anos em que vivia aqui, sempre foi uma ave rara. Com o tempo, aprendeu a receber, a fazer coquetéis e a tomar chocolate com as senhoras. Mas pouca coisa mais. Continuava sendo, no fundo, a mesma moça bicho-do-mato que o rapazinho trouxe de uma aldeia de Múrcia, de Mazarrón, creio, ou de Cartagena."

"De Águilas", corrigiu a Morocha com o tom de quem não desconhece nem um detalhe do inimigo.

"E em Águilas?"

"Trocava cartas com uma tal de Paca, que ainda vivia ali."

"Tem o endereço? Algum envelope de carta?"

"Não. Joguei tudo fora. A roupa, as cartas, os retratos, tudo o que encontrei."

"Pois fez muito mal, Carmencita, porque você está vendo que podia ter sido útil para o cavalheiro. Eu já lhe disse mil vezes, e disse também aos dois desde que vocês eram bem pequenos, que antes de jogar fora uma coisa tem de pensar duas vezes, porque no dia de amanhã a gente pode precisar do que hoje joga fora. E essa prudência é a vida que nos ensina, ora bolas! Veja como estamos amigos. Mas a gente pode passar experiência para os outros, que eles a metem onde querem, e depois temos de ser punidos com nossa própria desgraça."

"Esse cara agora vai contar a história para a velha e pedir gratificação."

"Não vai contar história nenhuma, e além disso já está quase tudo feito. O casamento é depois de amanhã, amigo, e se quiser ficar para aproveitar a festa, está convidado."

"De que festa você fala, papai?"

"Da que celebraremos nós, em família, mas com a alegria que merecemos."

O andador de almas abriu caminho para a despachada e passaram diante do filho que manuseava a escopeta e se despedia a contragosto do forasteiro. Mas a autoridade do pai foi suficiente. Alcançaram o pátio cuja harmonia tinha se impregnado, aos olhos de Carvalho, da sordidez da história. O velho ia alegre e cantarolava.

"O senhor precisava ter me visto há um mês, quando as Almas estavam no auge. Eu não sou daqui, mas é como se fosse. Sei orações e canções que mais ninguém sabe. Que bonita, não é?"

Bonita, segundo o andador das almas, era a linha profunda do céu sobre a serra de Alcaraz, à esquerda do recuperado ruído áspero da água recém-nascida do rio Mundo, e, numa perspectiva de abismo, as ladeiras com os pinheiros, como se corressem a túmulo aberto para o vale do rio.

Atravessaram sete serras um rio e uma montanha
e encontraram a ovelha que já estava degolada.
Levaram-na para o amo para o dia da Santa Páscoa.

O velho havia recitado, com os olhos que pareciam fixos para além dos cumes.

"É uma velha romança da serra de Alcaraz, e com o senhor acontece algo parecido. Tem que buscar a ovelha quando está com vida, não quando já está degolada. O morto para o fundo e o vivo para o mundo."

Carvalho nem se virou para se despedir do chefe daquele clã de carniceiros. Talvez valesse a pena assegurar o imediato futuro de um filho-da-puta de dez anos, e nisso pensava quando reapareceu a senhora prefeita esfregando as mãos ao lado do carro e dando voltas para evitar que virasse estalactite. Carvalho se desculpou pelo atraso e deu uma explicação sobre o mau estado do dono da casa e sobre a notícia do iminente casamento com a filha do andador de almas.

"Esse cara sinistro bem que procurou. Quatro caciques o transformaram em instituição e agora ninguém agüenta vê-lo. A coisa dos andadores de almas era algo espontâneo, popular, como as bandas de música da minha terra. Esse aí, no fundo, sempre foi visto como um estrangeiro que se dava ares de necessário, aproveitando-se da miséria moral dos outros."

A mulher do prefeito não era amiga do andador de almas.

"E olhe que de Molinicos ele nem chega perto, mas a fama dele chegou. E o senhor, o que vai fazer? Se ficar, com muito gosto poderá comer conosco."

Que ia fazer?

"De Elche de la Sierra tem boa estrada em direção a Murcia?"

"Tem uma estrada que vai dar em Caravaca, e dali a Lorca e depois já não sei, pois praticamente não saí destas montanhas. Às vezes penso: que confusão a sua vida, que você sai de Valencia para a serra de Albacete e mal-e-mal viu quatro estradas, com a idade que tem."

Não era muita a idade da senhora prefeita narradora de entusiasmos do trabalho que o marido e ela haviam empreendido para despertar aqueles rincões de sonho de séculos de franquismo.

"Aqui havia franquismo séculos antes de que Franco assumisse o poder."

"Na Espanha houve franquismo quase sempre", comentou Carvalho, conquistado pela entusiástica politização da senhora prefeita.

Era chamada "a Catalã" porque, em criança, seus pais a haviam levado com uma irmã para Barcelona. Voltou anos depois com a mãe viúva, e Ginés a vira pela primeira vez na Glorieta, na fila dos sorvetes Sirvent, com uma casquinha de baunilha entre os lábios de mulata e um corpo tão adolescente quanto exato debaixo do vestido decotado, sem mangas e com saia de babado, da qual brotavam duas pernas morenas, redondas, bailarinas. Meu primo Ginés é marinheiro, disse-lhe a tontíssima Paca, e ela riu e lhe mostrou uma dentadura que ele sempre guardaria na lembrança. Eram os dentes mais bonitos que já tinha visto, e que jogavam com o branco luminoso dos olhos amendoados. Não tinha olhos para olhar de frente, eles se esparramavam à direita e à esquerda, ao encontro dos olhares dos rapazes veranistas — estreando camisas de tergal, calças de veludo cotelê ou brancas, sapatos bicolores, branco e vinho, branco e preto — ou dos olhares dos maduros barrigudos com chapéus de palha e canotier nas poltronas de vime sob as palmeiras da Glorieta.

"Marinheiro? Está fazendo o serviço militar?"

"Estudo náutica."

"Ah, estuda náutica."

E a palavra náutica soou em seus lábios como algo grotescamente exótico, e havia gozação na luz de seus olhos, e ao mesmo tempo exame do rapaz que estava diante dela, do primo de Paqui, que era um pão, como Paqui costumava dizer, embora seja mais sem graça que um figo murcho, Paqui acrescentava.

"Não é tão sem graça como você diz."

A indignação de Paqui quase se transformou na insinuação de um tabefe que não chegou a seu destino. Ele se ofereceu para acompanhá-las até o porto e, no caminho, se comprometeram a ir ao cinema ao ar livre, na praça de touros, para ver *Os cinco mil dedos do doutor T.*

"Deve ser uma chatice."

"Tem uma criança", Paqui defendeu com entusiasmo, porque era público e notório que ela adorava as crianças, queria se casar e ter seis.

Passacalha de bailarinos honestamente distanciados, cada um com as mãos para trás, sem outro erotismo além da conversa e do cheiro das algas que o mar jogava na praia.

"E esse negócio de náutica para que serve?", ela lhe perguntou no primeiro instante em que ficou só a seu lado, pois Paqui se atrasara na conversa ao encontrar a tia Dolores, com beijinhos, alvoroçadas, passando em revista todos os membros da família e suas façanhas de sobrevivência ou emigração.

"Para ser comandante de navio."

"Você quer ser comandante de navio? De navio de guerra?"

"Não. Da marinha mercante."

"Agora tem uma guerra, não tem?"

"Tem. No Egito. Desembarcaram os franceses e os ingleses."

"E não é melhor ser marinheiro de guerra?"

"Mas não há tantas guerras."

"Isso é verdade."

Mas não lhe importava a verdade ou a mentira das

guerras. Importava-lhe a perturbação de Ginés por sua mera companhia, pelo leve calor que lhe chegava nas aproximações do corpo calibrado pela indolência de um caminhar sem tom nem som, sem outro objetivo aparente além das últimas casas perto da praia e do bosque de eucaliptos, que parecia tão enferrujado como as ferrarias próximas à estação. Não chegaram nem ao limite do arvoredo. Encarna deu meia volta com uma súbita seriedade de virgem brigada com os bosques, querendo comunicar a seu acompanhante toda a secreta virtude de suas intenções. Ginés fechou os olhos e foi cúmplice da gravidade do não-dito, da consagração à pureza que Encarna tinha praticado pelo simples fato de virar as costas para um bosque claro mas solitário.

"Você vem ao cinema?"

"É para criança."

"Mas o que se pode fazer de noite? Depois vou ao baile com minha mãe, mas não fico até muito tarde. Amanhã entro na fábrica às seis."

As cadeiras dobráveis do improvisado cinema de verão da praça de touros de Águilas se enfiavam no corpo na razão direta com que se enfiava o tédio de um filme sem graça, sem gracíssima, como qualificava o público entre bocejos e cabeçadas. Encarna tinha posto um casaquinho azul por causa do sereno e parecia mais frágil encolhida perto da mãe que cochilava, e, do outro lado, Paqui fazia piadas bobas sobre a lentidão do filme. Ginés estava excitado, tentando olhar sem dar na pinta a silhueta cálida e anoitecida de uma Encarna meiga naquele frescor, e protegida pela mãe. Apesar da escuridão relativizada pelo céu estrelado, uma luminosidade particular realçava o corpo de Encarna, como se fosse a única presença viva no local, e atrás dela ele foi, quando as três mulheres se levantaram e Paqui dirigiu um olhar intencional para o primo, que parecia tão indiferente como distante. Levantou-se para não perder nem um segundo o rastro de Encarna e se adiantou para a bilheteria a fim de oferecer-lhes um convite para o baile, que a mãe de Encarna rejeitou três vezes antes de aceitar, como mandava o protocolo da boa criação. Sob o toldo, uma orquestrinha arrastava os sucessos do verão, apesar do naufrágio da voz de um cantor enfermiço, cujo poderoso gogó se mexia com mais soltura do que as maracas que ele segurava e balançava.

La niña de Puerto Rico
por quién suspira?
Parece que a mí me bese
cuando me mira.

Lanternas japonesas de papel colorido e lâmpadas pintadas de cores diferentes e fortes, e no entanto rutilantes, com poder de devaneio sobre as mesas lavadas e as inevitáveis cadeiras dobráveis voltadas para palcos de madeira, onde as famílias de Águilas se examinavam como polvos críticos, olhando a pista, criticando gestos e roupas ou a genealogia dos dançarinos, porque a filha de fulano, porque a filha de beltrano, e no meio a flor morena e requebrante de Encarna rodeada pelo sem graça do Ginés, o filho do calafate, calafate de onde?, mas claro, claro, calafate em Cartagena, porque esse aí foi para onde, e a mulher?, ficou aqui, já tinha tempo que... e aquilo se alongava e se transformava numa curva ascendente com as cabeças que brigavam para escapar do pescoço e sublinhar sem palavras o alto vôo da história de um fracasso matrimonial. E ao explodir *La polca del barril de cerveza*, Ginés aproveitou o vaivém da dança para lançar a idéia de um possível encontro no dia seguinte. Durante *La niña de Puerto Rico*, que só de ouvir lhe parecia uma canção triste, não tinha se atrevido.

"Eu trabalho."

"Até que horas?"

"Até as seis."

"Poderíamos ir tomar banho de mar."

"Na praia do povoado? Você quer dar o que falar?"

"No Hornillo ou na Casita Verde."

"Isso fica muito longe e minha mãe não me deixa ir sozinha."

"Que Paqui venha também."

"Com ela só me deixam andar pela aldeia, mas tão longe, não."

Ele as acompanhou até sua casa na rua Cañería Alta e, assim que chegaram à porta, a mãe de Encarna se interpôs entre ela e Ginés e deu um boa-noite cortante, tão cortante como a meia-volta que Encarna tinha dado à tarde diante da proximidade do bosque. Esperou que o portão se fechasse contra seu sonho e seguiu rua abaixo até a Puerta de Lorca, defronte da fábrica de salgar peixes, onde Encarna lhe dissera que trabalhava. Familiarizou-se com uma esquina que seria para ele um lugar habitual de desalento e de esperança durante meses e meses, e, com os anos, uma lembrança que carregava colada ao corpo como se não fosse uma lembrança, como se na verdade sempre pudesse estar naquela esquina, fosse qual fosse o lugar do mundo para onde o levassem os ventos e os navios. Encarna sussurrou e, com a mão, tirou dos olhos a possibilidade das lágrimas. Também foi naquela esquina que viu pela primeira vez Luis Miguel Rodríguez de Montiel esperando Encarna com um carrinho Fiat que parecia um sapatinho de alumínio. Naquela noite combinou com um primo que jogava como ponta-esquerda no Cartagena e era ferroviário, e com dois vizinhos que estavam de permissão do serviço militar, e os quatro levantaram o Fiat do rapazinho de merda e o jogaram num barranco das redondezas. No dia seguinte uma dupla da Guarda Civil foi buscá-lo em casa e no quartelzinho lhe aplicaram dois tabefes pelo que havia feito.

"E mais dois para que não torne a fazê-lo."

Deram umas batidas na porta de seu camarote e a voz de Basora retumbou no ambiente metálico do corredor.

"Desempacho de combate! Piratas a bombordo e furacão a boreste! Primeiro as viúvas de militares e depois os deputados da Aliança Popular!"

Examinou o barógrafo e o anemômetro. Vento de nordeste força sete. Pegou o telefone e se comunicou com Tourón para lhe dar o relatório que tinha lhe pedido.

"De que me fala?"

"Da velocidade média do vento."

"Tenho lhes dito que sejam exatos na linguagem. No mar se chama *fator de formação de rajadas.* Repita, Ginés, *fator de formação de rajadas.*

Repetiu fator de formação de rajadas.

"Além disso, mar grosso. Vento força sete, mar grosso. Confirme."

"Confirmado."

Nada induzia a um alarme sério, mas o pessoal tinha sido distribuído pelo navio como se se avistasse um furacão. Germán verificava a estiva e os trincos nos porões e a segurança dos quartéis dos tampos das escotilhas. Ginés verificou os botes e examinou os embornais para que escoassem com rapidez caso as ondas caíssem na coberta. Cada responsável enviava um relatório ao comandante alterado pelas previsões fixadas para aquele dia. E no meio da tarde o mar se encrespou por cima do medo dos homens, capearam com meia máquina e horas depois caía a noite em pleno mar alto, mas a situação estava tão controlada que Tourón os convidou para tomar um drinque em seu camarote. Estava contente, como libertado de uma tensão que ele mesmo havia tensionado, e compartilhava jovialidades que nem os mais velhos recordavam ter visto nele, e Basora assistia, estupefacto, a ofensiva charmosa do comandante, que parecia metido na pele de outro comandante, possivelmente simbólico e tirado das páginas de uma ficção navegante. Basora esperava que Tourón aparecesse com uma perna de pau e que lhe brotasse uma concertina entre as mãos, ao mesmo tempo em que de seus lábios escapasse uma velha canção de piratas, papagaios e barricas de rum. Seus comentários, em forma de interpelação, à beira do ouvido de Martín, Ginés ou Germán, introduziam perturbações na boa-vontade receptiva dos oficiais diante do mudado comandante.

"Ah, *A Rosa de Alexandria*, que bonito nome para um navio. Tive ocasião de perguntar aos armadores o porquê desse nome e foram estritamente sinceros, sim, senhor, estritamente sinceros. Porque um queria chamá-lo Rosa em homenagem à mãe, e outro Alexandria porque gostava do nome da cidade. Alguém lembrou que existia uma rosa de Alexandria e pronto, assim nasceu o nome. Às vezes os resultados mais óbvios traduzem a misteriosa lógica do acaso. Entendem? Entende sobretudo você, Ginés, que está apaixonado? Não creio que esteja revelando nenhum segredo, e se revelo, desculpe, e que os outros finjam que eu não disse nada."

"Por que eu especialmente tenho de entender o sentido do nome do navio?"

"A rosa é o símbolo da mulher segundo o ideal do amor platônico e romântico, porque implica a idéia de perfeição. Fiz minhas pequenas pesquisas e ela aparece citada como centro místico, como metáfora de coração, como mulher amada, como paraíso de Dante, como emblema de Vênus. E também tem uma simbologia segundo as cores e o número de pétalas. A branca e a vermelha são antagônicas. A rosa azul é o símbolo do impossível. A rosa de ouro é o símbolo do absoluto. A de sete pétalas faz alusão ao número cabalístico: as sete direções do espaço, os sete dias da semana, os sete planetas, os sete graus de perfeição. Mas talvez lhe interesse mais o símbolo da rosa usado no mito da Bela e a Fera, numa linda parábola sobre a condição insatisfeita da mulher. Será que a história interessa a todos?"

"A Ginés interessa. Ele tem de aprender quem é a Bela e quem é a Fera", opinou Basora.

"Interessa mesmo?"

"Sim."

"Pois bem. Vamos lá. Um pai tinha quatro filhas e a caçula era a mais bonita, a mais boazinha e sua preferida. O bom homem quer lhe dar algo de presente e ela expressa um desejo aparentemente fácil de satisfazer: uma rosa branca. Mas a rosa branca está no jardim da Fera e o pai a rouba e se torna alvo da ira do monstro, que o ameaça de matá-lo se no prazo de três meses não devolver a rosa. A ameaça faz o velho adoecer e a filha se sacrifica, indo ao castelo da Fera. O monstro se apaixona por ela e, num momento em que a jovem volta para perto do pai, muito doente, a Fera agoniza porque não pode viver sem o amor da Bela. Volta a donzela, cuida do monstro, chega a se apaixonar por ele. Não vive sem a Fera e assim lhe confessa. Quando faz a confissão, produz-se uma explosão de luz e o monstro se transforma num lindo príncipe que conta à Bela seu segredo: era vítima de um encantamento maligno até que uma donzela se apaixonasse por ele por causa de sua bondade. Os psicanalistas ficaram dando tratos à bola em torno de uma fábula elementar. A rosa branca é o símbolo da bondade e habita justamente no jardim da Fera. Sua posse desencadeia a longo prazo o triunfo do amor e da transfiguração."

"A rosa de Alexandria é branca?"

"Aí começa outro mistério. Não. Não é branca. Supõe-se que a rosa de Alexandria também seja conhecida como rosa de Damasco, porque chegou da Ásia Oriental através do Oriente Médio e, segundo uma canção popular espanhola, que data de muitos séculos atrás, a rosa de Alexandria é vermelha de noite e branca de dia. Eu lhes cantaria a canção, mas tenho péssima voz, desafino muito."

As mãos se precipitaram às bocas para conter os risos. Só Ginés assistia ao discurso do comandante como que tentando receber uma chave oculta.

"Imaginem. Vermelha de noite, branca de dia. O antitético. A rosa branca, em compensação, é o sentido da perfeição, o círculo fechado, o ensimesmamento da beleza nos mandalas."

O comandante falava para si ou dirigia olhares fugazes para os livros que respaldavam suas palavras, uma muralha de livros empilhados uns sobre os outros numa das paredes do camarote, e suas mãos pareciam querer pegá-los em busca de ajuda ou ratificação.

"Mas talvez falar do mandala seja exagerar a coisa. Para vocês, o mandala e sua relação com as rosáceas das catedrais ou com a orla de Cristo, isso não diz nada, não é?"

"Quase nada."

"Continuemos com a misteriosa rosa de Alexandria, que aparece em diversas cantigas populares espanholas e em distintos lugares da Espanha. Tem uma em Astúrias, a mais conhecida, mas também em Castela ou na Extremadura. Talvez a tenham levado os pastores transumantes. Continuemos com a rosa de Alexandria ou de Damasco; sabem que é uma rosa que ficou algum tempo perdida? É a terceira das três grandes rosas da Antigüidade. As outras duas são a centifólia ou muscosa e a rosa-francesa ou rosa castelhana. A de Alexandria também foi chamada rosa damascena ou de Damasco. Foi trazida pelos gregos até Marselha, Cartagena e Pesto, e os romanos se apropriaram dela, embora, segundo se diz, sua origem remota é nada menos do que o Sudeste asiático. Maravilhava os romanos porque florescia duas vezes ao ano e por isso a chamavam *rosa bifera*, como a língua das serpentes. Rosa das quatro estações, diziam os espanhóis antigos. Pois bem, essa rosa localizada basicamente na Itália romana foi arrasada pela lava do Vesúvio e só os árabes conservaram seu cultivo, até que no século XVI ela voltou ao Ocidente, provavelmente através da Espanha."

"E é vermelha de noite, branca de dia?"

"A rosa de Alexandria simbólica, sim, porque a canção popular é sábia e a recolhe simbolicamente. A rosa de Alexandria ou de Damasco real não, pelo menos a que chegou até nós. Há uma variante multicor, vermelha com riscos brancos, conhecida também como *Rosa de York e Lancaster*, mas se trata de uma brincadeira histórica inglesa. Pensem por um instante no poeta popular que recolheu o símbolo da dupla cor numa mesma rosa, a dupla personalidade em relação a uma mulher, justamente a uma mulher. Agora que nenhuma nos ouve, digamos que em toda mulher coexistem a Bela e a Fera, o amor e o ódio, a pureza e a lascívia."

"Eu as conheci diferentes. Talvez tenha tido má sorte."

O comandante piscava os olhos diante da intromissão de Juan Basora.

"Como foram as mulheres que conheceu?"

"Boas moças, normais, com instantes bons e instantes maus, como eu, como todos."

"Você teve muita sorte."

O comandante dava a audiência por encerrada, porque se dirigiu à desordenada biblioteca como se fosse urgente encontrar um livro escondido. Os oficiais iam sair quando Tourón lhe estendeu a mão.

"Por favor, Ginés, você fique."

"Você foi o escolhido, cara. Que seja muito feliz."

"Vamos ver o que ele vai cantar para você."

"Coragem."

Diziam isso entre si, em voz quase inaudível, e Ginés não tinha vontade de rejeitá-los, porque a situação o oprimia, estava com a cabeça carregada, cheia de mar, de apitos do telefone, dos comandos idiotas do comandante, e agora se sentia encharcado de uma viscosa cumplicidade que vinha de Tourón como um fedor.

"Você se interessava pela história. Notei. Agora não é o momento, porque o dia foi especialmente cansativo, mas outro dia falaremos. O sentido oculto das coisas é o único sentido interessante. Das coisas e dos comportamentos. As aparências sempre enganam. E quanto mais alguma coisa existente depender da aparência, mais enganará. Por isso as mulheres são imprevisíveis. Imprevisíveis para nós. Mas elas têm tudo perfeitamente calculado. São mesquinhas quando precisam ser mesquinhas. Um dia falaremos de tudo isso e do porquê de sua fuga, de seu desaparecimento por várias semanas. Demonstrei que me dava por satisfeito com as explicações de Germán, mas não sou bobo."

Os outros o esperavam no camarote de Germán. Estavam loucos para saber as palavras finais do oráculo, como o chamava Basora, fascinado pelo alarde da erudição da Bela e a Fera.

"A partir de agora todos nós os chamaremos de a Bela e a Fera."

Ginés deu uma desculpa e se despediu. Entrou no camarote e o trancou por dentro. Depois pensou na estupidez da tranca e foi retirá-la, mas se conteve, porque, apesar do isolamento de *A Rosa de Alexandria*, em plena corrente do Golfo, já empurrado pelos ventos do oeste para os Açores, os visitantes podiam não ser de carne e osso, e sim os fantasmas que ele tentava nem sequer nomear, numa longa luta contra as palavras que temia ouvir de si mesmo. Ou o visitante podia ser Tourón.

As serras o acompanharam até o limite da província de Múrcia, até as portas de Moratalla. A estrada tinha corrido bem, esquivando os altos das serras e, ultrapassado o obstáculo da serra do Cerezo, aparecia a paisagem murciana cinza e sem árvores até Lorca, onde, pelo que ele sabia, havia um bom restaurante, Los Naranjos. Para lá se dirigiu mediante um diálogo prévio de assessoria com o dono de um posto de gasolina.

"Não se come mal, não. Mas o senhor provou a cozinha de dona Mariquita, em Totana?"

"Não posso me desviar."

"Cada um conhece a sua pressa. Mas se um dia passar por Totana, não esqueça."

Los Naranjos era um restaurante de viajantes e para os bem-postos ou bem-informados da comarca, em busca de seus pratos de legumes e peixes, a pouca distância da horta e do mar, e entre eles um arroz de legumes e frango e um melro à murciana que Carvalho pediu depois de examinar o cardápio e sem deixar-se desmoralizar pela curiosa maneira como estava escrito *vishibuá*, ex-sopa fria convertida em enigmático nome de deidade obscura. O arroz constava nos pratos do dia, mas não no cardápio. Carvalho se empenhou em prová-lo e era um arroz apetitoso, interiorano, com berinjela frita incluída, elemento que Carvalho jamais havia relacionado com arroz até aquele momento, e que não destoava. Carvalho pediu vinhos da região e lhe ofereceram um excelente Carrascalejo que ele já conhecia desde os tempos de suas escapadas periódicas para o mar Menor, quando em Barcelona lhe chegava o pressentimento de reveses e o corpo ficava ávido de sul. Mas agora viajava com a precisão de um caixeiro-viajante, um olho posto na dieta e outro no relógio que lutava contra o imediato entardecer. Queria chegar a Águilas com luz do dia e não conhecia a estrada.

"Não é ruim. É a que todo mundo pega para ir a Águilas. A que nunca se acaba é a que desce de Cartagena e Mazarrón, pela serra do Cantal. É de morrer de tanta curva."

Mudou a paisagem de transição no entroncamento com a estrada de Mazarrón. A partir de Los Estrechos apareceu o esplendor geológico de terras de aldeias mouras, ou pelo menos era assim que a imaginação tinha sido educada para evocar uma África de rochas erodidas por um óxido profundo. E, de repente, palmerais e, a contraluz, a palmeira solitária num outeiro crocante, fazendo pose contra o sol poente, e quilômetros e quilômetros de tomateiros protegidos por uma cobertura de plástico largo e comprido como a Rambla del Charcón. Aqui e ali, o capricho da terra criando formas que exibiam um ar já salino, capricho de protuberâncias fantasmagóricas, como monumentos a males ocultos de uma terra vencida pelo tempo e, depois de uma curva, a tripla lua de enseadas e as colinas brancas de uma cidade colada no nível dos mares. Pela estrada de Lorca, o carro foi se enfiando na retícula da cidade nova, com indicações que o levavam ao porto através da rua Carlos III, uma pracinha com palmeiras e finalmente a desembocadura num porto com um calçadão à beira-mar ancorado entre as primeiras cegueiras do anoitecer. Tinha chegado a uma das origens de Charo, a um dos becos sem saída da Espanha e, em homenagem à sua amiga, estacionou o carro na esplanada do porto e, já em terra, começou a caminhar sem outro propósito que não fosse o de tomar posse das lembranças vindas da pobre Charo. Ali estava a Glorieta com seu chafariz em pleno sonho de inverno e a vegetação endurecida. Mas, em compensação, não havia a praça de touros.

"A praça de touros? Pois o senhor se esqueceu do tempo! Há mais de quinze anos que a puseram abaixo, ficava perto do porto, agora parte do terreno é ocupada por outra pracinha. A Cañería Alta? Pois isso fica no mais alto de tudo. O senhor tem de subir pela Sagasta e depois continuar subindo, continuar subindo, como quem vai para o moinho, e lá vai encontrar. É uma ruazinha estreita e muito comprida que vai para lá e para cá, igual a um zê."

O velho tinha cores de verão, embora já fosse noite de inverno.

"Os Abellán? Restam muito poucos. Foram embora. E não creio que os que restem... Mas o senhor me fala de gente de minha juventude. Conhece-os? O senhor é de Barcelona? Para lá se foram uns, outros ficaram ou foram para outro lugar. Não me leve a mal, porque antes aqui havia pouca gente, mas agora no verão isto é um disparate e uma pessoa da minha idade se desorienta. Viu as casas novas que fizeram por todo lado? Águilas parece uma capital, e olhe que ninguém nos ajudou, porque Múrcia tem birra de nós, se esquece de nós, e eu fico com tanta raiva que, quando me perguntam se sou murciano, respondo não, senhor, andaluz, por exemplo, sim, por exemplo, porque o que o pessoal de Múrcia fez com o de Águilas é inominável. É como se nos odiassem, sabe? Mas como é que lhe ocorre vir no inverno, se isto aqui fica lindo a partir de março. Pois sempre antipatizaram conosco e ainda bem que temos estrada de ferro desde 1890, que do contrário Águilas não existiria. Viu o monumento à estrada de ferro? Não perca, é muito curioso, embora o senhor venha de Barcelona e poucas coisas boas lhe faltem ver. O clima. Mas não hoje."

O senhor estava aborrecido porque Águilas não estava em condições de oferecer a Carvalho suas melhores qualidades. Despediu-se dele no momento em que estava lhe contando algo ligado a um cais para o mineral. Seguiu seu conselho e logo se viu ao pé de uma autêntica casbá, com a cal das fachadas salpicada pela luz de lâmpadas sacudidas pelo vento, numa noite que prometia ser cerrada. As vielas se sucediam com desejo de labirinto e rastejavam para um enigmático zênite por calçadas, rampas ou escadas. Casinhas de um só andar, ao rés da rua, com velhas enlutadas, fisionomia reservada mas olhar franco e indagador voltado para o forasteiro. E no final, Cañería Alta, uma rua que servia de mirante para a cidade velha, na ladeira do morrinho que dominava a cidade, lá embaixo a praia do poente e a do levante e em frente o cocuruto de um cabo arrematado por um castelo.

"Os Abellán? Ai, os Abellán! Pois não me fale de tanto tempo atrás. Quem sabe onde foram parar. Encarna! Madrinha! Lembra-se de Encarna Abellán, da senhora Josefa? Se minha madrinha não se lembra, ninguém se lembra, porque ela tem muitos anos, mas excelente memória."

A velhinha parecia agoniada pelo peso de uma touquinha de lã, mas os olhos expressavam a satisfação de poder ser útil com a única coisa que lhe restava viva, a memória.

"Encarnita, sim, Encarnita. Casou-se com um senhor de Albacete. Está muito bem casada em Albacete."

"Está vendo? Bem que eu lhe disse. A madrinha se lembra de tudo!"

"Essa Encarna Abellán era muito amiga de uma tal de

Paca. Devia ser de sua idade. Agora deve andar pelos quarenta."

"Madrinha, lembra-se de uma amiga de Encarnita?"

As gengivas nuas da velha mastigam e seus olhos calibram a longitude da viagem que a espera até as profundezas de suas lembranças. Há expectiva ao redor, sua filha de setenta anos é a mais indiferente, mas a sobrinha de outros tantos não pára de dizer ai, senhor, senhor, que memória, o que não cabe nessa cabeça, e a filha da sobrinha é a cinqüentona que serve de intermediária a Carvalho, a que baixou o volume da televisão teimosa, dona de um aposento que é ao mesmo tempo de visitas e de jantar, com móveis do casamento, de um casamento antigo cuja memória está numa grande fotografia de casal rústico, manso, com sorriso de lordes ingleses no dia da vitória de seu cavalo no Grande Derby.

"A Paquita dos Larios. Não pode ser outra."

"Está vendo? Está vendo que memória ela tem?"

E a partir do dado elaborado pela máquina da memória da anciã desencadeia-se uma onda de afetos, beijocadas nas faces brancas e caídas da mulher que os rejeita sem vontade de rejeitá-los, sorrindo como um toureiro triunfador na sorte suprema.

"Claro. Só podia ser a Paquita dos Larios."

"A que tinha aqueles dois meninos louros tão maus que entupiram a latrina da casa da avó com um gato morto."

"Não é que a conheçamos muito, senhor, mas acho que essa moça tinha trabalhado na antiga fábrica de conservas da Puerta de Lorca com Encarnita e muita gente, eu mesma trabalhei dez anos naquela fábrica, e agora, pois é, nem mais existe. Derrubaram para fazer casas."

"E depois se casou com aquele barbeiro."

"E abriram de sociedade uma barbearia e um cabeleireiro, marido e mulher, ali pelas casas novas do bairro da estação."

"Chegaram a comprar quatro, cinco apartamentos, porque no verão trabalho não lhes faltava."

"É, mulher, é, a Paca, aquela tão presunçosa que em criança parecia boba. Lembro quando ela entrava naquele bar da rua Esparteros com uma cafeteira de porcelana e pedia dez centavos de café."

"Parecia boba, mas de boba não tinha nada. Quem era bobo era o pai, coitadinho, que chamavam de Juan Peladão, porque ninguém nunca tinha visto um pêlo em sua cabeça."

As mulheres passam umas às outras a história de Paca Larios, já sem levar em conta o forasteiro que assistia a um intercâmbio de informação sob todos os aspectos milagroso.

"Em criança passou muita fome!"

"E quem não passou fome naqueles anos?"

"Pois em casa faltou o que faltou, mas fome nunca se passou."

"Ah, isso, claro. Se precisava vestir um vestido de chita, se vestia, mas o caldo de peixe, todo dia na mesa."

Todas as mulheres estavam muito orgulhosas do clã de seu passado, e assim como sabiam fatos dos anos de juventude e progresso de Paca Larios, desconheciam os presentes.

"Sabe que há anos não a vemos?"

"Deve ter acontecido algo ruim. Corria por Jaravía."

"Mas tinha parentes que viviam pelo porto, perto daquela casa dos velhos, onde os velhos vão jogar cartas. Bem. Não tem como errar. Pergunte por ali a casa dos velhos e saberão lhe dizer."

Para Carvalho sobraram quilômetros de bunda mal sentada e, quando desembocou na Glorieta, foi procurar seu carro e um hotel que lhe recomendaram na rua de Carlos III. Nem tinha vontade de jantar. Imagens e idéias quebradas haviam bloqueado seu cérebro e o bloqueio afetava os finos, secretos condutos que unem a inteligência ao paladar.

Foi acordado pelo canto de seu galo cerebral pessoal e intransferível, e os olhos abertos lhe informaram que era de manhã bem cedo. Mas nada o convidava a ficar naquele quarto para dois, limpo e frio, a permanecer nele, e desceu à cafeteria do hotel para acalmar a sensação de solidão que tinha no estômago. Dois ou três viajantes valencianos acompanhavam atentamente os gestos de diretor de cafeteira do garçom e, a julgar pelo fastio de seus olhares e atitudes, deviam estar viajando havia muitas horas. Assim que chegou à calçada, teve de abrir passagem para um menino ruivo, acompanhante de um cego que andava atrás dele com as duas mãos apoiadas em seus ombros. "Chegou o *Torero*", dizia o cego, e mais parecia um vagão puxado pela marcha do sério menino-locomotiva. Uma fila de aposentados esperava nas portas de um banco, única ruptura estética na harmonia da Glorieta, casas antigas, à beira da erosão, letreiros estragados, bonança de uma manhã quase cálida que propiciava o passeio e que levou Carvalho à zona do mercado: Comestíveis El Azafranero, Padaria La Balsica, Lady Pepa, açafrão e lojas, montes de pimentas sem secar sobre uma bancada do mercado semivazio. Sol e mar para um passeio iniciado pela esplanada do porto, ao longo de um mar de algas caracoleando adormecido; só tinham madrugado a solidão, poucas crianças e mulheres em busca de seus trabalhos rotineiros, e a locomotiva transformada em monumento à estrada de ferro, como proclamava a legenda no pedestal: "Monumento à estrada de ferro, 1969, base da riqueza desta cidade". O inverno transformava aquele recanto marítimo em cartão-postal velho, desbotado pelo esquecimento entre páginas de um livro pouco consultado e, não obstante, aqui e ali erguiam-se prédios cúbicos de apartamentos com intenções veranis. Algumas coisas suportavam a lembrança que Charo tinha herdado da mãe. Intimidade ensolarada e com palmeiras num recanto do mundo aberto para um mar tranqüilo, e, emoldurando o horizonte, cabos de rochas oxidadas, cabo Cope, penhasco de la Aguilica. Veio-lhe à memória uma das confidências de Charo, a vitrine do fotógrafo Matrán, foi em sua busca até que um nativo lhe disse que a busca era inútil.

"A Casa Matrán já fechou. Faz anos."

"Disseram-me que na vitrine havia fotos de Paco Rabal montado a cavalo."

"Havia. Mas agora pode ver o personagem ao vivo. Tem uma casa em Calabardina, é inconfundível, com uns arcos assim e assim. Há pouco estava aqui, quando lhe deram um prêmio. Um prêmio importante, de toda a Espanha, um prêmio nacional, sabe. Foi uma coisa, o senhor nem imagina."

Estava numa lojinha de jornais, revistas, livros, pirulitos e brinquedos de plástico. Talvez pudesse levar para Charo uma presença do que ela nunca vivera diretamente e perguntou por alguma coisa que evocasse a cidade que a mãe dela havia conhecido.

"Há um livro que se chama *Águilas a través del tiempo*, de um escritor daqui, Antonio Cerdán, que poderia fornecer outras pistas. Mas duvido que encontre. Esgotou. Talvez na prefeitura ou no Departamento de Informação e Turismo."

Na prefeitura só tinham um mapa do traçado urbano de Águilas à prova de lupas eletrônicas e outro mapa topográfico onde o município era transformado numa sopa de toponímias, separadas por fronteiras imaginárias formadas por seqüências de pontos. Uma pedra seria mais interessante, mas talvez Charo soubesse encontrar carne humana ou memória entre tantos sinaizinhos. No Departamento de Informação e Turismo tinham, sim, o livro, mas só um, e o tinham para demonstrar sua existência aos que perguntavam por ele. Carvalho o folheou e ficou sabendo que os mais velhos pescadores do lugar garantiam que seus avós tinham visto no fundo do mar, em direção do poente, uma misteriosa obra submersa a que chamavam As Muralhas, restos possíveis da antiga Urci, berço de Águilas. Carvalho devolveu o livro e foi em busca de Paca Larios, empurrado pelo cansaço de uma viagem que estava prestes a terminar em si mesma, a terminar em nada.

Uma mulher de cabelo louro-castanho e olhos azuis e um menino em cada mão lhe disse que sua tia Paquita já não vivia em Águilas.

"Compraram um hotel para os lados de Terreros e vivem em Jaravía durante o inverno. Mas não em Jaravía mesmo. Vivem numa granja que se chama 'A Rosa do Açafrão'."

A caminho do carro topou de novo com o cego e seu menino-locomotiva; o cego proclamava "Chegou o *Torero*" e dele se aproximavam compradores com a naturalidade de quem realiza um rito cotidiano. A mesma rua onde ficava o hotel continuava em direção à estrada de Almería, Terreros e o desvio para Jaravía e Pulpí. Os arredores de Águilas eram como os de qualquer outra cidadezinha, engordada por seu próprio crescimento à base de bairros reticulares, mas Carvalho teve a impressão de reconhecer a Casita Verde à beira da praia, uma nave com telhado de duas águas, pintada de verde, caprichosamente isolada, como se fosse um monumento à nostalgia dos aguilenhos. E, em seguida, o descampado entre o ermo e as palmeiras, à direita novamente o horizonte de terras oxidadas ou amarelas se arrastando para as montanhas, e, à esquerda, enseadas escuras indo para um mar suave e trailers estacionados, dos quais saíam estrangeiros com roupas leves, a maioria velhos aposentados da Europa rica em busca dos baratos e penúltimos sóis e mares de suas vidas. Os anúncios do hotel Verdemar começaram a balizar a estrada a partir da Casita Verde, e ao pé do desvio para Jaravía e Pulpí aparecia o prédio com todas as janelas fechadas e uma brigada de operários reasfaltando a entrada.

"Está vazio. Não abrirá até abril."

"Os donos vêm ver as obras?"

"Vem o dono, todo dia. Mas mais tarde."

Pegou a estrada de Jaravía, rumo à promessa de um oásis com palmeiras divisado ao horizonte. Para lá de uma montanha amarela e avermelhada havia escombros mineiros e um pequeno trem amarelo que parecia brincar de avançar e se agüentar na ladeira. À medida que a estrada subia, Águilas e suas enseadas se esparramavam para o Mediterrâneo. À esquerda, coincidindo com o limite do crescimento das urbanizações, uma praia com quebra-mar de ferro que ainda conservava um caráter singular de cenário de um progresso morto, e à direita a estrada para Almería escapando de um litoral bravo e desolado. Entre Los Jurados e Pilar de Jaravía, não há como errar, tinham orientado os asfaltadores, o senhor vai ver um caminho com um "Proibida a passagem, propriedade particular", e lá no alto, uma mancha de vegetação e uma casa grande, como um palácio. A estrada alinhavava estufas, e uma vegetação de oásis se impôs como uma mancha policromada na paisagem de geologia implacável. O carro embicou para o caminho proibido e subiu pelo asfalto corroído até chegar a uma grade com o zarcão à espera de uma nova demão de pintura. Duas freiras jovens recém-saídas do jardim da casa se afastaram para abrir caminho para o carro de Carvalho; não viraram o rosto, como se não tivessem nenhuma curiosidade pelo motorista. Atrás da grade, um pátio com chão de pedra, no centro um maciço fícus brotando de um pequeno tanque emoldurado de cascalho e uma escadinha de granito ao pé de uma fachada na qual florescia uma buganvília.

"Senhora! Senhora! Chegou um carro", gritou uma empregadinha de bigodinho moreno, com o rosto virado para dentro da casa e o corpo tenso pelos puxões de um buldogue que vomitava latidos contra o recém-chegado. "Não se aproxime, senhor, que ele morde. Mordeu as freiras que pediam dinheiro para obras de caridade."

"Morde você também?"

"Eu não, porque lhe dou comida. Mas aos que não lhe dão comida, morde."

"Esse cachorro sabe o que faz."

Primeiro chegou a voz.

"Mas essa menina nunca viu um carro!"

E depois apareceu a dona, oitenta quilos de largura por quarenta anos de altura e as sobrancelhas castanhas desenhadas tão ao norte do rosto que tinham saído de órbita.

"Na casa tem três carros e você tem que fazer esse escarcéu quando chega um."

"É que o cachorro não me deixava falar."

"Pois já está falado."

E eram grandes aqueles olhos enriquecidos pelas pestanas postiças e pela curiosidade.

"O que deseja?"

"Falei em Águilas com seus parentes e me mandaram aqui."

"O carro está um nojo", disse a mulher examinando com desagrado o aspecto de velho cavalo cansado que tinha o Ford Fiesta de Carvalho. "Lucita, passe um pano no carro do senhor, que não tem nem por onde enxergar."

"Não se incomode."

Mas era inútil.

"É que tem uma poeirada nessas estradas. Faz meses que não cai uma agüinha de verdade e só de vez em quando uns pinguinhos que fazem mais mal que bem. Mas o senhor não é de Águilas?"

Os grandes olhos tinham se fixado na placa do carro.

"Venho de Barcelona. É para um assunto ligado a Encarna, Encarna Abellán."

"Encarna, minha Encarna! Já era hora de saber alguma coisa dela. Eta moça lunática. Tão depressa como me manda cartas que não consigo acabar de ler nem em um mês, da mesma forma passa meses sem me dar um pio. Entre. E você, menina, largue o Bronco e passe um pano com água no carro do senhor, principalmente nos pára-brisas. Não suporto os carros sujos, e além disso são um perigo, para quem dirige e para os outros."

Enquanto Carvalho a acompanhava por um hall exagerado em tudo e aceitava uma poltrona de couro no salão com piano e uma enorme televisão acondicionada para que dentro dormissem os apresentadores, pensava em como comunicar à castelhana a notícia da morte de sua amiga.

"Onde se meteu essa ingrata?"

"Achei que a senhora já sabia."

"Saber o quê? O que aconteceu?"

Alguma vez em sua vida Carvalho tinha descoberto que a expressão mais adequada e simples para comunicar a notícia de uma morte é baixar os olhos e deixá-los no chão, como se fossem incapazes de levantar vôo. Assim fez.

"Não vai me dizer que Encarna...?"

O olhar continuava obstinadamente baixado e o ruído de soluços o pôs em movimento para acolher com solidariedade as convulsões daquele rosto descontrolado, em que as lágrimas, os olhos piscando, as fungações nasais e as cruéis esfregações das pontas dos dedos tinham provocado o desastre da angústia mais desesperada.

"Minha Encarna! Ai, Encarnita de meu coração! Minha Encarna!"

As vozes convocaram a empregadinha com o pasmo no rosto e um pano sujo na mão, e um sólido homem calvo de pantufas e roupão de veludo que perguntou: o que está acontecendo aqui?, antes que a senhora se atirasse em seus braços, com tal ímpeto que o fez perder o equilíbrio e, com ele, o chinelo esquerdo.

Tinham minguado os entrecortados soluços e a sala cheirava a água-de-flor de laranjeira e a lágrimas. O homem estava com três peitos empapados de lágrimas da mulher, o peito do roupão, o da camisa e o da camiseta que se adivinhava ao fundo de uma aproximação visual de seu colarinho.

"Já está melhor, Paquita?"

"Melhor. Como posso estar melhor?"

"Tinha de acontecer."

"Por que tinha de acontecer?"

"Porque Encarnita tinha a cabeça meio desmiolada."

"E o que você sabe, se não a conhecia?"

"Senhora, o carro está limpo. Passei até Mistol."

Carvalho sofria pelo tratamento infligido ao pobre animal que deveria devolvê-lo à casa. O aviso da empregadinha ressuscitou a sra. Paca, que afastou o marido e enfrentou Carvalho.

"Imagino que o senhor quer falar comigo. É inspetor?"

"Não. Trabalho a mando da família de Encarna."

"Mariquita?"

"É isso."

Com a cabeça, a mulher indicou ao marido que saísse dali.

"Vá, Manolo. Há coisas entre mulheres que devem ser ditas entre mulheres."

O homem olhava perplexo para Carvalho, mas a aparência viril do detetive era irrefutável. Carvalho deu de ombros e lhe enviou um gesto cúmplice, hoje foi a sua vez, amanhã será a minha.

"Se precisar de mim, me chame. O senhor quer uma bebidinha?"

"Não, muito obrigado."

"Um copinho de Marie Brizard para matar a fome?"

"Tenho muito carinho pela fome. Não a mataria assim sem mais nem menos."

O homem sorriu sem saber por que sorria e saiu da sala. O olhar da dona investigava Carvalho, como se procurasse outras verdades ocultas além das que tinha lhe dito.

"Sabem quem fez essa selvageria?"

"Não. Por isso estou aqui."

"Como sabia que me encontraria aqui?"

"Aqui, eu não sabia. Pensei que talvez continuasse em Águilas. Puseram-me em sua pista pessoas ligadas ao marido de Encarna."

"Esse traste. Esse cafajeste é o culpado de tudo."

Desde que se casara, Encarna mal voltara a Águilas.

Duas ou três vezes. No verão. Não. Não era a mesma. Era uma senhora, mas à custa de um alto preço.

“Outro dia uma mulher escrevia a Elena Francis uma carta que se parecia muito, muito com a vida de Encarna. Em dado momento até pensei: olhe, essa é a Encarna que desabafa. Mas não. Não combinava com o caráter de Encarna escrever para a Francis. Era muito fechada. Muito no seu canto. Mas a história era a mesma.”

“Que história?”

“A de uma moça que se casa com um homem para sair de uma vida miserável e depois vive um inferno. O marido, um irresponsável amante de putas e mais mentiroso que o Pinóquio, e ela sozinha, sem filhos, numa cidade em que não confia em ninguém, cercada de amigos que na verdade são os amigos de seu marido, e cada vez mais abandonada e mais arrependida. Maldita a hora em que aquele filhinho-de-papai cruzou o seu caminho. Mas ela ia fazer o quê? Pelo resto da vida, prensar figos ou salgar alcaparras? Era esse seu futuro em Águilas. Ou o meu. Mas tive paciência e esperei tempos melhores. Tudo isso mudou nos últimos vinte ou vinte e cinco anos, e tendo garra, vontade de trabalhar e poucas frescuras, quem quis subiu alto, e quem não quis, bem, ficou tomando sol, que aqui sol não falta. Enganaram-se os que se foram, quase todos para a Catalunha, pensando que ali distribuíam bilhetes premiados nas portas do metrô. E não pense que não conheço aquilo. Estive umas semanas na casa de um tio meu, olhe, para passar um mês, tudo bem, mas para viver, não. Meu Manolo e eu tivemos a sorte de pegar os bons tempos do turismo e aqui no verão se consegue uma boa gaita quando se quer trabalhar; mas quem quer tomar sol, então não junta dinheiro. Agora temos tempo de tomar sol.”

“Mas a senhora também saiu de Águilas.”

“Estamos mais perto do hotel, e aqui tem muito futuro o cultivo intensivo em estufas. Fizemos um investimento muito grande para plantar também abacates e chirimóias, como em Almería e em Málaga.”

"Sempre que veio, Encarna teve contato com a senhora?"

"E com quem teria? Ela me escrevia, principalmente, e eu para ela, tanto para Albacete como para Barcelona."

"Barcelona?"

"É. Durante os períodos que passava lá para ir ao médico, já que sua saúde era delicada, ou pelo menos ela acreditava que era. Você já reparou que as pessoas infelizes no casamento prestam mais atenção em si mesmas, e um dia dói aqui, outro dói ali? Coitada, coitada da Encarnita. É a fatalidade. É o destino. Ia encontrar essa morte tão horrorosa. E imaginava ser tão feliz em Barcelona."

"Quando esteve lá, nos tempos de mocinha?"

"Não. Agora."

"Feliz por ir ao médico?"

"Não ia só ao médico."

A vacilação da mulher apenas tentava adiar a revelação que desejava fazer.

"Por mais que se contemplasse a si mesma, não ia a cada três meses a Barcelona para que a examinassem por causa de diferentes achaques. O fígado, olham uma vez ou duas, mas não a cada três meses. O senhor não acha?"

"O corpo humano está cheio de coisas."

"E principalmente o das mulheres. Já reparou no que cabe no ventre de uma mulher? Pense um pouco."

E começou a enumerar, com a ajuda dos dedos.

"As tripas, bem, os intestinos. O fígado. Os rins. O apêndice. Os ovários. O útero. A placenta. E até um bebê ou dois ou cinco, porque houve casos de cinco bebês. Tudo isso cabe no ventre de uma mulher."

"Eu nunca tinha pensado."

"Nós, mulheres, pensamos mais nessas coisas. Como nos afetam a nós, é lógico."

"Que fazia Encarna em Barcelona?"

"Encontrava-se com meu primo. Ginés. Um primo meu que vive embarcado. É um oficial, também de Águilas, e foi namorado, bem, namorado, pretendente, como chamávamos então, de Encarna, até que apareceu aquele rapazinho de Albacete. Foi uma história muito bonita. A gente lê num romance ou vê no cinema e não acredita. Também nisso parecia a história da carta para a senhora Francis: também a que escrevia tinha se encontrado de repente com um antigo amor, na rua, justamente no momento em que se sentia mais desgraçada. Justamente naquele momento Encarna passeava pelas Ramblas e alguém a chamou por seu nome. Ela se vira e quem está ali? Ginés. Vinte anos depois. Já não era aquele rapaz tímido que enrubescia quando a via, mas um oficial de marinha que se oferecia para acompanhá-la por uma cidade que ele conhecia muito bem. A cada três meses ia e voltava às Américas num cargueiro, *A Rosa de Alexandria*."

"É o nome do navio?"

"Sim, é o nome do navio em que meu primo está embarcado."

"É um navio egípcio, grego ou turco?"

"Não. Não creio. É um navio espanhol. Ou ao menos são espanhóis os embarcados, por exemplo, um amigo de meu primo, Germán, que é de Lorca. Às vezes meu primo voltava a Águilas e Germán vinha com ele."

"Então se encontraram por acaso nas Ramblas vinte anos depois. Que mais?"

"Marcam encontro para a próxima vez em que o navio voltar a Barcelona, e a partir desse momento Encarna inventa qualquer desculpa para não faltar aos encontros. É o que me conta por carta, e me conta com essa naturalidade e essa calma que tinha para essas coisas. Porque Encarna sempre havia tratado de seus assuntos pelo caminho mais direto."

"E o marido não desconfiava de nada."

"O marido tinha a vida dele. É um vagabundo que passou metade do casamento entre Madri e onde seja, mas bem pouco com Encarna."

"E o marinheiro voltava, de vez em quando."

"Voltava, e como! Nunca tinha tirado Encarna da cabeça. Meu primo é um rapaz fora de série, sentimental demais para meu gosto, porque não se pode andar pelo mundo com o coração na mão. Eu o avisei já naquela época, quando éramos crianças: cuidado com a Encarna, que está pensando na vida dela. E como me afeiçoei a Encarna! Mais que eu só a amou sua própria mãe, e eu sofria por meu primo."

"E não pensavam em abandonar tudo? Viver juntos?"

"Não. Encarna não. Mas meu primo, sim."

"E Encarna não queria?"

"Passou por tudo. No início, não, depois, sim, e ultimamente lhe pedia paciência, que deixasse o tempo passar."

Que desse tempo ao tempo para que acabassem de apodrecer os ossos de um marido definitivamente fracassado.

"E de repente as cartas pararam de chegar."

"Exato. Tampouco era caso de me alarmar, porque Encarna era muito arbitrária e às vezes mandava duas cartas por semana, e outras vezes levava meses e meses. Eu sempre esperava que ela me escrevesse ou me telefonasse, se bem que telefonar, telefonasse pouco, porque dizia que as paredes ouviam."

"A senhora lhe escrevia para Albacete."

"Principalmente para Barcelona."

"Para que endereço em Barcelona?"

A mulher calculava seus próximos movimentos. Por fim decidiu-se e dedicou a Carvalho o mesmo olhar que sem dúvida dirigira ao marido no momento de ir para a cama com ele pela primeira vez. Sai da sala com majestade e deixa Carvalho com o nome de *A Rosa de Alexandria* nos lábios silenciosos da memória:

> *És como a rosa de Alexandria,*
> *morena graciosa,*
> *de Alexandria,*
> *vermelha de noite branca de dia,*
> *morena gaciosa,*
> *branca de dia.*

É uma voz infantil que canta e em seguida cresce um coro que impõe uma estranha tristeza obscura de fundo em torno de uma canção aparentemente de amor. Mas dona Paca voltava com um papel na mão e o entregava a Carvalho.

"Este era o endereço que me deu para que lhe escrevesse em Barcelona. E no envelope tinha que pôr: aos cuidados de Carol."

"Sempre o mesmo?"

"Desde que me deu, sim. Foi há uns dois anos. Um ano depois de começar a se encontrar com meu primo a cada três meses."

"É só isso?"

"Só."

A mulher tinha vontade de saber detalhes, afastava a cabeça com os olhos fechados quando Carvalho lhe repetia o despedaçamento da vítima. Coitadinha. Coitadinha. E meu primo sabe? Meu primo sabe? Carvalho deu de ombros já na porta, com o espetáculo ao fundo do mar preguiçoso sob um sol consolador.

"E agora a polícia virá me interrogar?"

"É seu problema."

E a mulher ficou sem saber se era um problema da polícia ou dela.

"Tem alguma foto recente dela?"

"De três ou quatro anos atrás."

Finalmente Encarnación Abellán adquiria o rosto de sua morte. A adolescente de *La niña de Puerto Rico* tinha deixado crescer suas feições e acabado seu corpo nos limites de uma presença agressiva, impossível não olhar para a beleza madura e irada de mulher que continuava a estar sem estar naquela fotografia sem sorriso.

Ouviu vozes familiares que falavam sobre sua febre, e entre elas a do comandante, partidário do Frenol e de muito calor.

"Que ele sue, que ele sue."

E para além dos olhos abertos, Germán ou Basora ou Martín e, ocasionalmente, Tourón contemplando-o do alto de sua estatura de comandante com conhecimentos médicos.

"Você está em boas mãos. O resfriamento é gigantesco. Saímos do Trópico em mangas de camisa e depois vem o que vem."

Doíam as juntas do corpo e, recolhido sob os lençóis, ele se sentia bem.

"Caldos, muitas laranjas, peixe grelhado", ordenava Tourón ao garçom que tomava notas.

"E pensar pouco", acrescentava o comandante.

"Não viciem o ar que ele respira."

Os três oficiais jogavam cartas perto da cama dele e o comandante os expulsava do tugúrio como se fossem três viciados.

"Estamos fazendo companhia a ele."

"Não fumem e mantenham a porta aberta. Dá para ver os vírus voando. Só faltava agora que todos pegássemos isso."

"Não se preocupe, comandante, faremos um pouco de tricô e cantaremos músicas natalinas. Eu prometi um suéter à minha namorada."

O comandante passou por cima da ironia de Basora e depois aproveitou a solidão do doente para se introduzir no quarto e examiná-lo sem dizer nada, reprimido pelos olhos que Ginés apertava para não propiciar a conversa.

"Dorme? Está dormindo, Larios? Dorme o tempo todo."

Pela fresta das pálpebras, Ginés via aquele rosto branco se aproximar, aquelas lentes sólidas como se fossem de quartzo, no fundo das quais apareciam os olhos submergidos. A partir do terceiro dia foi impossível fingir, e o comandante passava as horas de folga sentado a seu lado, montado numa cadeira, braços cruzados sobre o encosto, e com o olhar divagante ou fixo num ponto concreto do camarote que o hipnotizava.

"Está mais corado."

"É possível."

"A cor do rosto é um sintoma de saúde. Um organismo que funciona bem se expressa pelo tom da pele e especialmente da pele do rosto. Nas pessoas morenas, como você, nota-se menos, mas nas brancas a comprovação é exata, é coisa de manual. Foi uma gripe, acho, e você fez o resto. Seu corpo estava em más condições. As férias em Trinidad não lhe fizeram bem."

"Pelo visto."

Tinha pedido a Germán que não o deixasse a sós com o comandante e o amigo fazia o impossível para estar atento às idas e vindas de Tourón pelo navio, para que não fosse se infiltrar no camarote de Ginés. As entradas de Germán deixavam Tourón nervoso, e ele não demorava a ir embora ou então tentava despachar Germán para cumprir tarefas que já estavam cumpridas.

"É igual a uma galinha choca. Gosta de se sentir necessário, e quando pode exibir seus conhecimentos de medicina, goza. Mas para receitar Frenol e suco de laranja não precisa ser nem veterinário."

No quarto dia Ginés subiu à coberta porque fazia sol e encontrou os marinheiros esticando um passamão especial de proa a popa.

"O que estão fazendo?"

"É em sua homenagem. Tourón mandou. Para que você não caia."

"Estão falando sério?"

"Seriíssimo. O mar nem se mexe. Vento força 3, marejadinha. O corrimão é para você, todo seu. A isto se chama amor. Ele trata você como se você fosse uma rainha."

O corpo ficara especialmente sensível ao sol e ao vento, que, ele percebia, inoculavam-lhe novo ânimo, vontade de se mexer e de se relacionar com os outros. A travessia estava no momento doce, na expressão de Basora, esse momento em que há mais caminho deixado para trás do que ainda por tanspor e em que a promessa do porto de chegada desperta os apetites. Além disso, fazia um dia esplêndido e os inocentes cúmulos indicadores do bom tempo passavam como carneiros tímidos, espantados com a solidão do arco do céu sobre a lagoa atlântica. Naquela tarde, sentiu-se bem ao escutar o programa *Directo-Directo*, da Rádio Nacional de Espanha, e depois se transferiu para o salão do vídeo onde Martín ia passar *E o vento levou*.

"Que bonita que era essa fulana, a Vivien Leigh! Em compensação, a Olivia de Havilland não valia nem um tostão furado!"

"Ainda está viva."

"Pois imagine como estará agora. Jamais gostei de Olivia de Havilland, era como uma menina ou como a figura da mãe. Você a encontra numa ilha deserta, pelado, e não dá uma trepada com ela porque ela inspira respeito, uma coisa, não sei."

"Numa ilha deserta você trepa até com a Thatcher."

"Pois até que a Thatcher não está tão ruim para a idade."

"Precisa ser de direita para dizer que a Thatcher é tesuda."

"Eu não disse que a Thatcher é tesuda. Disse que não está ruim para a idade, e se você a deixar pelada num centro de caminhoneiros aposentados, ai, vão fazer misérias."

"Selvagem."

"Mas que tesão que dá essa puta, a Vivien, de noite vou bater uma punheta em homenagem a ela."

"Animal."

Martín gostava que o insultassem, que o tratassem como uma besta de lascívia.

"Esta noite eu como essa aí."

"Que sacanagem."

"Jogo uma lata de leite condensado em cima e lambo de cima a baixo. Cantinho por cantinho."

"Não enche, cara, até parece que você não fodeu ninguém desde os tempos das diligências!"

Ginés dormiu no instante em que Leslie Howard, o frio Ashley Wilkes, volta para casa ferido por uma bala, fingindo-se de bêbado, como Clark Gable, Ret Butler no filme. Acordaram-no para que fosse para o seu camarote e ele se jogou na cama, cansado com o primeiro dia de convalescença ativa. Pegou no sono e teve a impressão de estar num quarto imenso de um hospital branco, a tal ponto que mal se via o relevo dos corpos em movimento, salvo o de Tourón, que se aproximava dele e acariciava seus cabelos: coitadinho, coitadinho, Larios, durma, durma sempre. Foi acordado pela mão de alguém, mais contundente que a do comandante sonhado. Era Basora cochichando.

"Está com ânimo para levantar?"

"O que há?"

"A ocasião esperada. O comandante está cantando e Germán deixou a porta sem trancar. Vamos ver o que está acontecendo. Você tem forças para vir? Talvez só daqui a muitos dias se repita uma situação como esta."

"Vou."

"Agasalhe-se."

Basora desmanchou a cama e jogou uma manta por cima. Ginés seguiu o colega por um trajeto à meia-luz que os levou às portas do camarote do comandante, onde já estavam agachados Martín e Germán. Basora pegou o canto da porta com a ponta dos dedos e foi abrindo com lentidão enervante até conseguir uma fresta suficiente para que Martín e ele contemplassem o que estava acontecendo lá dentro. Basora tirou a cabeça em seguida, Martín permaneceu mais algum tempo. A porta entreaberta permitia ouvir com mais clareza a música do comandante.

Quem te chamou de Salvaora
que pouco te conhecia.
Que quem de ti se enamora
perde-se por toda a vida.

Germán e Ginés ocuparam as posições cedidas pelos outros dois conspiradores, e diante deles apareceu uma perspectiva retangular em que se via estranhamente inteira a figura do que restava do comandante. Roupa de lamê comprida e decotada, luvas até os cotovelos, peruca platinada, uma flor de pano no vértice do decote, olheiras pintadas, lábios vermelho-sangue, braços serpentinos agitando os eflúvios emocionais da canção e a fumaça de um cigarro dourado entre os dedos da mão esquerda.

És bonita como o firmamento;
pena teus maus sentimentos...

E o comandante aparecia e desaparecia em suas idas e vindas pelo cenário delimitado por luzes de teatro de variedades que só ele enxergava. Em seu rosto tinham se desenhado traços canalhas de puta desmilingüida, e por um fenda na saia aparecia uma perna velha, musculosa, cheia de pêlo, apoiada no mundo por um sapatinho vermelho de verniz.

Germán se afastou, pegou Ginés pelos ombros e o afastou também, com certa firmeza. Os quatro entraram no camarote de Basora e procuraram os quatro cantos do quarto para não se olharem, nem se falarem, como se tivessem de pedir desculpas uns aos outros por algo que haviam feito e que os envergonhava.

"Merda", disse Basora.

"Pobre homem", comentou Germán.

Ginés simplesmente tinha medo, um medo inexplicável, como se houvesse se metido numa casa desconhecida e todas as portas estivessem fechadas às suas costas.

"Quer dizer que o que o foguista Cojoncitos viu não era nenhuma lorota. Esse cara teve o desplante de passear pela coberta vestido de mulher."

"Um comandante de navio que se veste de mulher pode passear pela coberta se tiver vontade. Por alguma razão ele é o comandante. E no outro dia tira o carnê de baile e te pede uma polca."

Martín ria como um histérico diante da piada de Basora, mas, nos outros, pesava mais o sentimento de desgosto e de não saber o que pensar.

"E amanhã, hein? Amanhã, quando começar a dar ordens, ou no refeitório, hein? Vamos continuar a vê-lo como o comandante ou como *La niña de la venta*?"*

Martín cuspia pelo nariz o riso que não conseguia arrancar da boca e dessa vez arrastou Basora e depois Germán. Ginés sustentava um meio sorriso indefinido, enquanto os outros prendiam o peito ou o ventre ou a mijada, porque a gargalhada já era uma asfixia histérica que os derrubava na cama ou os fazia cair no chão em busca dos recantos do camarote.

"Sabem o que lhe direi amanhã quando o encontrar?", perguntou Martín com lágrimas nos olhos.

Germán e Basora também choravam, mas seguraram as lágrimas e o riso porque sabiam que Martín ia jogar mais lenha na fogueira de sua hilariedade.

"Às suas ordens, tia louca!"

E o comandante ouviu as gargalhadas em seu camarote transformado em camarim.

No dia seguinte, Ginés disse estar totalmente recuperado e convenceu Germán de que o deixasse fazer suas tarefas habituais. Horrorizava-o a perspectiva de ficar na clausura do camarote, entregue às entradas livres de Tourón e à necessidade de tratá-lo como se nada tivesse acontecido. Perambulou pelos cantos do navio menos propícios à visita do comandante e até desceu à sala de máquinas, onde foi recebido com surpresa pelos maquinistas e Martín, que lhe confessou que também estava brincando de esconde-esconde. Chegou a hora do almoço e não havia outro jeito senão ir para o refeitório, embora o fizesse com

(*) Comédia musical espanhola de 1951, dirigida por Ramón Torrado. Conta a história de uma mocinha que vivia com o padrasto, gerente de uma venda que servia de fachada para o contrabando. Lola Flores, que interpreta a heroína, era uma famosa bailarina de flamengo. (N. T.)

atraso, confiante de que seus companheiros se sentariam antes, e assumiriam, eles, a primeira conversa com Tourón. Chegou ao refeitório quase ao mesmo tempo que Germán, e lá já estavam Basora e Martín.

"E o comandante?"

"Mandou que seu almoço fosse servido no camarote."

"Vocês o viram?"

"Eu não. Falei com ele por telefone porque não apareceu no passadiço."

"Eu também não."

"Nem eu."

"Pode-se deduzir que não saiu do camarote."

"E que ontem à noite se deu conta."

"Ou que está doente ou andando por aí. Bem, vamos comer e amar a comida."

Basora e Martín comeram com bom apetite o arroz de bacalhau e o filé com jardineira de legumes do cardápio do dia, Germán permanecia absorto e Ginés apenas beliscou seu arroz fervido com cebola e o linguado grelhado.

"Já já sairá da casca", comentou Basora enquanto se levantava, dando o almoço por encerrado.

Durante toda a tarde o comandante continuou a comandar o navio de dentro de seu camarote, rejeitou a oferta de Germán de ir vê-lo e disse que estava com uma pequena alergia de pele que o impedia de ter contato com o ar livre. Os oficiais jantaram entre silêncios, bocejaram diante da segunda parte de *E o vento levou*, porque Martín tinha dividido o filme em três fitas de vídeo novas, e a terceira só passaria depois que ultrapassassem a perpendicular dos Açores, já em descida aberta para o estreito. No dia seguinte o comandante repetiria sua ausência e no terceiro dia subiu ao passadiço num momento em que estava desabitado, mas da coberta viram sua silhueta atrás dos vidros, observando o horizonte com binóculos, e à noite ele se apresentou no refeitório, simpático e tagarela, como se chegasse de uma longa viagem carregado de anedotas e presentes de sua imaginação. Com poucos minutos de diálogo, os oficiais tinham recuperado o tom de conversa das outras noites, e o comandante exibia um de seus melhores humores, embora persistisse na dedicação especial a Ginés, cuja saúde o preocupava.

"Depois do jantar venha ao meu camarote. Tenho na minha farmácia umas vitaminas que estimularão seu apetite. Você não pode desembarcar em Barcelona com essa cara."

A perspectiva de um encontro a sós entre Ginés e o comandante devolveu malícia aos oficiais e angústia a Ginés, que para evitar o encontro alegou estar com a melhor saúde deste mundo. Não contou com a solidariedade dos companheiros, cúmplices do comandante no sentido de exagerar a má saúde.

"Sua saúde é uma peça fundamental para a boa marcha deste navio. Como disse tantas vezes o comandante Tourón, cada um de nós é parte de um todo, e a avaria de uma parte significa o mau funcionamento do todo."

Embora Tourón não se lembrasse do momento exato em que tinha dito o que Basora lhe atribuía, concordou com firmeza, e Ginés foi até lá assim que terminou o jantar, no rastro do comandante, pelo corredor que levava a seu camarote.

"Com licença, queria ir dormir cedo e não incomodá-lo por muito tempo."

"Não incomoda, Ginés. Sente-se. Vou lhe dar as vitaminas, mas tenho que lhe dizer que foi um pretexto para podermos conversar a sós. Há três tipos de associações de homens, Ginés: pessoas, gente e gentinha. Temo que seus companheiros sejam gentinha, gentinha baixa, e vejo-o no meio deles como uma pessoa diferente."

Tourón se sentou, vencido em alguma batalha que não estava disposto a revelar, mas oferecia a Ginés os restos da derrota.

"Sou um homem só, Ginés. Minha mulher cansou de me esperar travessia após travessia e nem sequer sei por onde anda. Meus filhos já são maiores e vivem suas vidas.

Só me chamam quando precisam de dinheiro ou quando enfrentam dificuldades, por exemplo, minha filha, a caçula, da última vez tive de tirá-la da cadcia por tráfico de drogas. Felizmente ainda guardo bons amigos bem situados. Mas, enfim, nada posso esperar dos meus. E nessas condições a solidão pesa mais, a inutilidade de chegar ao porto. Já tenho cinqüenta e cinco anos, em breve começarei a ser velho, já me sinto velho. E noto isso quando chego ao porto e todos vocês têm algo que os espera. Não vivo minha própria esperança, Ginés. Vivo as de vocês. Por isso me emocionei quando vi você tão feliz, naquele dia, nas Ramblas, acho, em companhia daquela mulher tão, tão aparentemente interessante, essa é a palavra. Mas as mulheres interessantes são as piores. Não, Ginés?"

Pedia que ele falasse, e Ginés tinha a boca cheia do nada que lhe enviavam os pulmões e o cérebro, nem uma idéia, nem uma imagem, nem uma palavra, nem ar sequer.

"Não tem nada para me dizer, Ginés?"

Negou com a cabeça.

"Nada especial."

"Tem certeza?"

"Acho que sim."

"Às vezes é melhor falar a tempo. O que o espera em Barcelona, Ginés? Quem?"

"Bem... Espera o mesmo de sempre. A mesma pessoa de sempre."

"Garante?"

"Quem pode garantir?"

"Você. Você é o mais indicado para ter certeza do que diz."

A mão do comandante voou sobre o oficial e Ginés fechou os olhos quando a sentiu sobre um de seus joelhos.

"Posso pretextar avaria e desviar para os Açores. Às vezes é possível fugir de um mau destino."

A mão do comandante era uma presença viscosa provocando nele um tremor interno que ele tentava não exteriorizar.

"Em Barcelona não o espera nada de bom."

"É imprescindível que eu volte. Segundo o senhor, quem me espera?"

"Uma mulher, não? Não é isso que o espera?"

"É isso. Trata-se de minha vida particular. Tenho direito a me enganar."

"Se você fosse se jogar pela borda eu tentaria impedi-lo."

Já não conseguia suportar a situação e se levantou, pegou a caixinha de vitaminas e balbuciou urgências esquecidas, que o comandante escutou com os olhos sábios e a tranqüilidade de um animal mais forte que sua presa.

"Estamos no ponto exato em que ainda é possível fazer o navio virar para os Açores."

"O que eu ia fazer nos Açores? Minha vida passa por Barcelona."

"Amanhã será tarde."

Ginés agora sustentava o olhar do comandante, mas sabia que nenhum dos dois ia chamar as coisas pelo nome. Invadiu-o a irritação da presa diante da prepotência incontestável da ave de rapina, e contemplou a si mesmo jogando a caixa de comprimidos na cara do comandante, num gesto lento, de sonho, e no fundo de um corredor de violência o rosto assustado da *Niña de la venta*, ao qual virou as costas para sair e tentar esquivar-se das gozações dos amigos, apoiados na dobradiça da porta do camarote de Basora, e buscar em seu próprio antro a normalidade do pulso e a racionalidade do já feito e do por fazer. Mas o camarote parecia ter diminuído até o limite do irrespirável, e ele desceu para a coberta a fim de verificar os limites de seu cárcere. O mar não importava. O céu era a noite, e as estrelas mentiam a possibilidade de fuga. O cárcere flutuante avançava, e, ao tentar contrapor ao destino a imagem de um passado de salvação, reaparecia o Trópico em surdina de Trinidad, a fracassada solidariedade de Gladys, a avareza pobre do taxista hindu ordenhando-o como a uma vaca estrangeira e estúpida. E esse era o único passado possível. O imediatamente anterior lhe dava nojo, às raias do vômito. E antes, antes somente lhe restavam vivências de juventude inútil que já sabia estar destinada ao fracasso. O que Tourón sabia? Sabia por si mesmo ou seu nome, Ginés Larios Pérez, já era uma ordem enviada pelo telégrafo?

"Só quero me despedir de você, Encarna. Talvez só isso."

Percebeu que estava excitando o sentido de autocompaixão.

Sorriu para si mesmo e gritou por cima do mar estridente:

"Calma, pessoal, estou chegando!"

Deixar o carro defronte da entrada, jogar a sacola de viagem dentro do quartinho onde estavam pendurados os ternos que esperavam o verão, tomar um banho e atirar-se na cama para quebrar a rigidez que se apossara de seu esqueleto era uma meta obsessiva desde que pagou o último pedágio valenciano e cruzou a linha imaginária da auto-estrada catalã. Quase dormiu, e teve de parar duas vezes para tomar café e fazer exercícios respiratórios profundos, mas agora estava em condições de dormir, depois da surpresa das coisas familiares recuperadas e de um breve plano de telefonemas, amarras escassas que o ligavam ao seu pequeno porto particular, chuva de imagens esfareladas que encheram seus olhos de sono, para despertar ainda longe do amanhecer, com a cabeça cheia de urgências e os nervos necessitando pular da cama. Guardou os queijos manchegos que comprara em El Bonillo e as massas de torta para fazer gaspacho no dia que ficasse inspirado e Fuster se prestasse ao teste do primeiro gaspacho carvalhano. Fuster. Precisava ligar para ele e contar-lhe a impressão produzida pela nascente do Mundo, a magia de um instante talvez decorrente apenas do excesso de significado do nome do rio. Mas antes amanheceria e ele graduou os telefonemas por uma suposta ordem de aparição diante do novo dia: Mariquita, o autodidata, Biscuter e finalmente Charo, já do escritório. Ouviu o rádio. Zanzou pela cozinha. Saiu para o jardim, onde o esperava um frio úmido que acabou por empurrá-lo para dentro da casca da casa. Tentou recuperar o sono, mas a dança das imagens ou os rios de café que transportava no sangue durante a subida, de um estirão, de Águilas a Barcelona mantinham seus olhos abertos, como se essa fosse a desembocadura natural do café. Em primeiro plano, as duas freiras — por que justamente as duas freiras? E depois, todos os outros, até chegar a uma distância onde se configurava um barco imaginário, grande, mas com um só tripulante, Ginés Larios, o amor de Encarna, recuperado num encontro em plena Barcelona. Talvez o homem permanecesse sem saber o que tinha acontecido com a mulher, e talvez fosse conveniente entrar em contato com ele ou saber ao menos para quando estava prevista sua escala em Barcelona. E quando o sol surgiu no canto esquerdo de sua janela-mirante da cidade, como se viesse do fundo do Mediterrâneo, Carvalho pegou o carro e foi para o porto à espera de que abrissem os escritórios de tráfego portuário a fim de ter notícias de *A Rosa de Alexandria.*

"*A Rosa de Alexandria*, cargueiro geral polivalente, da Companhia Obregón, tem sua chegada anunciada para 7 de fevereiro. Comandante, Luis Tourón."

"Veja se figuram os nomes dos oficiais."

"Sem dúvida, como é um navio de chegadas regulares, sem dúvida. Que nome me diz? Ginés Larios, sim, senhor. Oficial de primeira."

Pensou por um instante em mandar-lhe uma mensagem mas se conteve, precisava chegar a algum lugar e por ora mal retornava das fontes do episódio, sem nada nas mãos ou quase nada, a história de um reencontro amoroso e um endereço onde Encarna "Carol" domiciliava as cartas que Paquita lhe enviava. Cruzou com Biscuter na escada do escritório. O homenzinho parecia estar dormindo e levou meia escada até se dar conta de que tinha dito bom-dia a um Carvalho ausente há dias.

"Porra, chefe, eu ia passando sem cumprimentar!"

"Siga seu caminho, Biscuter. Ficarei um instantinho lá em cima."

"Vou lhe trazer croissants quentes."

Mariquita estava em casa. Emocionou-se com as notícias de Águilas, quase as únicas que lhe deu Carvalho, junto com as recordações de Paca Larios, e se surpreendeu com o nome de Ginés.

"Meu Deus do céu, de quem o senhor me fala. Não sei nada dele desde que era um menino."

"Sabe se sua irmã e ele voltaram a se ver depois?"

"Como iam se ver, ela em Albacete e ele por aí, embarcado?"

"Barcelona tem um porto, aos portos chegam os navios, e sua irmã, pelo que soubemos, vinha aqui com freqüência."

"Mas era uma mulher casada."

"Ah, isso sim."

A conversa com o autodidata foi quase nula. Carvalho falou como se fala com um cliente, dando-lhe detalhes que depois justificariam a fatura. O autodidata ia dizendo sim, sei, bem, bom, como se tudo o que lhe estivesse contando fosse material de segunda ou degraus numa subida ou numa descida rumo ao que contava realmente, e só quando Carvalho já estava em Águilas e relatava sua busca de Paca Larios, a atenção do invisível interlocutor se concentrou e seu silêncio foi uma prova de que desejava o relato de Carvalho.

"Ginés Larios, o senhor disse, noivo dela?"

"Não chegaram a ser noivos. Era um pretendente. 'Falavam-se', como dizia a prima. Mas depois se encontraram em Barcelona, primeiro por acaso, e depois aquilo virou uma série de encontros pontuais, a cada uma das chegadas do marinheiro. Na verdade, a partir de uma determinada data devem coincidir as visitas de Encarna, supostamente visitas a médicos, e os atraques de *A Rosa de Alexandria*."

"*A Rosa de Alexandria*. É um nome sugestivo."

"Pois é."

"E agora, que fazer?"

"Tenho esse endereço para onde Paca Larios escrevia e esse nome, 'Carol'. Ah, e uma fotografia recente."

"A coisa está ficando boa. 'Carol', esse nome também tem seu encanto. Reconheça que é mais sugestivo do que se fosse Conchita."

"Não nego. Vou ver o que encontro nesse endereço."

"Acho ótimo."

"A história de Albacete é um bocado sórdida, e descarta o marido. Acho estranho que aquele homem conseguisse se mexer para ir a Barcelona reconhecer o cadáver."

"Esteve poucas horas. A polícia já disse à família que ele não andava muito bem de saúde, mas interpretamos como um mal-estar transitório. Muito bem, Carvalho, continue como até agora. Quanto mais depressa chegar ao fim, mais barato nos sairá."

"Sempre velo pelos interesses de meus clientes. Assim, em outras ocasiões também recorrerão a mim."

"Estatisticamente é quase impossível que numa mesma família ou grupo de pessoas se produzam fatos dessa natureza ao longo de uma geração."

"Por sua boca fala a lógica."

Quanto a Charo, seria uma crueldade telefonar para ela àquelas horas, e ele ocupou o centro da manhã comendo os três croissants crocantes que Biscuter deixou a seu alcance e bebendo duas xícaras de chocolate light com que seu ajudante tinha desejado comemorar o regresso e amenizar os efeitos do desnorteante encontro na escada. Charo não se conformou com as explicações telefônicas e lhe pediu dois minutos para se arrumar e ir ao escritório.

"Se você quiser eu vou aí."

"Não. Está tudo desarrumado."

Sem a menor dúvida ainda conservava marcas de seu

trabalho noturno ou de um parceiro lento, insistente ou simplesmente adormecido. Os dois minutos se transformaram em uma hora e Charo se predispôs a escutar toda a história da viagem, mas especialmente o percurso por Águilas, com perguntas que tentavam cotejar os cartões-postais mentais herdados de sua mãe com os que Carvalho trazia de viagem tão recente. As destruições e desaparições a entristeceram, e as sobrevivências levavam-na a exigir de Carvalho descrições meticulosas para ver se as estampas coincidiam.

"Quis trazer um livro para você, mas estava esgotado."

"Que pena, eu teria gostado tanto! Como é a Casita Verde?"

"É uma casa muito especial, como de brinquedo, solitária, defronte ao mar, mas os prédios de apartamentos já se aproximam dela, não sei quanto tempo vai sobreviver."

"E Terreros? E as salinas?"

"Já não há salinas."

"Não há salinas!"

Para que Charo precisava das salinas de Terreros? Para conservar uma lembrança emprestada de dunas de sal terroso agredidas pelo sol.

"E a história do marinheiro, que bonito. Pobre rapaz. Vai voltar e vai encontrar toda essa confusão."

As pálpebras de Carvalho fechavam. Biscuter lhe ofereceu sua caminha para que atendesse ao chamado do sono e do descanso adiado e pela primeira vez em muitos anos Carvalho penetrou naquele pequeno domínio de seu assistente, cinco ou seis metros quadrados ocupados por uma caminha, uma velha cama turca que Biscuter tinha comprado na praça de las Glorias.

"No ano do caso do Carrero, chefe, lembre-se."

Um armário de plástico azul fechado com zíper, um pôster de Sydne Rome nua, um calendário da Caixa 1984, e uma pequena fotografia de rua, com o canto acanalado, em que aparecia uma mulher com roupa de passeio, deslumbrante, e olhando para a câmara com um muchocho um tanto canalha. O adjetivo canalha, embora ele o tivesse pronunciado mentalmente, desagradou a Carvalho, que se arrependeu. Ao fim e ao cabo, aquela mulher tinha sido a mãe de Biscuter e ele tinha ido a seu velório fazia pouco mais de um ano, em companhia do filho dela. A caminha parecia construída na medida de Biscuter, e Carvalho notou sua alma de metal nas esquinas do corpo, mas era tamanha a agressão do cansaço que caiu no sono e abriu os olhos quando a tarde já caíra. No relógio mental, a urgência de uma busca. Um pulo abrupto para recuperar consciência do lugar e depois ir até a sala onde Biscuter permanecia com a luz da mesa acesa, as mãos cruzadas sobre o colo, ensimesmado ou suspenso a uma lembrança pequena, como sua cabeça, como ele mesmo.

Carvalho foi para a rua e nem pensou em sair de carro. Pegou um táxi que o deixou na porta do endereço escrito por Paquita. Uma velha casa de cômodos num prédio convencional do Ensanche, portaria com luz mortiça, zeladora com jeito de não ter saído dali desde o final da última guerra e má vontade no momento de lhe responder.

"Aqui não vive nenhuma Carol. Tem a senhora Nisa, mas, bem, às vezes chegava uma carta para esse nome, é verdade. Fale com ela. Eu não sei nada. E quero continuar sem saber nada."

Não eram boas as relações entre a senhorita ou sra. Nisa e a zeladora, deduziu, e subiu os degraus que o separavam da sobreloja. Abriu-lhe a porta um velho impecável com terno de luto e um cheiro de ensopado profundo e pesado.

"Vem por causa do anúncio?"

"É possível."

Ele o fez passar a um *hall* semi-iluminado e foi até uma salinha com pouca luz onde duas mulheres cochichavam. O velho disse alguma coisa, deu meia-volta, farejou Carvalho de relance e se refugiou numa sala de jantar envelhecida, com piso de velhos mosaicos ornamentais. Saiu da sala uma das cochichantes, com jeito de ter algo a ver com o velho, pela idade e pelas maneiras, e foi atrás dele. Carvalho ficou em companhia de um grunhido e de uma gordinha risonha e morena que o cumprimentava com uma correção de encontro tripartite ou quadripartite em reunião de cúpula e o convidava a entrar num escritório presidido por um nicho com uma Virgem disfarçada por um traje regional de difícil identificação.

"Vem para o anúncio do jornal, não é, rapaz?"

Teve diante de si mais uma imagem relembrada do que uma imagem atual. Era um apartamento de bairro modesto, de bairro mais modesto doque este, talvez, mas com a mesma luz economizada, a mesma penumbra, um mistério equivalente, como equivalente era o cochicho ou a surdina na voz da mulher que o atendia, sacerdotisa de um poder desconhecido. Naquela ocasião tinha sido uma curandeira com a virtude de tirar o mau-olhado e o mal dos ciúmes, e eram ciúmes o que a mãe de Carvalho queria tirar do filho, ciúmes que conferiam melancolia a suas atitudes e uma inapetência que a boa mulher não sabia atribuir às papas do pós-guerra com toucinho rançoso, ou talvez não quisesse atribuir, porque teria sido admitir uma certa responsabilidade na derrota cotidiana da esperança. Carvalho lembrava confusamente a que ou a quem atribuíam a causa de seus ciúmes, provavelmente a uma outra criança, um parente mais abastado que tinha bicicleta numa época e numa classe social em que ninguém tinha quase nada. A curandeira rezou diante de uma imensa Virgem num nicho, encheu o menino Carvalho de sinais-da-cruz e de um aroma especial de dona de casa recém-saída da cozinha, onde sem dúvida ela preparava algum prato com louro e vinho, porque a curandeira cheirava a louro e vinho. As lembranças cheiram e soam, têm paisagem musical. Com o tempo e a cultura, antes de perder um e outra, Carvalho descobrira que sentia ciúmes de seu pai, daquele pai quase desconhecido, recém-saído da prisão, que se enfiava num quarto que durante anos e anos fora um santuário de calidez e confiança para ele e sua mãe. E ali estava outra curandeira gordinha e não velha e uma imagem da Virgem de não sei quê ou de não sei de onde, num canto daquela sede de alcoviteiros pós-industriais, uma alcovitaria fim de século, fim de milênio.

"O que você quer? Tem de me explicar o que quer."

"O que quer todo mundo que vem aqui."

"Primeiro erro. Nem todos os que vêm aqui querem a mesma coisa."

Havia triunfo do especialista sobre o leigo nos olhos sorridentes e brilhantes da gordinha encantadora.

"Cada homem é um caso, e cada uma das mulheres que posso proporcionar-lhe também. Para começar. Como é seu nome?"

"Ricardo. Sempre gostei de me chamar Ricardo."

"Muito bem. Ricardo. Você é solteiro ou casado?"

"Casado."

"Interessa-lhe discrição ou não lhe interessa?"

"Toda discrição é pouca. Minha mulher me odeia e não quer me perder."

"Acho que vai ser muito complicado. Você é muito complicado."

Talvez tivesse empregado um raciocínio elaborado demais. Ocorreu-lhe que podia ajudá-la recitando um verso aprendido naqueles tempos em que aprendia versos: quem não teme perder o que não ama? Mas pensou que assustaria ainda mais a curandeira.

"Não sei. Não sei. Não quero perder tempo."

"Quanto custa a sua informação?"

"Seis mil e quinhentas pesetas e lhe darei nomes e telefones de mulheres ou contatos aqui, só contatos, repito, durante dois meses."

Carvalho pôs duas notas de cinco mil pesetas sobre a mesa e a curandeira as pegou com eficácia e no tempo exato, nem pouco nem muito, e devolveu o troco como um caixeiro generoso.

"As coisas estão mudando. Agora sei que não perco tempo. Não pense mal de mim, é que há muitos que vêm aqui, se enrolam, me fazem perder tempo e depois, neca de pitibiriba. Voltemos ao seu assunto. Casado. Contatos discretos. Portanto, interessam-lhe mulheres casadas e precisando ser discretas. Vou ser sincera, posso lhe arranjar mulheres que se metem nisso por necessidade econômica, não por vício, ou por necessidade de afeto. Casadas cujos maridos ganham pouco ou estão desempregados. Também há uma ou outra que aparece porque o marido não satisfaz ou vivem brigando. Mas estas querem então uma relação estável, que um homem casado como você não pode dar. Você não vai deixar sua mulher nos fins de semana."

"Nem pensar. Temos uma casinha num condomínio de Montserrat e todos os fins de semana vamos regar a árvore e fazer uma paelha."

"Está vendo? Portanto, precisa de mulheres com a mesma necessidade de discrição que você."

Levantou-se porque a campainha tinha tocado, fechou a porta às suas costas, conversou com alguém recém-chegado e voltou para perto de Carvalho mostrando ainda mais satisfação no rosto do que uns minutos antes.

"Chegou uma moça que talvez lhe interesse. Dê uma olhada e diga o que acha."

Carvalho deu uma olhada, diante dos olhares da Virgem e da curandeira, grudando um olho na fresta que separava as duas abas da porta, uma magrinha de botas e jeito de vendedora de enciclopédias em domicílio, impecável, sentada, com os olhos fixos na fresta de onde sabia que ia ser examinada.

"Muito magra."

"Não gosta das magras?"

"Há magras e magras. Mas, bem. É uma possibilidade. Deve haver outras."

A curandeira escrevia números e nomes em um papel como se estivesse escrevendo uma receita médica.

"Com esta, acima de tudo muita discrição. Só à tarde."

Números de telefones e nomes de mulheres.

"E, uma vez contactadas, para onde levo?"

"Eu só facilito o contato."

"Mas não podemos vir aqui? Não têm um lugar?"

"Isto é um escritório de contatos. Não é um hotel de encontros. Na sua idade você já deveria saber aonde levar uma mulher."

"Pareço mais velho do que sou."

"Perto daqui, na praça de España, há um hotelzinho, o Magoria. Se quiser, pode começar com a que acaba de chegar. Mas primeiro tome alguma coisa com ela. É preciso ter certa delicadeza."

"Vai me custar muito caro? Não tenho dinheiro comigo, muito pouco. O troco que você me deu. Se tiver de pagar o quarto."

"O quarto lhe custará umas setecentas pesetas, e o resto é suficiente. Essa garota é muito necessitada."

"A verdade é que vim vê-la porque um amigo me recomendou."

"Como se chama o seu amigo?"

"Eu o conheci numa sauna. Não é que tenha convivido muito com ele. Mas você sabe do que falam os homens. De mulheres. Sempre falamos de mulheres. Contei a ele meu caso e ele me recomendou que viesse vê-la. E que perguntasse por uma tal de Carol. Uma que você tinha arranjado para ele e que era muito bonita."

Ela se recostara na cadeira, com as mãos apoiadas no tampo da mesa, os braços esticados para manter a distância. Os olhos da curandeira tinham deixado de ser risonhos. Calculavam o total de verdade e mentira que havia no cliente.

"Não me lembro de nenhuma Carol."

"Não é um nome fácil de esquecer. Meu amigo, bem, meu amigo, meu informante, até me deu uma fotografia que ela mesma lhe passara."

A foto de Encarna que Paca lhe entregara ficou diante da mulher, a luz escassa de um abajurzinho de mesa a submergia num pântano amarelo e desfavorecedor. A curandeira parecia utilizar um só olho na contemplação da proposta enquanto o outro continuava fixo em Carvalho.

"Não gosto que meus clientes passem as moças entre si. Acho pouco delicado e além disso perco a comissão."

"É que para ele não interessava mais porque ia para fora da Espanha ou de Barcelona. Não lembro bem. A verdade é que custei a me decidir. Tenho a foto há três meses e ele me disse que essa mulher nem sempre estava disponível."

"Tenho muitas freguesas assim. Fazem isso ocasionalmente. Uma fase de necessidade."

"Esta, pelo visto, não era daqui, ou desaparecia por longas temporadas e depois voltava."

"É."

"Foi você que a arrumou para ele?"

"É possível. É claro que ela passou por aqui. Desaparecia e voltava a cada três ou quatro meses. Nunca me disse por quê. Talvez tivesse de pagar promissórias que venciam a cada noventa dias e precisasse de ajuda financeira."

"Como localizá-la?"

"Tenho um telefone."

Os olhos estudavam Carvalho e sustentaram os dele ao retribuir o olhar.

"E você me dá?"

"Não é uma mulher barata."

"Não é que eu tenha muito dinheiro, mas, bem, tenho para um capricho, e se a mulher valer."

A mão pousou na mesa e rabiscou um número ao lado dos que tinha escrito previamente.

"Talvez não a encontre. Ela me ligou, é isso, há três ou quatro meses, e não ligou mais. Mas agora cabe a você. Há dois anos que ela não falha. Antes, não sei o que fazia. Tenho isto aqui montado há dois anos. Repito. Isto é como uma agência matrimonial. Ponho em contato pessoas com necessidade de se relacionar. O que fazem depois é problema delas, não meu. Que isso fique claro."

"Está claríssimo."

"Não sei. Não sei. Você é um cliente complicado. Vai ficar com essa que está esperando?"

"Bem. Por ora vou convidá-la para tomar alguma coisa."

"Boa idéia. Não se deve perder os bons modos. Aqui vêm muitos que acham que tudo consiste em chegar e fuque-fuque. Ligue daqui a dois ou três dias se os contatos que lhe forneci não derem certo. Já sabe. O que você pagou dá direito a dois meses de informações."

Levantou-se dando por encerrada a audiência e se antecipou a Carvalho para explicar à moça que aquele senhor queria sair dali com ela. A moça desceu a escada na frente do detetive, com uma certa elegância nos movimentos de seu jovem esqueleto e deixou-se convidar para um pingado no bar da esquina. Contou a Carvalho que vendia de porta em porta aparelhos para fazer sorvetes.

"Não sabia que havia tantos fãs de sorvete."

"Bem, o aparelho também serve para fazer maionese, amassar, até para fazer frios, e se você for um maníaco pode usar uma série de peças que na prática eliminam toda a quantidade de aparelhinhos elétricos de uma cozinha."

"Sai muito caro?"

"Antes era caríssimo. Agora lançaram esse que eu vendo e que sai por uns trinta mil."

"Vende muitos?"

"Não. Estou começando. Por isso continuo vindo aqui. A propósito, quer que a gente vá a algum lugar?"

Terminariam falando do filho ou da filha sem pai ou com mau pai ou com pai desempregado que a esperava em casa, e ela contando suas costelas avermelhadas pela luz afrodisíaca de um hotel mal ventilado. Carvalho deixou cair duas mil pesetas na bolsa entreaberta da qual ela tirara um catálogo do batedor elétrico mágico.

"Hoje não me apetece. Talvez outro dia. Dê-me um catálogo. O aparelho me parece muito útil."

"E é. E é."

E o pingado esfriou enquanto ela recitava as excelências batedoras do artefato. As perguntas de Carvalho sobre o sistema empregado para contactar a alcoviteira tiveram respostas óbvias. Por telefone. Nas páginas de anúncios de massagens e contatos de *El Periódico* ou *La Vanguardia*. Com o catálogo no bolso e um pé já em direção à porta, agora a moça é que insistia em prolongar uma conversa sobre o trabalho e a vida. Em dado momento meteu a mão na bolsa para tirar um folheto.

"Leu isto?"

O atalho para ti mesmo, do iogue Madhasharti. Os olhos serpentinos da moça já não pediam conversa nem dinheiro. Pediam a comunhão dos santos.

"Já não pareço um engraxate, Pepe. Pareço um mendigo, um desses mendigos modernos, Pepe, que já nem os mendigos modernos são como os de antes. Lembra-se daqueles mendigos do caralho que havia depois da guerra? Mancos, coxos, pernetas, cegos, tortos, mas inteiros, Pepe, e não essa merda de mendigos de hoje, que tratam que lhes perdoem a esmola que pedem fingindo que limpam o vidro do carro ou dizendo que estão desempregados e os filhos morrendo de fome. Esses não são mendigos, são modernos. E eu sou um antigo, Pepinho, que quando as pessoas me vêem com a caixa na mão pensam que acabo de sair de um museu. Todo mundo tem em casa um spray desses de limpar sapatos e desapareceu o amor pelos sapatos limpos que havia antes. Viu o que a juventude calça? 'Nike', ou que nome tenham. Como se limpa isso, Pepe?"

"Você pode se informar sobre um endereço a partir de um número de telefone?"

Bromuro deteve o arco de violino de sua escova betumada e ofereceu a Carvalho a ameaça visual de seus dentes estragados e quebrados, de seus olhos amarelos, caídos, lacrimejantes, de sua calva cheia de ciscos da poluição atmosférica e de espinhas enquistadas como cravos.

"Agora você falou sério, rapaz. Essa é uma pergunta dos velhos tempos. Assim você tratava as coisas. E é possível que eu lhe seja útil, porque ainda conservo meus contatos, e para certas pessoas, muito poucas, o cavaleiro legionário Francisco Melgar continua a ser o cavaleiro legionário Francisco Melgar."

"E quem é esse?"

"Eu."

"Não sabia que você tinha mudado de nome."

"Você acha que eu nasci me chamando Bromuro? Você acha que meu pai e meu avô se chamavam Bromuro? Está me gozando, Pepe? Mande cá esse número."

Carvalho lhe entregou um papel e Bromuro o pegou com cuidado para não sujá-lo demais com as mãos imundas. Afastou o papel dos olhos para conseguir ler os números.

"Tem óculos aí, Pepe?"

"Não."

"Pois perdi os meus, que comprei há anos, e não enxergo nada. Preciso comprar outro, mas nunca tenho tempo de ir aos brechós da praça de las Glorias, lá tem óculos para todos, um monte. Você precisa ter paciência. Vai experimentando, até que encontra o que lhe cai bem. São legais, mais baratos, e você economiza o oculista."

Carvalho deixou duas mil pesetas sobre a caixa de madeira amarronzada, lustrosa em sua velhice e condição de muleta para o ânimo do penúltimo engraxate do sul das Ramblas.

"Generoso. Você é um generoso. Já não há cavalheiros como você, Pepe. Dá gosto dar uma mãozinha. Você e quatro sapatos. Mais nada. Ainda bem que eu, com vinho e uma tapinha de calamares, fico abastecido."

"Por que você não acerta a aposentadoria?"

"Não paguei impostos como engraxate."

"E como cavaleiro legionário? Como divisionário, membro da Divisão Azul?"

"Como legionário me inscrevi com o nome de um tio meu, e como divisionário não creio que paguem aos reformados, e além disso não consto como membro da Divisão Azul."

"Como que não consta?"

"Pois é, Pepe. Que eu fui pedir a certidão há uns anos e me disseram que eu tinha morrido atravessando um rio russo. Eu, que não sei nadar. Se não sei nadar, como vou me meter num rio russo? Você entende isso, mas aquele cara da repartição, não. O senhor se afogou exatamente por isso, porque não sabia nadar, ele me dizia, tal como lhe digo, na maior cara-de-pau. E eu respondia, olhe, o senhor acha que tenho cara de morto? Acha que se eu tivesse me afogado estaria aqui? Não. Evidentemente. E se estou aqui é porque, sem saber nadar, não me passava na cabeça cruzar um rio, e menos ainda um rio russo, nem o general Muñoz Grandes em pessoa, com todo o respeito que eu tinha por ele, porque foi o maior general que houve na Espanha desde Napoleão. Você entende isso. Mas aquele barnabé estava convencido de que eu tinha morrido porque não sabia nadar. Talvez, agora, com os socialistas, eles dêem um jeito nisso, Pepe. Como será que os socialistas vêem um ex-divisionário da Divisão Azul?"

"Muito bem. Querem se reconciliar com você."

"Não fiz nada a eles. Vou escrever a Alfonso Guerra,* que é o que eu engulo melhor. Sabe, Pepe, o Guerra tem coisas que me lembram o general Muñoz Grandes."

Carvalho tinha se desvencilhado de Bromuro e caminhava em direção ao porto pela calçada do restaurante Amaya. Chegou-lhe a voz de Bromuro prometendo-lhe a informação quando a obtivesse. Era a hora do ângelus: "... e o anjo se anunciou a Maria", diriam as emissoras de rádio. Mas nas calçadas das Ramblas já havia as putinhas

(*) Alfonso Guerra, dirigente socialista, foi vice-primeiro-ministro do primeiro governo socialista do pós-franquismo, eleito em 1982 e presidido por Felipe González. O general Agustín Muñoz Grandes (1896-1970) chefiou a Divisão Azul, legião de voluntários espanhóis enviada por Franco à Rússia durante a ocupação alemã, para lutar contra a União Soviética. (N. T.)

matinais, tão jovens como seus desejos de comer e viver, garotas disfarçadas de putas baratas, ou talvez o fossem, à disposição de clientes madrugadores, apressados visitantes da cidade que não podiam esperar as sombras protetoras do anoitecer. Charo acabava de se levantar. Usava no rosto uma máscara branca e um lenço prendia seu cabelo. Na pia, dois copos de uísque com os gelos derretidos, um cinzeiro cheio de guimbas de cigarros e duas de charutos, cheiro de fumaça rançosa de charuto vagabundo na casa e cheiro de fechado, odor que se espalhou pelo pátio da vizinhança quando Carvalho abriu as janelas e um sol suave se meteu no quarto com pouca vontade.

"Abra, que está com cheiro de curral. Há tanta umidade nas imediações do porto que sempre fica com cheiro de abafado, e não é que não abra."

Não eram freqüentes as visitas de Carvalho, e por isso a desculpa de ganhar tempo entre a conversa com Bromuro e algo a fazer, de difícil explicação, não desarmara a prevenção de Charo. Com a mão num potinho de creme para amolecer as cutículas, Charo ia da concentração no trabalho de manicure a olhadelas para um Carvalho calado que bebia aos golinhos uma grande xícara de café junto com aguardente de anis.

"Não sei como de manhã cedo você consegue enfiar isso no corpo."

Carvalho não queria lhe falar de seu trabalho e, no entanto, a contemplação divagante daquelas quatro paredes só lhe sugeria perguntas trabalhistas que ele devia reprimir, pois estavam prestes a sair de seus lábios.

"Você está informada de como funcionam essas casas que oferecem contatos entre pessoas?"

"Agências matrimoniais."

"Não exatamente matrimoniais."

"Ah, bem, é a isso que você se refere. Pois é, sabe, você fala de corda em casa de enforcado. Que daí me vem uma concorrência à qual não dá para resistir. Não sei o que deu nos homens, que caem nisso como moscas. Pegue aqueles recortes de jornal que tenho ali. Olhe onde põem 'Contatos', e depois 'Relax', não tem erro, e depois me diga se está direito, o descaramento que existe hoje em dia e o pouco respeito a tudo."

Senhorita 22 anos bonita não profissional, aeromoças modelos e moças de companhia jovens nível universitário...

"Não, eu teria que me matricular entre as maiores de vinte e cinco anos..."

... apartamentos privados de luxo, também saídas hotel e domicílio cartões de crédito.

"Dá para acreditar, Pepinho, que há clientes que querem pagar com cartão de crédito? E é por causa dessas fulanas, que parecem um supermercado."

María, 24 anos, vendedora de butique, um metro e sessenta e cinco muito armoniosa...

"Armoniosa sem agá."

"Harmoniosa tem agá? Pois é pior ainda. Olhe, tanta propaganda e caindo de analfabeta."

Senhora 30 anos exuberante em dificuldades financeiras solicita ajuda senhores com dinheiro. Só engane sua mulher se valer a pena. Viúvas catalãs maduras e ardentes. Sou um capricho de 19 anos se você se pode permitir. Clube privado, companhia feminina liberal mas não profissional. Ofereço contatos de alta categoria para senhoras e moças de muita classe, exige-se muita discrição e cavalheiros com muito dinheiro. Jessica, 22 anos, os seios mais perfeitos para massagem tailandesa e a sensualidade das sereias. Quer a melhor língua? Três senhoras andaluzas esperam por ti na rua Pelayo, 52...

"Você vai me perguntar o que isso tem a ver com o fato de serem andaluzas. Como se não fossem de Reus, aqui na Catalunha."

"É um chamariz para os compatriotas. É o fomento da foda por afinidades regionais."

"Que nada, Pepe, que nada, que toda essa concorrência publicitária está fazendo muito mal às sérias. Procure,

procure bem. Tem até um que diz: mãe e filha por alguns dias. Você acha isso direito? E um cliente meu que foi lá e pediu a carteira de identidade para comprovar se eram mãe e filha e comprovou que eram, segundo a carteira. E toda a confusão das massagens duplex, a lésbica, a grega, a tailandesa, o beijo negro, pois é, bem, aonde vamos parar. Tenho repetido muito a meus clientes: se vocês acham que vou me modernizar e fazer tantas porcarias novas que têm aparecido, estão enganados. O meu negócio é o clássico. Assim é que eu sou e assim serei até me aposentar ou morrer. E todo o resto é conversa mole e depravação. É bonito que um homem procure e encontre coisas que normalmente sua mulher não lhe oferece, mas me diga o que é essa sacanagem da mãe e da filha, ou dessa personagem de *Amarcord*, me diga o que oferece essa mulher que se anuncia como personagem de *Amarcord*."

"A mim interessam especialmente os contatos. Como funcionam. Quem as leva."

"Pois há muita coisa estranha nisso. Em geral pode ser uma mulher assanhada que já usou seu apartamento como rendez-vous disfarçado e que pouco a pouco fica com umas moças fixas e vai oferecendo-as como se fossem casadas em dificuldades financeiras que só fazem isso por algumas semanas ou porque, afinal, estão passando por uma situação difícil. Mas também tem muito vício organizado. E depois dá no que dá, porque os caras lêem anúncios assim tão bonitos e depois cortam em pedaços. Mas um cliente meu, muito desembaraçado, ele é dali de perto de Tarragona, pois ele se apresentou num lugar desses, de pura brincadeira, e lhe deram uns endereços. E cada encontro era uma confusão porque havia as que representavam verdadeiras comédias para arrancar mais grana, e para chegar à cama você tinha que passar por mais peripécies do que nos mistérios de Fu Manchu."

Dava para perceber que Charo era de outra época. Uma mulher mais jovem teria citado como exemplo *Guerra nas estrelas*, mas Charo ainda continuava com Fu Manchu e não podia adivinhar por que, de repente, Pepinho, sempre tão sério, estava olhando para ela com um leve sorriso.

"Está rindo de mim? Acha que estou mentindo?"

"Bem. Uma mulher que deseje contatos durante um certo período, aquele que interesse a ela, depois pode se desfazer do contato no momento em que quiser?"

"Depende. Se nenhum cafetão enfiou o nariz no negócio, consegue, sim. Se a descobriram e sabem quem é, podem encher o saco para que ela continue fazendo a mesma coisa. Isso depende também do grau de esperteza da fulana."

"Quer dizer, pode haver acerto de contas."

"Sem dúvida isso já aconteceu mais de uma vez."

"Mas você não está a par."

"Não estou a par porque não me meto onde não fui chamada. Às amigas que me fizeram o convite para passar para isso porque dá mais dinheiro, e inclusive porque somos mais bem tratadas — porque é como se a gente não fosse o que é —, pois eu disse a elas que não, porque não me sentiria bem fazendo teatro. Que se tenho de sair a tal hora porque meu marido larga às sete, ou se trabalho como vendedora e só saio às nove, ou se podem me ligar para o escritório, mas só entre duas e três, que é quando o chefe sai para fazer uma boquinha, isso é teatro, isso não é sério."

Não encontrou Bromuro em seu encrave laboral da esquina da rua Escudellers, nem nos bares e antros da zona, nem ele lhe deixara recado algum no escritório. Num bar da rua Arc del Teatre alguém insinuou a possibilidade de que tivesse sido recolhido na blitz da noite anterior, mas Bromuro era um personagem conhecido da polícia e não ficaria retido numa delegacia mais que o tempo exato da identificação. Na pensão onde o engraxate dormia não o viam havia vários dias, embora a dona, cheia de brios, tivesse gritado para Carvalho que não estava a par das idas e vindas daquele velho, vagabundo e delinqüente que estava de novo devendo cinco meses de aluguel, e um dia quando ele voltar vai encontrar a caixa de papelão na escada. Pelo que a patroa esclareceu em seguida, a caixa de papelão era a que havia servido para trazer a televisão colorida da patroa, e Bromuro a pedira para guardar nela todos os seus pertences. Estavam se acendendo as luzes das Ramblas quando Bromuro bateu à porta do escritório de Carvalho e pediu algo forte para recuperar a fala e a dignidade.

"Perdi tudo numa noite, Pepe. Já posso morrer."

Biscuter estava mais assustado do que Carvalho com o pessimismo repentino do engraxate barbado, sujo e despenteado no que lhe restava de viscoso tapete de seus parietais.

"É que me levaram ontem à noite, Pepinho, na blitz, era um tenente jovem, desses que não sei de onde tiram, e eu só sorrindo, daqui a pouco esse cara vai ver o que é bom, o rolo que vai se armar quando o pessoal da delegacia der com o Bromuro por lá. E assim que chego vou falar com o cara de plantão e me identifico. Nada. Foi como falar pra ele que quem estava ali parado era um marginal. O cara nem olhava para mim. Aí exigi que o Miraflores ou o Contreras aparecessem, você sabe de quem estou falando. E ele diz que o Miraflores se aposentou e o Contreras não ia dar, porque estava fazendo outra coisa. E eu, já com o saco mais cheio do que a buceta da Bernarda, apelo para meus antecedentes, falo da Divisão Azul, mais informante que Deus nos tempos gloriosos em que as ruas estavam cheias de pistoleiros. Pois não é que um desses mequetrefes de academia aparece e me comunica que esses méritos periclitaram e me diz isso com sua barbinha e sua cara de comunista por correspondência, de comunista por correspondência, que para esses fulanos estou cagando, pois eu, um comunista de verdade, de toda a vida, eu respeito, mas um fedelho policial e comuna ou democrata ou qualquer dessas misturas contra a natureza, esses aí, não. E o cara me deixa ali esquecido e cada vez me dava menos bola, Pepe, digo a verdade, porque eu pensava comigo mesmo, tantos tiros, tantas andanças pela vida no inverno sem camiseta, de corpo limpo, para que no final não te aceitem nem como informante. Não mereço que você confie em mim, Pepinho. Não sou nada. Sou um merda. Deixei os colhões na delegacia. Caíram no chão como dois molambos secos, como duas peles de nêspera."

Uns dois copos de *orujo* e um sanduíche de chouriço preparado por Biscuter devolveram a Bromuro a vontade de voltar a ser o que era.

"Mas amanhã mesmo, quando estiver recuperado, me planto lá e peço para ver Contreras e na presença dele chamo o fedelho de ontem à noite e ele vai ver o que é bom. Nem quando falei com ele da Divisão Azul ele se mexeu. Ou quando lembrei a ele que estava ao lado do general Yagüe na libertação de Barcelona."

"Ele não era nascido."

"Eu também não era nascido quando houve a coisa de Cuba e sabia muito bem quem era Weyler ou Polavieja. É que eles não aprendem história, Pepe. Saber história está fora de moda. As pessoas vivem o dia-a-dia e mal levam em conta o que aconteceu ontem. Gente com memória não tem lugar neste mundo."

"Falando de memória. Lembra o que lhe pedi?"

"Está aqui, Pepe." E apontou a cabeça com um dedo. "Meti aqui quando vi que o negócio da delegacia não era como antes. Tive medo de que encontrassem o papel com o telefone e o endereço e me metessem nesse troço, porque você já não pode confiar nem na polícia. Comi o papel. Depois passei a noite inteira repetindo o endereço para não esquecer."

Bromuro olhou para o teto e recitou de um fôlego só:

"Estrada de Vallvidrera, 67 bis, térreo."

"Ora, Bromuro, não me invente confusão. Eu já estava pensando que o endereço era ali por Sarrià, por causa do começo do número de telefone, mas não no caminho da minha casa."

"Que eu morra agora mesmo, Pepe, se estou mentindo. Dei uma ordem a mim mesmo: ainda que seja a última coisa que você faça como homem, você saberá estar à altura das ordens de Pepe."

Carvalho puxou de uma gaveta a lista telefônica e procurou na lista por ruas a informação trazida por Bromuro. Só havia um número e era o que figurava no bilhete escrito pela alcoviteira, e o nome do assinante reteve o seu olhar como se se tratasse de um campo magnético: Juan Pons Sisquella.

Carvalho abandonou o corpo à poltrona giratória e parou de acompanhar a conversa lamurienta entre Biscuter e Bromuro para construir a intuição de uma suspeita. Pegou o telefone e ligou para os Eletrodomésticos Amperi, mas o telefone tocava e tocava como que agarrado numa rede que não deixava passar nem mesmo o objetivo das urgências de Carvalho. Em seguida, ligou para a família de Charo e veio ao telefone a voz grave do desempregado. Não, sua mulher não podia atender. Carvalho revelou a identidade e lhe informou que estava procurando Narcís.

"Não sei nada dele. Só sei que prenderam meu filho. Minha mulher foi à delegacia para ver se consegue vê-lo."

"Por quê?"

"Não deram nenhuma explicação. Levaram ele e pronto. O rapaz estava saindo para o trabalho e o levaram como se fosse um mau elemento."

"Lembra o nome do pai de Narcís? Lembra se se chamava Juan?"

"Não. Não lembro. Tenho idéia de que a mãe se chama Neus, Nieves, mas não lembro o nome do pai. O que importa isso agora? Por favor, se o encontrar conte o que aconteceu com Andrés. Sempre foi um bom amigo e poderia nos dar uma mão. O senhor não pode fazer nada?"

"Farei o que puder."

Farei o que puder, repetia minutos depois a uma Charo crispada, avisada por Mariquita do que tinha acontecido.

"Pepe, estão perdidos, não sabem o que fazer. Primeiro, a história do filho viciado em drogas, que não sabem onde está. Mas com Andrés é a primeira vez que acontece uma coisa dessas. Não há meio de encontrar Narcís. É como se tivesse desaparecido."

"Agora mesmo vou lá e falo com Contreras", ofereceu-se Bromuro recuperado, marcial em sua decrepitude, disposto a iniciar a expedição rumo à Chefatura Central.

Carvalho pediu-lhe que não se movesse durante umas horas, talvez as necessárias para ordenar seus pensamentos e encontrar o sentido de seu alarme diante da coincidência entre o nome do autodidata e o do proprietário da casa da estrada de Vallvidrera. O telefone da casa particular do autodidata também não respondia, e não era o caso de começar uma investigação por todas as saunas e casas de relax da cidade.

"Você soube por que fizeram a blitz?"

"Bem, porque sim, porque há muito ladrão solto e estão de olho em todos os donos de lojas da Catalunha, porque um dia matam um joalheiro e no outro o dono de uma drogaria e eles têm de mexer o esqueleto para que as pessoas acreditem que estão mexendo mais alguma coisa. Isso de delinqüência não há quem pare. Pode-se parar o terrorismo? Não. A menos que metam na cadeia metade dos bascos e mandem para a Venezuela a outra quarta parte, não tem jeito. E nas grandes cidades é a mesma coisa. Tem muita sacanagem e muita pressa em se chegar o quanto antes não sei onde. E isso é comum ao ladrão de colarinho branco e ao ladrão de dezesseis anos que rouba um carro para esnobar ou assalta uma farmácia para se picar. Para te falar a verdade, Pepinho, porque já sou velho e depois de tudo o que vivi para que eu ia jogar tudo para o alto, mas se eu fosse moço e visse o que vejo, me enforcava, a mim não enganariam, não: para que subir essa montanha de anos, e vem pra cá e vai pra lá, e um dia e mais outro dia, e essas porras e mais porras, para no final a gente conseguir nada vezes nada?"

Levante o ânimo, Bromuro, arengava Biscuter, como

só Hernán Cortés poderia ter arengado suas hostes desanimadas e dizimadas depois da "Noite triste", e algo de iluminada arenga patriótica tinha aquela alocução de Biscuter, um braço no alto e os olhos fixos no efeito de suas palavras sobre a orografia tenebrosa da cara de Bromuro. Era um ajuste dos limites da esperança na pátria dos miseráveis, e Carvalho pediu a Charo que fosse ao encontro de Mariquita, enquanto ele ia tratar de uma providência inadiável. A providência consistiu em recuperar o carro e repetir os gestos cotidianos como se voltasse para casa. Mas era só um simulacro, que tinha o final anunciado bem ao pé da montanha, onde a natureza escapa à cidade, e as árvores e as plantas, prisioneiras atrás dos muros de residências mais ou menos decadentes, prometem a proximidade da montanha. Era o crepúsculo, manchando de cor de sangue seco os muros dos colégios, inclusive a criançada que recuperava a pretensão de ser livre, as mães presenteadas com a tarefa de motoristas, os ônibus paquidérmicos flagrados no instante em que não sabiam se avançavam ou recuavam, guardavam ou devolviam sua carga de crianças repatriadas. E, uns metros acima, pensava Carvalho, provavelmente, o lugar do crime.

Cresceu dentro dele a sensação do tempo duplamente aproveitado. Como se o trabalho o levasse à sua própria casa. O número anotado correspondia a um pequeno chalé de aspecto exterior abandonado, a poucos metros da estação do Peu del Funicular. Um guarda municipal ordenava a saída do colégio, parecia uma fileirinha de formigas infantis que iam do edifício à estação do trem, e o mesmo guarda lhe indicou com gestos enérgicos que não podia estacionar na estrada. Portanto, pegou a ponte imediatamente anterior à estação e deixou o carro numa rua solitária ao pé dos muros altos de uma residência. Andou até a casa e chegou diante de uma alta grade metálica sobre a qual já se havia cravado uma folha de zinco para tapar o jardim. Empurrou a porta, que cedeu. Esperava-o uma extensão de cascalho e um corredor central de azulejos até a escadaria principal de uma casinha com pretensões neoclássicas. Mas o jardim não estava vazio. Os dois homens foram para cima dele. Um parou a um palmo de seu rosto e o outro o golpeou no flanco direito. Talvez tenha reconhecido seus rostos, em todo caso reconheceu o gesto.

"Identifique-se, por favor."

"E vocês?"

A placa lhe foi oferecida com a mais estrita assepsia profissional. O que o enfrentava não precisava da carteira para reconhecer Carvalho, na verdade apenas olhou para ele.

"Acompanhe-nos para umas diligências."

A porta da casa tinha sido aberta, na soleira se moveram outros dois policiais e lá dentro se adivinhavam outras presenças. A casa estava tomada e era uma cilada em que ele tinha caído como um novato. Não opôs argumentos de ordem legal e preferiu ir no carro policial, e não no seu.

"É difícil estacionar por ali."

Durante o trajeto examinou todos os desvãos de seu cérebro para adivinhar quando e por que a polícia fizera movimentos, primeiro paralelos, e depois coincidentes com os seus. Ou havia tempo que seguiam os Abellán ou ele mesmo, ou tudo tinha sido desencadeado pela suspeita da alcoviteira. Você jogou demais com ela. Você se comportou como um detetive maníaco ou como um detetive de filme.

"Contreras?"

"Sim. Isto é coisa do Contreras. Quando lhe dissemos por telefone que o próprio Carvalho tinha se metido na cova, por pouco ele não morre de um acesso de riso."

"Ele ri?"

"De vez em quando."

"Pensei que tivesse feito voto de tristeza desde a morte de Franco."

"De jeito nenhum."

Contreras aparecia atrás de uma Manhattan de pastas,

algumas com cara de estarem ali desde os tempos de Jack, o Estripador.

"Homem, que incrível. O Super-Homem privado. Para você é inútil que eu recite a cartilha. Desta vez você perde a carteira. E dê-se por satisfeito se só tiver de mudar de ofício. Não tenho tempo a perder e você sairá ganhando se desembuchar tudo rápido e direitinho. Quero tudo. Quem é o merda que o botou nessa carnificina, porque você já sabe que isto não é um caso de assassinato, mas um caso de matadouro."

"Estou tentado a me negar a dar o nome de meus clientes, e se a coisa engrossar e você me considerar detido, tenho direito a chamar um advogado."

"Ah, claro, um, dois, três, quantos quiser. E eu também. Devemos ajudar todo mundo a ganhar a vida. Você se abriga sob o segredo profissional, não é?"

"Digamos que sim."

"Digamos que sim. Você, Renduelas, me traga os segredos profissionais deste senhor."

Renduelas estava cansado de sua profissão ou de sua vida, o fato é que se afastou com lentidão agônica até a porta de vidro fumê que separava a sala de Contreras da sala contígua. Deixou-a aberta e, meio minuto depois, estavam sob a moldura da porta Andrés e o autodidata. Andrés abatido, o autodidata sustentando um meio sorriso cínico coberto pelo rubor das faces, era um rubor inconfundível, era um rubor produto de duas bofetadas que o autodidata havia provocado devido à utilização do dicionário enciclopédico que carregava no cérebro.

"Carvalho, vá..."

"Você cale o bico!"

O rugido de Contreras emudeceu o sabichão.

"São estes os seus segredos profissionais? Pois já não são mais. Leve-os."

Contreras se recostou na poltrona e folheou distraído pastas que não tinha examinado nos últimos trinta anos.

De vez em quando arqueava uma sobrancelha para mostrar o olho que dirigia a Carvalho.

"E então? Continuamos brincando de esconde-esconde?"

Abriu-se de novo a porta de vidro. Renduelas, um tanto mais desperto:

"Exigem um advogado."

"Os dois?"

"Não. O de óculos. O espertinho. Para o outro, tanto faz."

"Traga-os. Agora, Carvalho, você verá como trabalha a polícia democrática. Renduelas, o que eles confessaram até agora?"

Renduelas olhou para Carvalho.

"Fica aí, fica aí, que o senhor é como se fosse de casa."

"O de óculos diz que a casa é dele e que alugava a ela para que se encontrasse com um namorado. Mas que não sabia que ela havia morrido. E o outro zé insiste que não sabia que a tia se encontrava na casa com o namorado."

"O nome do namorado."

"Ginés Larios Pérez. Marinheiro. Está embarcado. Não sabiam em que navio, mas já averiguamos, *A Rosa de Alexandria*, mercante."

"Onde está agora?"

"No Atlântico, a caminho de Barcelona."

"Negocie com a Capitania dos Portos e envie um telegrama. Que esse Ginés fique detido em seu camarote sob a responsabilidade do comandante do navio. Quando chegam a Barcelona?"

"Quatro ou cinco dias."

"Traga-me esses dois."

O abatimento de Andrés tinha ultrapassado os níveis do chão. O autodidata aparentava naturalidade e procurava uma cadeira para sentar, como se lhe assistisse esse direito.

"Você sentará quando eu mandar. Bem. Vamos ver se acabamos com essa porra o quanto antes. Já temos o assassino e agora vocês vão me explicar por que agiram dando cobertura a esse cara asqueroso que estripou uma mulher como se ela fosse um boi."

"Eu, de qualquer maneira, dei cobertura a uma história de amor."

Carvalho temeu pela sorte daquela cara do autodidata, em que havia reaparecido o deboche.

"Assumo toda a responsabilidade. Meu amigo Andrés não sabia que eu emprestava minha casa para a tia dele."

Andrés cabeceava afirmativamente, mas como se afirmasse a si mesmo.

"Seu amigo Andrés é o que trabalha de puto numa casa de massagens."

Os olhos de Andrés resumiam sua indignação e ele deu um passo para onde estava o comissário, passo que foi barrado por Renduelas.

"Quieto, carinha, que você não está no cinema."

"Eu não trabalho de puto. De puto trabalha o seu..."

"Calma, garoto, não procure duas porradas que estão voando por aqui. Tudo bem, tudo bem, acreditamos. Você trabalha de trocador de bacia. Mas reconheça que não é um lugar muito decente."

"Não há como escolher."

"Claro. O desemprego. A reconversão industrial. A crise econômica. É o pão-nosso de cada dia, admito. Muito bem. Você ganha a vida honradamente limpando um prostíbulo. Alguém precisa fazer isso. O fato é que sua tia é uma senhora de bem de Albacete que tem um namorado marinheiro com quem se encontra em Barcelona, e, não contente com isso, exerce a prostituição ocasional numa casa de seu melhor amigo e com o pseudônimo de Carol. E você sem saber de nada."

"Juro que ele não sabia de nada. Para mim era como um jogo, juro. Embora seja meu amigo, ele não sabe tudo o que eu faço ao longo de um dia."

"Está ouvindo, Carvalho?"

"Não faço outra coisa."

"Então, o que você tem a ver com isso? Este cavalheiro diz que não sabia do crime, mas contrata você para procurar o assassino."

O autodidata se adiantou.

"Eu me senti obrigado a me envolver nisso quando fui informado do crime. A família Abellán também ficou sabendo tarde."

"Quinze, vinte dias depois, quando foram identificados os restos. Desde então, e até agora, passaram-se três meses, tempo suficiente para que você, esperto como é, já tivesse ligado o crime à sua casa e não tivesse ocultado uma prova circunstancial. Renduelas. Diga a este senhor o que lhe pode acontecer por causa disso."

"Coisa às pampas."

"Encontraram o cadáver na minha casa? Não. Que prova circunstancial ocultei?"

"Você sabia que ela contava com um contato em Barcelona, a prova é que nos disse o nome e os dois sobrenomes."

"Não o relacionei com o crime. Por que ele ia matá-la?"

"Já continuaremos quando chegarem os advogados de vocês, porque aqui somos mais constitucionais que Deus. Liguem para seus advogados."

"Eu não tenho."

"O meu será o seu."

"Bem dito. Assim irá visitá-los ao mesmo tempo na cadeia. Vai sair mais barato. Leve-os."

Contreras estava contente, assobiava e observava Carvalho como que estranhando sua obstinação.

"Acabo de resolver um caso negro, negríssimo. Só falta estabelecer a cumplicidade desses dois desgraçados."

Carvalho sorriu ao ouvir a palavra "desgraçado" aplicada ao autodidata.

"Era um caso negro, negro. E esperamos um elemento detonador. Foi o que eu disse a eles. Não foi?"

"Eles" assentiram sem muita vontade.

"Mais dia menos dia se apresentará o elemento detonador."

"E o elemento detonador fui eu. Minha visita à alcoviteira."

"Acertou na mosca. Digamos que temos boas relações com esse tipo de senhoras, pelo negócio que fazem. Não conseguem controlar todo o pessoal que se oferece a elas e às vezes acontecem coisas estranhas. E quando farejam algo que não é correto, nada melhor do que se prevenir, melhor do que remediar. Nesse caso havia um fator negativo que ajudava a passar o tempo. Os intervalos entre as vindas da vítima a Barcelona. Isso fez com que a alcoviteira, como você diz, não estranhasse. Pensava, simplesmente, que ela reapareceria segundo seus estranhos costumes. E então você se apresenta. Um sinal de alarme. Ela se vira para nós. Mostramo-lhes fotos. É esta. O telefone. A casa. O proprietário. Esse metidinho aí."

"Sabichão."

"Bobalhão. Esse é dos que se acham espertos. A verdade é que não vai ser muito complicado se dispuser de um bom advogado. Assim vão os tempos. Nós limpamos e eles sujam. Vamos ver quem ganha. E você, vá embora, vá embora antes que eu me arrependa, mas seu processo continua, e como continua! "

"Não me agradeça."

Naquela noite Charo não pôde atender a seus clientes. O desempregado se trancou no banheiro e Mariquita chorou o quanto pôde ou o quanto sabia chorar nos braços da prima, enquanto Carvalho tentava adivinhar o que pensavam os dois irmãos menores de Andrés, um garoto de treze anos e uma menina de onze. As crianças ocupavam o mesmo lado da mesa, de rosto entre as mãos, tinham chorado mas agora tentavam achar explicações para o mundo em que haviam caído, como se o tivessem descoberto de repente. Mariquita misturava as dores pelo filho detido e pelo filho que precisava trabalhar num lugar tão baixo, num lugar tão baixo, havia declamado o desempregado antes de trancar-se no banheiro, e Charo tentara desculpar o trabalho do rapaz, inclusive dignificando-o.

"São lugares em que tudo é muito fino e quem não quer receber maus exemplos não recebe."

O argumento tinha consolado um pouco Mariquita, mas por sua imaginação passavam todo tipo de cenas que ela mesma se havia proibido e que o filho poderia ter presenciado. A coisa de Charo era diferente. Ao fim e ao cabo, Charo trabalhava em casa, como se fosse modista ou se dedicasse ao corte e costura. O advogado de Narcís tinha telefonado ao anoitecer e sua voz cautelosa preparava a minuta ou revelava uma real prudência. Legalmente, Narcís estava em situação pior, embora, se insistisse em sua linha de argumentação, não teriam nenhuma prova que o comprometesse como acobertador do crime; quanto a Andrés, não fosse seu estranho trabalho nenhum juiz o meteria em prisão preventiva.

"Espero a provisória, com fiança para os dois, a não ser que fiquem com eles até que apanhem o marinheiro."

"E que fiança vamos pagar, nós, para meu pobre filho?"

Charo havia oferecido suas economias e apenas olhara para Carvalho, mas retirou o olhar quando se deu conta de que não tinha nenhum motivo para dispor dele. De vez em quando chegavam-lhes os socos que o marido dava na porta do banheiro, não para sair, mas para que lembrassem que estava ali trancado com sua dor.

"Deixe-o lá, Mariquita, deixe-o, para que ele desabafe, ao menos não está se metendo com ninguém."

Carvalho estava constrangido ou angustiado com tan ta dramaticidade ou talvez estivesse constrangido porque começavam a angustiá-lo tanto drama e especialmente uma estranha piedade dirigida às crianças que teimavam em desobedecer a ordem materna de jantarem algo, de irem esquentar a comida, não, mamãe, não temos vontade, mamãe. Carvalho pensou em se oferecer para levá-los à lanchonete porque supunha que se entusiasmariam com a idéia, mas se reprimiu por temer ficar ridículo assumindo o papel de tio postiço e porque não queria ser co-responsável pela deformação do gosto das crianças. É nas situações dramáticas, Carvalho riu de si mesmo, que se deve demonstrar a inteireza dos princípios. Portanto, naquela noite as crianças ficaram sem irmão, sem cachorro-quente e provavelmente sem jantar. Charo tentou convencer a prima de que a deixasse levar as crianças. Ficarão mais tranqüilos na minha casa. Na sua casa? Era horror o que havia aparecido no rosto de Mariquita, um horror transparente, inocente, mas que fez mal a Charo, chorosa durante todo o trajeto de Montcada a Vallvidrera, onde Carvalho lhe ofereceu refúgio, jantar e compaixão. Charo chorava pelo ocorrido com o sobrinho, pela humilhação da prima e pela história da falecida.

"O que passou pela cabeça do rapaz para fazer uma barbaridade dessas? Por que tanta fúria? Um homem pode ter um mau momento, vai ver que ele ficou sabendo de alguma coisa que não sabia, que ela fazia o que fazia. Essa também, essa também. Pepe, você acha que ela precisava fazer aquilo? Que tinha necessidade financeira? Ou será que era por vício? Ginés não era suficiente para ela?"

Carvalho queria afastar o caso de si. Quando o autodidata saísse, ele lhe apresentaria a fatura, e assunto encerrado. Era a última vez em sua vida profissional que aceitava um caso em que alguém de muito chegado estava envolvido, e se aborreceu consigo mesmo ao pôr em dúvida a lógica da fúria do assassino.

"Vai saber. Ficou atordoado. Não soube o que fazer com o cadáver e pensou que despedaçado era mais fácil fazê-lo desaparecer."

Ao ouvir-se dizendo isso a si mesmo, em voz alta, parecia-lhe até verossímil, e pareceu a Charo também, que sussurrou um talvez e se deixou levar a Vallvidrera enquanto contemplava com os olhos abertos recordações e imagens que só ela via.

"É bonito Águilas, Pepe?"

"É. Tem encanto. Sobretudo o que era Águilas antes de tentar parecer Benidorm. As enseadas. Os oásis de vegetação nas Ramblas."

"Um dia voltarei."

"Como vai voltar se nunca esteve?"

"É como se tivesse estado. Minha mãe me falava de tudo aquilo com tanto entusiasmo. Coitada, era a única vez que tinha saído de casa e se encontrado com aquela gente, cinqüenta anos atrás, seus tios, sua prima, você não sabe como ela gostava de Mariquita, e depois de Encarna. Minha mãe se lembrava de todos os aniversários, todos, Pepe. Inclusive de parentes que nunca tinha visto. Precisava sentir atrás de si uma grande família."

E depois de um silêncio:

"A vida é uma merda, Pepe."

A sua vida talvez seja uma merda, Charo, pensou Carvalho, e a minha, mas é uma idiotice julgar pela própria pessoa para se compadecer. Obsequiou Charo com o que lhe pediu, um sanduíche de pão de forma, desses que você faz, tão gostosos, Pepe, com aioli, alface, tomate, pepino, queijo, mortadela e rodelinhas de tomate, e deixou-a chorar de vez em quando, recordar.

"Se lhe impuserem uma fiança e eu é que tiver de pagá-la, você vai ficar sem receber."

"O autodidata já me pagará."

"Quem."

"Narcís."

"Não gosto desse rapaz, Pepe. É um intrigante. Que duplicidade: sabia a história de minha prima, tinha alugado uma casa para ela, e mantinha tudo bem calado. Por quê?"

"Eu precisaria de umas horas para esquecer e outras tantas para pensar, e talvez encontrasse a solução. Mas não estou com vontade."

Charo dormiu no sofá. Carvalho contou suas rugas ainda suaves, apreciou a queda ainda sutil da carne das faces, os anéis da pele do pescoço, e tentou apagar com a ponta dos dedos a invasão do tempo. A maturidade de Charo era sua velhice anunciada. Passou boa parte da noite avivando o fogo, e o desejo de dormir chegou quando começava a clarear e a cidade emergia ao pé da montanha como uma maquete sob a poluição flutuante como uma proposta de teto negro. Caiu na cama e horas depois foi acordado pela agressão do telefone. Do outro lado do fio, a voz calma e didática do advogado.

"Meu cliente sairá daqui a duas horas. Aplicaram-lhe uma fiança de um milhão de pesetas."

"De que cliente me fala? Achei que tinha dois."

"Infelizmente o juiz decretou prisão provisória sem fiança para Andrés. Em parte, ele foi prejudicado pela imagem dada por seu trabalho, e em parte precisam de um refém até que se confirme a detenção de Ginés Larios. Creio que é uma questão de dias. Já falei com *don* Narciso e ele se comprometeu a pagar a fiança para seu amigo, quando o juiz a fixar. Acho que tudo se resolverá favoravelmente. O senhor faria a gentileza de comunicar tudo isso à mãe de Andrés?"

"Por que o senhor não comunica?"

"Tentei fazer isso, mas veio um cara mal-educado ao telefone, que me fez um comício. Sua tese era elementar: os ricos na rua e os pobres na cadeia. Foi impossível argumentar com ele."

Carvalho desligou o telefone e andou pelo jardim, corrigindo o incorrigível abandono das plantas, agradecendo aos pinheiros sua vontade de sobreviver apesar do desdém com que os tratava e ruminando fúrias íntimas que não conseguiu adiar e o levaram a escrever um bilhete que deixou ao alcance de Charo ainda adormecida e a embarcar no carro a caminho de Montcada. De um telefone público ligou para os pais de Andrés e exigiu a presença da mulher ao telefone, passando por cima da ira choraminguenta do desempregado. Não a deixou muito tranqüila, mas no fundo ela estava com vontade de ter esperança. Depois, foi aos Eletrodomésticos Amperi. Ainda era hora viável para o comércio, mas tinham fechado o estabelecimento e entre as grades da porta dava para ler um bilhete dizendo que por razões de família a loja permaneceria fechada durante alguns dias. Deu a volta no quarteirão e postou-se no beco para onde dava a saída dos fundos da loja. Tudo cheirava a poeira de cimento e a salsicha. De sua posição, a entrada no beco era uma porta aberta a qualquer coisa ou a nada. O autodidata poderia igualmente ir lamber as feridas em outra parte, mas a lógica de seu comportamento o levava àquele cenário, e seu comportamento foi lógico porque apareceu às duas da tarde na entrada do desfiladeiro, segurou o passo ao divisar Carvalho, mas logo avançou com segurança para ele e a proximidade foi dando forma ao rosto pequeno, mesquinho e vítreo de sempre, porém mais satisfeito do que nunca.

O pátio interno, a porta secreta, o cenário de negócio e cultura, um brinquedo abandonado em que Narcís penetrava como se o recuperasse depois de uma longa ausência, e Carvalho em busca do final de uma história.

"Achei que me deixaria descansar umas horas."

"Vim cobrar."

"Descobriu o assassino? Sinto-me sujo. Tenho um chuveiro nesse quartinho. Já volto."

Carvalho se sentou a um canto da mesa, escutou o crepitar da água sobre um chão de plástico, as interrupções das mãos do autodidata espargindo pelo corpo purificação e liberdade. Depois, o silêncio e a aparição de um personagem que, aos olhos de Carvalho, tinha adquirido uma repentina velhice, embora parecesse um adolescente recém-banhado e mal barbeado, escondido num roupão de toalha marrom.

"Que nojo, os calabouços. Há anos me prenderam porque eu tinha posto uma bandeira catalã na praça do Cinc d'Oros, eu era quase uma criança, e nada mudou. O mesmo fedor. A mesma sordidez. Li no jornal que o ministro socialista chefe da Casa Civil tinha visitado os calabouços. Devem ter lhe mostrado a suíte do chefão."

"Andrés ficou lá."

"Não exatamente lá. Foi transferido da delegacia para a Modelo. É questão de dias. Sinto-me responsável pelo que aconteceu e pagarei a fiança dele, mas é indispensável que esse marinheiro volte."

"Você o conhece?"

"Compreendo que sinta curiosidade por tudo o que não sabe. Em certo sentido, a história é fascinante, foi desde o começo, e isso porque eu contribuí para que fosse. E digo isso aqui, sem testemunhas. Fora daqui eu negaria. Esta sala praticamente não existe."

O autodidata se serve de uma dose dupla de uísque. Carvalho rejeita qualquer bebida. Está à mercê de seu cliente e começa a pensar em voz alta:

"Encarna viajava a Barcelona para fugir de sua existência medíocre de adventícia na província, e um belo dia encontrou na rua seu antigo pretendente. O óbvio aconteceu, e ela planejou sua vida para que as viagens a Barcelona coincidissem com as chegadas de *A Rosa de Alexandria*, mas alguma coisa aconteceu para que aquilo que inicialmente era um adultério quase forçado e estimulante se transformasse numa sórdida história de prostituição, crime e sadismo. E nessa alguma coisa, sem dúvida, intervém o senhor, senhor Pons. Não sei como, mas o senhor entra em contato com ela e lhe oferece um ninho de amor que ela utiliza para os encontros amorosos e comerciais..."

"Para os amorosos, não. Ou muito no início de tudo. Mas continue pensando em voz alta, isso me relaxa. Depois digo o que penso."

"... Talvez houvesse uma relação amorosa desigual, como costuma acontecer, e o marinheiro desconhecesse a verdade, toda a verdade sobre o duplo comportamento de Encarna, até que um dia descobriu e a matou. Ou quem sabe ela foi morta por um de seus amantes comerciais. Ou pelo senhor mesmo..."

"Não seja bobo. Se eu mesmo a tivesse matado não teria ajudado a desencadear essa investigação."

"... Este é outro aspecto da questão. O senhor, senhor

Pons, é informado do crime e sabe que quando a polícia chegar à verdade suas próprias responsabilidades surgirão, mas o senhor não está em condições de tomar a iniciativa de ir denunciar, pois não há por que saber que o crime foi cometido. Tem de se fazer passar por elemento passivo, que se comporta a reboque, com medo de ser um suspeito. Chegando a hora em que a polícia vai aparecer, o senhor tem de admitir uma série de coisas: que conhecia a vítima, que lhe emprestou um apartamento, e mais nada. E para que a polícia o leve a essa hora da verdade e de liberação, é preciso que eu remexa no assunto e, por um canal ou por outro, force a polícia a intervir. Para isso, o senhor jogou com os sentimentos da família da falecida, com os meus, com os do suposto assassino. Bravo, senhor Pons! Observe que faz algum tempinho que o chamo de senhor Pons porque comecei a respeitá-lo. Até poucas horas atrás o senhor me parecia um doido varrido nesta sub-biblioteca teatral, mas mudei de opinião. O senhor é um perigoso voyeur..."

"O senhor não sabe tudo."

"... De toda maneira, logo entrará em jogo outro elemento até agora silencioso: o marinheiro. Dará sua versão dos fatos e pode haver surpresas. Eu, por enquanto, mantenho uma dúvida."

"Posso lhe garantir que o marinheiro é o assassino. Quanto a isso, não tenha dúvida."

"Talvez isso seja indubitável. Mas o que eu duvido é que, segundo as características do personagem, ou pelo que sei, ele tenha, depois, se dedicado a despedaçar a mulher. É um exercício macabro que não se encaixa."

"Não. Não se encaixa. Quanto a isso, não tenho como ajudar, nem ao senhor nem à família de Encarna, que, cá entre nós, era uma mulher singular. Não posso ajudá-los porque não tenho absoluta certeza, mas sei ou suponho exatamente o que aconteceu depois do crime. Ainda me sinto cansado demais para começar a lhe contar tudo o que sei, senhor Carvalho. O senhor é um recém-chegado a esse assunto. Eu o arrasto obstinadamente há três meses, há três anos, desde o momento em que conheci Encarna casualmente. É verdade que, até certo ponto, joguei com pessoas que não podiam ter a visão de conjunto que eu tinha. Mas fui eu que procurei. Estou em situação vantajosa, meritoriamente, isto é, esta situação vantajosa, eu a conquistei a duras penas, ninguém me deu de presente. Comecei por conhecer os Abellán e a me interessar por eles, em parte por afeto a Andrés, não ponha isso em dúvida. Mas também porque eram pessoas curiosas com comportamentos diferentes, surpreendentes, sentimentos, moral, emoções, especialmente Mariquita, uma ilhota cultural, garanto, uma interessante ilhota cultural, e não se trata de uma pessoa fechada às novidades, e sim de alguém que tem uma raiz última de exilada, é uma exilada, desses exilados que sempre serão exilados. E nesse quadro familiar havia um mito: Encarna, Encarnita, a personagem da família que tinha triunfado, e dela se falava como em minha família se pode falar de um tio-avô cônego ou de um primo de meu pai que ganhou o prêmio Flor Natural de poesia, nos Jogos Florais, não consigo me lembrar onde nem quando. Era o elemento prestigioso. Retenha esse dado. Para a irmã e para Andrés, e aliás Andrés estava apaixonado por ela, à distância, porque não a conhecia, mas a tinha visto de passagem no enterro da avó, e achou que era uma senhora muito cheirosa e que tudo nela parecia suave, o que vestia, o que dizia. Desde que éramos adolescentes, Andrés me mostrava a única foto que conservavam de sua tia, e em mim também ia crescendo o mito, embora de uma maneira um tanto condescendente, porque, para mim, que uma senhora tivesse triunfado pelo simples fato de casar-se com um tabelião de Albacete, compreenda, não era muito estimulante. O estimulante era o mito em relação aos Abellán. Encarna era a bem casada, era o poder do status e do dinheiro. E um dia tive ocasião de conhecê-la. Há três anos. Andrés veio me procurar nesta mesma sala, exaltado, me disse quase em êxtase que tinha encontrado a tia em plena Barcelona, que a havia reconhecido e que no início ela não manifestou nenhuma simpatia por ele, mas depois simpatizaram e ela lhe pediu que guardasse o segredo de sua presença na cidade porque não queria ver a família. Andrés se oferecera para mostrar-lhe a cidade, convidá-la para jantar etc. etc. e não tinha um tostão. Dei uma de banqueiro, mas em troca exigi ser o convidado intruso, pelo menos no primeiro encontro, no primeiro jantar. Naquela ocasião, fui providencial porque Andrés não tinha dinheiro nem saberia aonde levá-la. Eu a conheci e, de fato, era uma personagem interessante, mas não com o interesse que a família supunha. Quer dizer, não era uma grande senhora. Nem sequer era uma senhora. Enfim, o que se entende convencionalmente por senhora. Ou talvez o fosse em seu meio ambiente habitual, mas não aqui."

O autodidata nem olhava para Carvalho. Supunha que estivesse entregue a uma história que só ele podia lhe contar. Passeava como que buscando lugares seguros para seus pés e punha mais uísque no copo à medida que o tomava.

"Naturalmente, eu tinha muitas vantagens sobre Andrés. Tinha mais tempo livre e me ofereci para acompanhá-la. Além disso, tinha dinheiro e podia tornar sua estada mais agradável. Era isso que eu imaginava. Mas, na realidade, se ela aceitou meus convites para ficar comigo, mesmo escondido de Andrés, foi para me pedir uma coisa, e por esse pedido conheci sua história com o marinheiro. Falou-me de um encontro prodigioso que havia ocorrido dias antes, de chofre, na rua. Seu antigo pretendente, como o chamava, um amor louco, o pudor dele na hora de convidá-la para seu hotel ou de subir ao quarto do hotel dela, e já nem falemos de levá-la a um motel. Tinha recuperado seu antigo amor num estado platônico quimicamente puro. Perguntou se eu tinha uma alternativa a lhe oferecer, para ser usada esporadicamente, a cada três meses, coincidindo com o retorno de *A Rosa de Alexandria*. Lembrei-me da existência de uma velha casa, propriedade de meus pais, da qual um dia serei herdeiro, difícil de alugar porque teria de reformá-la, mas muito adequada para esse tipo de encontros, tem um quarto em bom estado e um banheiro. O resto da casa é pura ruína. Ofereci a ela, desinteressadamente, bem, não, não tão desinteressadamente. Fiz um teste. Custei muito para decidir, mas fiz. Pedilhe em troca que de vez em quando, nem sempre, me deixasse presenciar as cenas de amor entre ela e o marinheiro, do quarto ao lado, com todo o disfarce possível. Foi um momento-chave. Se ela tivesse me dito não, provavelmente os acontecimentos futuros teriam sido diferentes, mas me disse sim e disse rindo como uma louca. Imagine a cena. Despertou-me um sexto sentido. Aquela mulher era matéria-prima para uma experiência fascinante. Pelo simples fato de me dizer sim, demonstrava que sua relação com o marinheiro nem sequer era uma relação adúltera típica. Era um jogo cênico. Uma representação. Com ele, brincava de adolescência recuperada, e tinha motivos para reduzir aquela relação a tão pouca coisa. Umas duas sessões de voyeurismo me convenceram de que o marinheiro não era propriamente um atleta sexual japonês. Estava condenado a amar platonicamente, e assim eu comentaria depois. Ela reconhecia, e até fazia comentários técnicos, não grosseiros, é verdade, mas como se fossem o fruto de um aprendizado que se expõe a uma testemunha que pode nos ajudar a comentar e relembrar a lição. Agora chegou o momento em que o senhor deveria manifestar curiosidade de saber se ela e eu fomos ou não para a cama. Está curioso? Se está, é claro que vai se calar, não vai me presentear com essa pergunta. Mas vou ser sincero. Não. Não fomos para a cama. Ela me dava medo. Eu teria feito um papel ainda mais ridículo que o marinheiro. Em vez disso, propus a ela diversificar o jogo, atravessar o espelho totalmente, aquele espelho que lhe devolvia a imagem de madura casada respeitável que vive um amor impossível. Entre mim e ela jogamos, primeiro mentalmente, com as possibilidades imaginativas e sensoriais da prostituição dentro de limites que ela podia controlar, porque não era uma prostituição por motivos financeiros. Aceitou e iniciou o jogo. Para começar, a casa de Sarrià deixou de ser o ponto de encontro com o marinheiro. Tinha que diversificar os riscos. O marinheiro voltou às soçobras dos hotéis, recepcionistas, taxistas, enfim. A verdade é que ela se interessava cada vez menos pelo convívio sexual com ele, e a casa de Sarrià foi o seu lugar de trabalho como 'Carol', com os clientes que lhe arrumavam na agência. A cada três meses, três semanas de marinheiro e todo o resto. Depois, volta ao lar, e assim durante três anos. Até que um dia aconteceu um lamentável acaso que criou as condições do crime. Como sempre, foi ao porto despedir-se de seu fiel marinheiro e deixou o navio quando ele estava em posição de partida. Uma avaria técnica fez *A Rosa de Alexandria* regressar ao porto, e o marinheiro foi buscá-la. Não estava no hotel. Lembrou-se então do lugar dos primeiros encontros relaxados, lugar que ela havia apresentado como uma casa da família do marido à qual recorria em ocasiões esporádicas, e, ao perambular pela casa, ele descobriu o estranho comércio de Encarna. Muitas horas tiveram de passar até que ele assumisse a evidência, e finalmente entrou para pedir explicações. Não gostou do que viu."

"Como sabe que não gostou? Intui? Deduz?"

"Nada disso. Eu estava ali. Era um daqueles dias em que eu me instalava no quarto ao lado e assistia, da platéia, a espetáculos geniais. Eu estava ali. Vi o que aconteceu."

"Acabava de sair o último contato telefônico de Encarna. Era um viúvo de Granollers, um autêntico poema, acredite. A graça desse tipo de relacionamento é que os dois têm de representar um papel. Assim, de cara, Encarna se oferecia como uma mulher morta de fome sexual porque estava com um marido inválido na cama. Mas depois variava o personagem segundo as características do cliente, devia ser especialmente cuidadosa na hora de pedir o dinheiro, porque em geral eles já sabem que têm de dar, mas gostam que o assunto seja negociado. O cara de Granollers durou quase toda sua última temporada em Barcelona, e a julgar pelo que vi e ouvi ele gostava de foder e, depois, lembrar-se da mulher, com a luz apagada, não era que gostasse de lembrar dela em geral, o que chamamos uma evocação, só em situações concretas, que ia expondo a Encarna como se a consultasse. Por exemplo, uma festa familiar à qual a mulher queria ir e ele não. Encarna era obrigada a dar uma opinião, você tem razão, ou não, não, Ferreres, ele se chamava Ferreres, Anselmo, não, não, Ferreres, sinto muito, mas sua mulher tinha toda razão, aquilo era uma gente desgraçada e não merecia que vocês fossem. Talvez tenha razão, Carol. Entende? Bem. Ferreres acabava de sair e eu estava prestes a ir me juntar a Encarna, gostava de flagrá-la no momento em que se arrumava, semivestida, com sua personalidade de jogadora de roleta russa sexual, mas alguém tinha entrado na casa, uma casa vazia é uma caixa de ressonância para o menor ruído, e a chegada de Ginés quase não me deu tempo de voltar ao meu observatório. Ficou ali, na porta, com o gesto indeciso, a meio caminho entre a chegada e a agressão, tinha bebido, estava bêbado, para se encher de coragem ou para ter um álibi quando chegasse o momento em que Encarna o vencesse psicologicamente, isto é, o álcool era sua aposta. Podia deixá-lo agressivo ou degenerar em lágrimas de autocompaixão. Mas eu me inclinava mais para a segunda hipótese, e teria sido assim se Encarna, lamentavelmente, não se houvesse enganado de papel. No início, representou-o bem, muito bem. Ginés tinha um quadro incompleto da situação. Vira um homem sair da casa, entenda bem, um homem, portanto pensou na existência de *outro*, na clássica existência de outro, mas, embora tivesse visto Encarna dando um beijo de despedida em Ferreres, na porta, ainda estava disposto a acreditar que se tratava do marido repentinamente chegado, qualquer explicação que o ajudasse a se auto-enganar. Nisso Encarna foi magistralmente implacável. Ferreres era Ferreres e estamos conversados, e lhe recitou a cartilha, embora com delicadeza, quer dizer, precisava do amor-nostalgia e do amor-de-cama. Foi então que Ginés se lançou num discurso de lamentações, autocompaixões, complexos de culpa, entre a pena de si mesmo e a agressividade crescente. Talvez sentisse nojo, talvez pouco a pouco fosse se dando conta da relativa nudez de Encarna, e ela também, porque foi se acovardando, abandonou o papel de mulher com direito a não dar explicações e tentou consolá-lo, acariciálo até. Ele a rejeitava, cada vez com mais força, e num desses safanões ela se sentiu agredida e veio-lhe uma raiva lá de dentro, uma cólera terrível, de animal encurralado, o fato é que cravou as unhas na cara dele. Ele levou a mão ao rosto. É como se eu o estivesse vendo. Vejo-o, ali, numa zona de luz, afasta a mão do rosto, olha-se, tem sangue, que escorre pelos arranhões, a humilhação de uns arranhões de mulher produz uma dor especial, Carvalho, justificam a réplica, porque se sente como uma agressão vergonhosa para quem a recebe e vergonhosa para quem a fez, e então vejo o braço de Ginés levantar-se e cair num murro rotundo contra Encarna, e ouço seus gritos de ódio e se inicia uma batalha corpo a corpo que, de repente, se interrompe, quando Ginés lhe dá quatro ou cinco porradas, só o barulho delas me faz mal até hoje, uma especialmente, não sei se a última, talvez não, era um barulho especial, e depois deduzi que era o barulho da morte, um dos barulhos da morte. Encarna caiu no chão e você pode imaginar a cena, convencional ao extremo, a cara perplexa do marinheiro, suas tentativas de reanimação da vítima, enfim, para que continuar, se o senhor foi ao cinema e viu televisão posso poupá-lo de montes de palavras para lhe descrever o que já sabe como acontece. Finalmente ele foi embora, muito cinematograficamente, andando para trás, de olhos fixos no cadáver, olhos fora de órbita, bem, sabe como é, e ele, suponho que também, pois desde que cinema é cinema os criminosos reagem como os criminosos cinematográficos, e creio que as vítimas também, não vi

Encarna cair, mas sem dúvida teve o cuidado de cair bem, para que seu cadáver tivesse um excelente aspecto de cadáver de morte violenta. Por muito tempo, tempo demais, ressoaram na casa os passos de Ginés batendo em retirada. Eu não sabia o que fazer, se correr para o quarto, para o caso de Encarna ainda estar viva, ou ir embora correndo, não sei o que teria feito se não tivesse me visto obrigado a fazer o que fiz. Porque a história não terminou. Ainda não terminou."

Agora, sim, ele contemplava em Carvalho os efeitos de sua revelação. Antes de prosseguir, esboçou um meio sorriso, foi até o aparelho de som e introduziu uma fita cassete que se transformou em música ambígua, sedativo ou marca-passo da memória, dependia, e inquietante. Um piano situado num ponto indeterminado do universo.

"São os *Diálogos* de Mompou, interpretados pelo próprio Mompou. Como eu ia dizendo, a história ainda não terminou. Talvez eu estivesse decidido a sair do esconderijo, mas o fato é que olhei pela última vez a cena, pelo orifício aberto na parede. Vi as pernas do corpo caído de Encarna, mas ela não estava sozinha, ali na porta havia alguém, custei a me dar conta de quem era, mais ou menos, embora não diga isso com exatidão, porque até agora não sei muito bem o que ou quem era. Aparentemente era uma mulher, mas não uma mulher normal. Era como um boneco ou uma caricatura. Parecia esses bonecos das *Fallas* de Valencia ou dos carros de Carnaval. Muito maquiada, muito alta, muito forte, vestida como as mulheres já não se vestem. Talvez o mais simples seja dizer que parecia um travesti, mas não era exatamente isso, ou ao menos não era um travesti que procura ser a mulher mais bela do mundo, e sim um travesti disfarçado de senhora de cinqüenta anos que quer enganar a idade. Não sei se me explico. Era uma cinqüentona horrivelmente maquiada, tão horrivelmente maquiada que o desenho de seus lábios vermelhos gravavam nela um sorriso perene, o sorriso com que contemplava o corpo de Encarna. Sinceramente, não creio que estivesse sorrindo, ou talvez eu não tenha sabido perceber porque estava aterrorizado, aterrorizado de ver como aquela mulher gigantesca se aproximava de meu ponto de visão, debruçava-se sobre Encarna, mexia nela, depois olhava para os quatro cantos do quarto, e de repente fez algo inesperado, inclinou-se e de onde eu estava só vi os ombros dessa figura e um horroroso trapo de pele de não sei que animal, dessas peles que conservam a cabecinha do animal, a boquinha, os olhos brilhantes tal como os deixou o taxidermista. É uma pele que antigamente se usava muito, minha mãe tem uma perdida num armário. A boquinha do animal pendia em primeiro plano, depois a cara horrível e concentrada da mulher, e, quando mudou de posição, levava o corpo seminu de Encarna nos braços, como se fosse uma boneca quebrada que mal lhe pesasse, e a segurava ali, na minha frente, com uns braços fortes, como que me oferecendo o cadáver, como se o levasse numa bandeja. Virou as costas, tinha umas costas cilíndricas, um corpo cilíndrico, no alto uma peruca platinada, embaixo uns sapatos de salto alto, vermelhos, de um lado se via pendurada a cabeça de Encarna e parte de sua cabeleira castanha, muito bonita, do outro lado mexiam-se as pernas nuas de Encarna, delgadas, muito finas, e a mulher foi avançando para a saída do quarto e eu me sentei no chão, disposto a não sair até que tudo terminasse, até que todos os silêncios me devolvessem a mim mesmo. Era tão irreal o que eu tinha visto que ora acreditava, ora não acreditava."

"A estranha mulher levou Encarna para fora da casa?"

"Não sei. Talvez sim, sem dúvida, porque dias depois fiz uma vistoria na casa, de alto a baixo, antes até que encontrassem o cadáver por aí, e não vi nada que pudesse me induzir a pensar que ali se realizara uma carnificina. Nem nos quartos que servem de depósito no jardim, nem em nenhum quarto abandonado da casa."

"E também não ouviu nenhum barulho de carro partindo."

"Não posso garantir. Imagine meu estado. O que eu sei é que aquela mulher ou o que fosse levou Encarna, e sua figura é tão irreal que é inverossímil, e para mim, depois dessa explicação, deixou de existir. E mais: se eu fosse à polícia contar essa história não acreditariam, isso me criaria complicações inúteis e não evitaria a condenação do marinheiro. Ele a matou."

"É possível. Mas a outra, ou o que fosse, esquartejou-a, e na pontuação do delito do marinheiro vai pesar essa fúria para com o cadáver."

"Ele é o culpado. Imbecilmente culpado. É um adolescente imaturo e perigoso que anda pelo mundo em eterna história de amor, em eterno devaneio. Propunha a Encarna a fascinante aventura de fugirem juntos, de irem em busca de um recanto no mar, no mar, Encarna, porque o mar é minha vida, o último recanto do mar, você e eu. E lhe falava de uma viagem que tinha feito às portas desse lugar, desse lugar mitificado, uma viagem à Turquia, acho, pelo Bósforo. Não sabia a mulher que tinha nos braços. Acreditava tê-la e não a tinha. Esse imbecil foi o assassino. O resto é história."

"Mas esse homem vai pagar pelo que fez e pelo que não fez."

"Minha história terminou e nunca mais voltarei a contá-la, e o senhor faria muito bem se acreditasse em mim, cobrasse e ficasse quieto. Não vamos solucionar nada. O marinheiro contará sua verdade e a polícia não acreditará, a polícia tenderia a jogar em cima dele o crime e todo o resto, é a regra do mínimo esforço e ela já foi aplicada. Tudo está a meu favor. Andrés e eu só iremos ao tribunal como testemunhas. O marinheiro nem nos conhece. Cada um poderá assumir o seu papel. Eu, com pleno conhecimento de causa, Andrés, desconcertado. Sem dúvida perderei um amigo. Mas é uma amizade que já deu o que tinha que dar."

Narcís abriu uma gaveta de sua preciosa mesa de nogueira, pegou um talão de cheques, fez um cálculo mental, preencheu uma folha, arrancou-a e entregou-a a Carvalho.

"Vou lhe pagar minhas três quartas partes. Talvez pudesse dar-lhe a quarta, que seria por conta de sua namorada, sobretudo nessas circunstâcias em que, suponho, o senhor fará a gentileza de não cobrar dela. Mas surtiria mau efeito, ao menos para mim, seria algo assim como tentar me congratular com o senhor pelo que sabe e pelo que poderia sair contando por aí. Não tenho a menor necessidade de me congratular com o senhor, será a sua palavra contra a minha. Além disso me pareceria insultar sua inteligência. O senhor não é mau detetive, mas acho que segue os acontecimentos. Não se antecipa a eles."

Carvalho examinou a quantia e aprovou com a cabeça. Guardou o cheque, foi para a porta falsa, apertou o botão e apareceu o corredor recém-pintado de verde-cinza brilhante.

"O único que se antecipa aos acontecimentos é o assassino."

"Não é o único. Eu, neste caso, também me antecipei aos fatos, eu os conduzi, do início ao fim."

"É que o senhor tem vocação para assassino."

"São pontos de vista."

Levou o carro até a ponta do quebra-mar. Saiu a pé e chegou ao extremo da cidade, rochas dispostas em declive para proteger o quebra-mar das loucas indignações do mar, e na observação do horizonte perseguia a busca do corredor fatal por onde chegaria *A Rosa de Alexandria*, dias depois. Defronte da desvalorizada presença do castelo de Montjuïc, outrora fortaleza do horror e agora um jardim para passeios de massas endomingadas, cheio de cascas de sementes de girassol e ônibus com anciãos dispostos a morrer vendo um mundo de rendimentos limitados. O quebra-mar era uma faixa de asfalto em busca da origem da cidade e suas laterais de pedras iam para as praias populares de Barceloneta, Club Natación Barcelona, Orientales, La Deliciosa, San Sebastián, ou talvez já não se chamassem assim, mas ali estavam as praias hipocritamente entregues ao inverno, à espera dos banhistas pobres, da maioria silenciosa sem verão, que a cada verão contava nos dedos da mão seus banhos de mar, uma felicidade desvalorizada à qual se chegava de ônibus. E mais ao longe os depósitos da Maquinista Terrestre e Marítima, o Maresme, a bruma. O círculo se fechava de novo na direção pressentida, mar aberto. Uma fileira de barcos fundeados fora do porto traçava uma linha paralela ao horizonte. Faziam parte do cenário, como os pescadores veteranos, bichos de rocha, petrificados em sua imobilidade de espreitadores. Sair ao mar e esperar a chegada de *A Rosa de Alexandria*, avisar ao marinheiro, montá-lo num golfinho e permitir-lhe que fosse morrer de melancolia no limite da terra ou do mar. Mas não era sua profissão salvar vidas ou destruí-las, e sim observar um fragmento determinado de seu percurso, sem se preocupar com a origem, nem com o final. Tinha visto fragmentos de vida de Andrés, de sua família, de Paquita, do inválido e já velho patrãozinho de Albacete, da Sociedade Deportiva Albacete Balompié, de um cego de Águilas, de duas freiras pedestres de Jaravía, da Morocha, de seu pai andador de almas, da velha radiofônica, do próprio autodidata e de dois personagens invisíveis, para sempre imaginários, Encarna e Ginés, mau casamento de nomes não dotados para a sonoridade do mito, Peleas e Melisande, Dafne e Cloé, Encarna e Ginés não escapavam a um velho cheiro de subdesenvolvimento, de esquina do mundo e da lírica.

Pelo quebra-mar avançava um carro prepotente, um carro rico, com carroceria sueca, motores alemães e acabamentos ingleses. Estacionou atrás do miserável Ford Fiesta de Carvalho, coberto pela poeira de caminhos tão inúteis e pelo cego desprezo das aves. Do majestoso carro saiu um motorista uniformizado que abriu a porta para um cavalheiro sorridente. Nem o esmero de seu disfarce de rico discreto, nem sua amabilidade com o motorista ou seu sorriso brilhante de homem voluntariosamente feliz teriam chamado a atenção de Carvalho, se não visse que levava na mão uma cartola absoluta, a cartola mais cartola que Carvalho tinha visto na vida. E o trajeto do cavalheiro também não foi discreto. Um por um, foi abordando os escassos passantes em torno do farol e desceu os rochedos em busca dos isolados pescadores, e a cada um dava alguma coisa que saía da cartola. Uma promoção publicitária, pensou Carvalho, e distraiu sua atenção com as idas e vindas do recém-chegado até que escutou sua voz dirigida a ele e o viu à sua frente, com a cabeça delgada e a calva jogada para trás e avaliando a certa distância a capacidade de Carvalho para receber sua proposta.

"Permita-me que o convide, cavalheiro."

O homem lhe estendia um charuto que acabava de tirar da cartola. Carvalho baixou a vista para o presente, pegou-o, a etiqueta apregoava sua condição de charuto filipino especial, 1884.

"Primeiro pensei em presentear Cohibas, mas fumar Cohibas está ao alcance de qualquer um. Toda a elite política fuma Cohibas."

O homem tirou agora um cartão de visita e o entregou a Carvalho.

"Antonio Gomá, diretor de multinacional. Completei cinqüenta anos e gostaria que partilhassem comigo minha satisfação por essa vitória da vontade contra a lógica. Nós, managers, somos personagens solitários que mal saímos à luz pública, e me permiti essa pequena mostra de exibicionismo, aqui, num local escolhido ao acaso, um lugar para pessoas relaxadas que pescam, passeiam ou olham o mar. Muito bonito. Um lugar muito bonito."

"Parabéns."

"Fume-o à minha saúde."

O homem continuou seu passeio à procura de outros possíveis obsequiados e Carvalho foi para o carro. O motorista do outro carro permanecia com a bunda apoiada no capô enquanto lia um *Mundo Deportivo.*

"Seu patrão faz muitas saídas como esta?"

"Não é meu patrão. Para mim, se quiser jogar a casa pela janela, tanto faz. Trabalho para uma agência e me contrataram com o carro até meio-dia."

Carvalhou entrou no seu. Ligou-o e avançou lentamente uns metros na direção do executivo, que prosseguia sua busca sorridente com a cartola debaixo do braço. O homem percebeu a manobra de Carvalho, e em troca lhe enviou uma inclinação do corpo e um ligeiro cumprimento com a mão. Então, Carvalho arrancou para Vallvidrera e, quando entrou no Ensanche, em cada cruzamento suportou a pretensão de garotos entre a mendicância e o serviço social dispostos a limpar o pára-brisa do carro. Os motoristas, presos na rede do sinal vermelho, gesticulavam de dentro dos carros para que os garotos não limpassem seus pára-brisas, obrigando-os a tomar a decisão de pagar ou não pagar por um serviço que não haviam solicitado. Carvalho permitiu três limpezas, três sinais, três moedas de vinte e cinco pesetas até chegar a Vallvidrera com o pára-brisa não tão sujo quanto antes e a consciência tranqüila por ter contribuído para o sustento de três vítimas da crise cíclica. Ao passar diante da casa do crime, olhou para ela como se fosse um vizinho novo e inevitável que o estaria esperando ali, todo dia, para sempre, enquanto conservasse calor de lembrança. Contou a história do homem da cartola a Charo, mas nada lhe disse de seu encontro com o autodidata. A moça continuava de olhos avermelhados, mas tinha posto certa ordem nas coisas de Carvalho, sobretudo na cozinha, onde cada coisa estava num lugar que a lógica ou a memória de Charo havia tentado discernir.

"Vou daqui a pouco."

"Não, fique o dia inteiro. Depois a gente desce para fazer compras, prepara um jantar e convida Fuster. Estou com vontade de contar a ele minha excursão a Albacete, principalmente a parte sobre a nascente do rio Mundo."

"Deixe o Fuster. Eu acompanho você nas compras, mas depois vou para casa. Dois dias sem trabalhar é um risco. Do jeito que estão as coisas. A concorrência. As casas de massagens. Já falamos disso."

Fica tudo em familia, pensou Carvalho, mas Charo não pensava, e sua capacidade imaginativa estava divorciada entre o papel que atribuía aos membros de sua tribo e o seu papel real.

"Desligue o telefone. Uns dias. Faça o teste. Fique vivendo aqui. Experimente."

Charo olhava para ele, desconcertada.

"Não preciso que você se compadeça de mim."

"Eu tinha que lhe dizer isso."

Charo se sentou na varanda que dava para o Vallès. O vento ajudara a limpar a poluição distante, e ali estava a montanha de Montserrat como um capricho visual construído por algum mecenas do modernismo, provavelmente com a ajuda de um Gaudí drogado. Charo pensava e Carvalho também, arrependido por ter feito uma oferta sem sentido. Da varanda, Charo contemplava suas cavilações, dando piscadas para o sol e finalmente em pé, decidida, decidida a ir embora.

"Desça comigo, Pepinho. Ou pelo menos me acompanhe até o funicular."

"Você vai embora?"

"Vou. Cada um é como é. Não lhe sirvo nem para cozinhar. Você cozinha melhor que eu. Dê um beijo."

Carvalho a beijou.

"Nada mau."

O detetive acompanhou-a de carro até a casa dela e depois foi para seu escritório, onde sancionou o cardápio que Biscuter lhe propôs, mas exigiu que diminuísse as pretensões, porque pensava em preparar um jantar consistente para Fuster e não queria sobrecarregar o figado.

"Falando de fígados, chefe. Chegou-lhe uma carta daquele balneário onde o senhor queria se meter."

Era um envelope ilustrado com a reprodução de um edifício nobre cercado por uma vegetação parecendo tropical, e, dentro, uma carta de resposta a um amável pedido de reserva para um processo depurativo que, esperamos, seja benéfico para sua saúde.

"Não sei o que vai buscar ali, chefe. Se quiser eu lhe faço um regime que o senhor fica pele e osso e mais saudável que um pedaço de pau, se é que ficar como um pedaço de pau é saudável."

"Não é isso, Biscuter, é que eu gostaria de ir para um balneário antes de morrer. É como ir até o monte Athos ou as cataratas do Niágara. Além disso, tem as massagens e os banhos de lama. Só saio daqui por questões de trabalho, e quero descansar."

"Não aprecio que o senhor jogue dinheiro fora, chefe. Tudo isso são exploradores para tirar dinheiro da gente."

Carvalhou deixou Biscuter, descontente, e foi para a Boquería.

Alguma coisa o fez perceber que pela escada vinha subindo uma ameaça, e ao olhar para ela a comoção do telegrafista o avisou que sua sorte estava lançada. O telegrafista parou ao chegar diante dele. Olhava para o papel que acabava de cortar do telex. Ia deixar Ginés subir, mas se virou e lhe entregou o telex.

Polícia espanhola ordena retenção a bordo e vigilância do oficial Ginés Larios Pérez até sua chegada a Barcelona. Suposto culpado de homicídio.

Continuava a oferecê-lo, caso precisasse de uma segunda leitura, mas Ginés fez que não com a cabeça.

"Obrigado."

"Sinto muito, mas..."

"Dê ao comandante. Não vá se meter em encrenca."

E o viu subindo escada acima em busca do passadiço. E ficou com a mão na escada e a outra meio caída, como se o contato com o telex tivesse deixado seu braço paralisado no gesto de deter o destino que lhe escapava. Sentou-se sobre um rolo de cordas e esperou que os fatos se precipitassem. O primeiro a chegar foi Germán e atrás dele vinham Basora, Martín, dois marinheiros. As pernas de Germán em primeiro plano, as outras numa perspectiva graduada até a popa, e não queria levantar os olhos para não ver a cara de Germán, porque da cara choviam lágrimas que caíam redondas e rebentavam no chão da coberta.

"Ginés, Ginesico", queixava-se Germán, e no simples enunciado do nome estava toda a história em comum dos dois, da adolescência até agora, toda a memória compartilhada. "Ginés. Ginés."

E se levantou para ficar na altura dos rostos que não olhavam para ele porque não queriam lhe dizer o que era evidente.

"Onde me prendem?"

"Primeiro, o doido quer falar com você. É um erro, não é, Ginés?"

Não, não era um erro, respondeu a cabeça de Ginés à pergunta de Basora. E depois o corpo saiu em movimento a caminho do passadiço.

"Não. Ele o espera no camarote."

E seus novos guardiães o seguiam. Germán tinha passado um braço em seus ombros, caminhava em seu ritmo, falava com ele ao ouvido.

"Em que rolo você se meteu, Ginesico? Maldita hora em que o forcei a voltar. Por que você não me disse? Por que voltou a embarcar? O que você fez, Ginés, o que você fez?"

Queria lhe pedir que não fizesse mais perguntas, pois ainda teriam tempo para conversar, mas de seus lábios nada saía, obstinadamente forçava a marcha para chegar o quanto antes ao comandante, e ali estava, no fim do corredor, a porta entreaberta do camarote, e ele teve a impressão de que, uma vez aberta, apareceria a *Niña de la venta* com sua roupa de vocalista antiga e cantando *La Salvaora*, mas a voz do comandante o deteve na porta.

"Não entre! Fique aí!"

A voz saía pela fenda da porta entreaberta.

"Diga a seus companheiros que se retirem, e você fique defronte da porta!"

Os oficiais e marinheiros deram as costas à cena e só Germán ficou, a uma distância suficiente para acudir em auxílio do amigo. A voz do comandante soava perto quando pediu:

"Aproxime-se, mas sem abrir a porta!"

Ginés bateu a testa contra a tábua envernizada. A poucos centímetros permanecia a respiração ofegante do invisível comandante e novamente a voz baixa, como num cochicho de confessionário:

"Agora é tarde, Ginés. Eu o avisei a tempo."

Queria lhe perguntar: o que o senhor sabia? como sabia?, mas pareceu-lhe um detalhe inútil a acrescentar à teatralidade de uma situação que se tornara um obstáculo, mais que um trâmite, à definitiva solução de seu próprio drama. Não disse nada, e a voz do comandante continuou brotando de seu esconderijo, afogada, suja, cheia de vapores de medo.

"Você foi um estúpido. Já há muitos meses está se comportando como um estúpido e não soube deixar de sê-lo quando ainda era tempo. Daqui a alguns anos, quando se lembrar de tudo isso com a distância suficiente, lembre-se de seu comandante e pense em tudo o que fez e esteve disposto a fazer por você. Promete que vai pensar?"

Ginés fez que sim com a cabeça, fez que sim para aquela porta entreaberta, fez que sim para aquela voz envergonhadora, fez que sim para aquela presença que imaginava acocorada, no escuro, como a abrigar-se sob um segredo de confissão.

"Não voltaremos a ver-nos, Ginés. Esta é sua última viagem. Mas também a minha. Lembre-se de mim."

Um curto silêncio. Passos no chão de revestimento plástico e, quando o corpo invisível do comandante ganhou distância suficiente, sua voz avolumou-se até se transformar numa ordem.

"German, Basora, cumpram seu dever! O oficial Larios fica sob sua responsabilidade!"

Ginés saiu daquele lugar acompanhado pelos amigos, seguidos a distância pelos dois marinheiros que não se atreviam a violar o espírito da tribo.

"Primeiro ele nos disse que o enfiássemos num camarote vazio e sem ventilação que fica perto da casa de máquinas, onde os maquinistas que esperam a guarda dão um cochilo. Mas Germán disse que você acabaria aleijado. Finalmente combinamos e impusemos a ele que você fique no seu camarote, em teoria com a porta fechada por fora, mas isso é uma idiotice, porque você não vai se jogar na água e nadar... Jure-nos que vai respeitar esse pacto e não vai se jogar na água ou fazer alguma imbecilidade. Não me importa, não nos importa o que você fez, mas dessa você vai sair, ao passo que do Atlântico não sai, jure, Ginés, que não vai fazer uma besteira que a gente deixa seu camarote aberto."

Ginés pegou um braço de Basora e o agitou como se tentasse lhe comunicar uma inútil sensação de solidariedade agradecida.

"Não, não vou fazer nenhuma besteira, mas me tranquem por fora. Preciso começar a treinar."

"A gente vem visitar você."

"Mas com cuidado, porque aquele pirado abre um processo administrativo contra a gente. O que ele disse a você, assim por alto?"

"Quase não o ouvi."

Só Germán não intervinha no diálogo, naquele diálogo ao pé do cadafalso, diálogo de últimas vontades, de despedida para uma viagem sem retorno.

"De vez em quando eu gostaria de passear pela coberta."

"Tem direito a dois passeios diários em companhia da vigilância."

Martín tomava o regulamento ao pé da letra, qual regulamento pouco importava. No momento de deixar trancarem seu camarote, Ginés leu no olhar de Germán a promessa de voltar, de voltar para esgravatar a razão daquela tragédia que o afetava, a ele, em sua condição de amigo de quem ele desconfiara, ou em quem não confiara suficientemente. Ginés assumiu o novo tipo de solidão, diferente de todas as que havia sentido em seus vinte anos de marinheiro ativo, com mais noites e dias de isolamento oceânico que de marinheiro em terra, mas agora a solidão era outra coisa, talvez mais parecida com uma quarentena da qual não sairia durante muitos anos. Por ora, tinha a seu alcance um mundo de referências entranhadas na consciência, vozes amigas do outro lado da porta, mas de repente passaria para uma engrenagem despersonalizadora que começaria pela exigência de que contasse tudo, como se o que tivesse feito pudesse ser explicado, explicado a alguém que não fosse a si mesmo ou à pobre Encarna. Talvez pudesse considerar o interrogatório de Germán como um treinamento para o que o esperava ao chegar a Barcelona. Ali estava Germán, apenas uma hora e meia depois do começo de sua detenção, o impaciente Germán sentado no camarote do amigo prisioneiro, sem coragem de olhar para sua cara, mas com a necessidade vivencial de lhe pedir explicações.

"Matei Encarna."

"Encarna. Tinha de ser Encarna. Mas então, por que me disse que era imprescindível voltar a Barcelona, que era imprescindível voltar ao encontro de Encarna?"

"E era. E em certo sentido continua a ser."

"Mas você sabia que a tinha matado."

"Sabia."

"Talvez esperasse que não soubessem que foi você."

"É. Essa seria a explicação mais racional, e é verdade, eu tinha essa idéia, mas nem sempre. Ainda que não tivesse sido assim, eu voltaria da mesma maneira. Não nos momentos de medo, que foram muitos. Por exemplo quando saí por aí e não queria voltar para o navio. Mas era como carregar a pena nas costas e carregá-la para o resto da vida."

"Mas o que você fez, desgraçado. Por quê?"

"Foi um mau momento", disse no começo da ladainha de queixas e perplexidades do amigo. "Estava escrito", chegou a dizer, já com o cansaço nas costas de tanto devolver aquela pelota que Germán lançava para ele com a obstinação de um pelotário gagá. "Estava escrito. Lembrei-me novamente de cenas de Águilas, de quando éramos crianças, e, embora pareça mentira, Encarna levava dentro de si sua própria morte e eu, minha perdição. Sei que isso vai lhe parecer romance, história da carochinha, mas quando examino todos esses anos, tantos anos, e me vejo, nos vejo, a nós dois, penso que a coisa não poderia ter tido outro fim. Muitas vezes propus a ela que largasse tudo, que casasse comigo, que fôssemos viver juntos num canto do mundo. Mas teria sido impossível."

"O que ela lhe fez para que você a matasse?"

"Nada suficientemente grave para que eu a matasse. Digo isso agora, Germán, com o coração na mão. Talvez o pior que ela me fez foi no começo, quando me largou por causa daquele cara, o veranista, lembra? Talvez isto tenha começado ali."

E abarcou com os olhos as quatro paredes de sua clausura.

"Você vai encontrar um advogado. Vai precisar de testemunhas. Eu falarei em sua defesa, direi que você ficou ofuscado, você vai achar uma razão para isso, pode dizer que ela não quis partir com você e que você ficou cego. Loucura transitória."

"Dê tempo ao tempo."

"Mas você já se deu conta de que vai pegar anos e anos de cadeia?"

"Dê tempo ao tempo."

"Um marinheiro não resiste à cadeia."

"De vez em quando me mande notícias deste navio. Vou gostar de saber por onde ele anda. E quando eu sair, seja quando for, volto para o mar, Germán."

Chegou um marinheiro e, encabulado, comunicou que

o comandante havia ordenado que ele trancasse o camarote e ficasse vigiando na porta. Germán saiu furioso, soltando impropérios contra aquele filho-da-puta, que porra aquela *Niña de la venta* pensa que é, gritava Germán diante do marinheiro perplexo. Mas quando se sentiu trancado e só, Ginés sorriu satisfeito.

Poderia tê-lo comprado mais barato em St. Thomas, aproveitando o comércio do porto franco, mas lhe apetecia justamente aquele pulôver que estava na vitrine do Beristain, na esquina das Ramblas com a rua de Fernando. O pulôver já estava em suas mãos, dentro de uma sacola de plástico, e ele atravessou a viela para chegar à calçada central das Ramblas e iniciar a subida rumo ao centro da cidade e ao quarto de hotel que alugara para se desintoxicar de tanto navio e estar em condições de fazer alguma excursão pela Catalunha. Germán tentava convencê-lo a alugar um carro para chegarem a Águilas em um dia, mas não estava decidido, e tampouco se sentia muito motivado para voltar. Estava explicando mentalmente para si mesmo as razões que não tinha para empreender uma viagem tão louca, quando uma sombra familiar o ultrapassou pela direita. O perfil da mulher ficou em sua retina quando o corpo já tinha passado e, ao examinar suas costas avançando Ramblas acima, dentro de um vestido justo de meia-estação que marcava sua figura de estatura mediana e indolente, ratificou o galope do coração e os passos que deu para chegar ao lado dela e encará-la.

"Encarna!"

Ela também o reconheceu imediatamente e viram-se dando beijos no rosto como se fossem primos reencontrados, pegando-se as mãos, os braços, mexendo-se os dois como um casal que dançasse dentro de dois palmos quadrados das Ramblas, entre o ir e vir dos passantes daquela doce tarde de primavera. Em poucos metros de caminho haviam contado um ao outro o mais importante de suas vidas, embora ambos tivessem informações por conta de Paquita, estático depósito de duas vidas que punha em contato Ginés e Encarna por ocasião de suas viagens a Águilas. E assim chegou a noite num jantar de um restaurante escolhido de passagem, e depois do jantar vieram as confidências em que, de início, mantiveram ocultas as cartas da frustração, mas no final elas apareceram, um jogo completo de fracassos, um casamento fracassado, a relativa rotina do mar em que nenhum porto é exatamente um porto de chegada ou de regresso. Ela não dispunha de sua vida e ele dispunha excessivamente. A caricatura da vida de Encarna em Albacete os fez rir, e para compensá-la Ginés transformou sua história num resumo de anedotas de cem portos, histórias que tinha vivido sem a esperança de um dia contá-las a alguém capaz de escutá-las fascinado.

"Mas é maravilhoso. Poder ver o mundo. Eu me invento cem dores por ano para poder largar aquilo e vir aqui respirar. É uma maravilha perder-se numa cidade onde ninguém nos conhece, onde ninguém sabe que você é a senhora Rodríguez Montiel. Onde você pode encontrar qualquer um ou ninguém, sem levar nada em conta, absolutamente nada, nem ninguém."

Ginés sentia na frente dela a mesma atordoada necessidade de abraçá-la, neutralizada pela não menos atordoada sensação de que não devia fazer isso, aquilo que sentira durante suas rondas de adolescência, quando os parentes diziam que Ginés e Encarna "... se falavam" e com isso queriam dizer que perambulavam em torno de seus sentimentos mútuos, sem chegar às palavras ou aos gestos decisivos. E a mesma sensação de perambular ele teve naquela noite e no dia seguinte, quando marcaram encontro para uma hora que puderam escolher, sem os impedimentos de vinte anos antes, estudo, trabalho, família, Paqui e o disse-que-disse. E foi ela que parou de falar e olhou para ele com intenção de pular a barreira do que podia ter sido e não foi, ela que o beijou primeiro, como num toque de advertência, depois um beijo longo e fundo que chegava de uma longa viagem, empurrado por um irracional adiamento. Era a mesma moça, com os gestos mais lentos e o pensamento medido por um cálculo que controlava. Estava livre numa cidade para ela livre, aberta, e podia ir lá periodicamente, coincidindo com cada retorno de *A Rosa de Alexandria*, e falava fascinada dessa possibilidade naquela primeira tarde no quarto do hotel onde ela se hospedava. Primeiro tentaram subir ao quarto do hotel de Ginés, mas uma arrogância radical do homem provocou um diálogo sórdido, cômico com o recepcionista, um diálogo inútil porque ela já tinha se metido no elevador e foi ele quem se imaginou na obrigação de dar as razões sobre a subida daquela mulher a seus aposentos, um diálogo que ela escutava incomodada e que se encerrou quando ela saiu do elevador e foi para a rua, seguida pelas explicações e pelo complexo de culpa de Ginés.

"Você continua a ser do interior", ela lhe dissera com a amabilidade do entardecer, nus, após um amor insuficiente, porque no ato Ginés depositara vinte anos de tempo, vinte anos num instante, e o corpo da mulher se revelou inacessível, como uma muralha de carne no final de uma difícil decisão.

"Fico horrorizado com essa sensação de clandestinidade. Esse entrar semi-escondidos."

"Não entrei semi-escondida. Vamos nós dois mudar de hotel e nos registrarmos como marido e mulher."

"Que desculpa eu daria a Germán e aos outros?"

"Você não me vai fazer acreditar que vocês não contam um para o outro os seus casos e que não trocam favores."

"Não é isso. É que não quero que fiquem sabendo. Não é isso."

"Você continua o mesmo. Uma vez eu disse isso a Paca: se o seu primo tivesse sido de outro jeito, se tivesse tido mais decisão. Se bem que, talvez não, para que nos enganarmos. Você me dava medo. Medo de ser a mulher de um marinheiro sem sorte. Uma viúva durante meses e meses, e tudo isso para nada, ou para pouco. Não sou uma freira. Não nasci para freira."

Não eram muito gratificantes as relações sexuais. A maldita urgência de escalar aquela muralha de carne, de normalizar aquele corpo, de, uma vez nu, tirar-lhe a roupagem de mito sentimental com que o havia revestido durante toda sua vida o impediam de sentir-se seguro. Nos primeiros encontros trimestrais, uma nuvem de afeto os envolvia e Ginés desculpava a si mesmo porque considerava que algo parecido com o amor tinha efeitos compensatórios suficientes, para além do êxito ou do fracasso sexual. E essa parecia a atitude dela, que o esperava apaixonada, o mais perto possível do porto, chegada após chegada, como se só tivesse vivido aqueles meses de separação graças ao sentido que lhe davam seus reencontros. Poucas vezes dispôs de lucidez suficiente para tomar distância crítica daquele relacionamento, que havia se inserido em suas vidas, como na dele estavam inseridos os portos e na dela, as fugas. Por parte de Ginés, não havia parceiros importantes a evocar, distanciar ou esquecer. Quanto a ela, prescindia funcionalmente de tudo o que fosse prescindível, não tinha laços com os familiares barceloneses, não tinha nem sequer vínculos com os de Águilas, só seu marido era uma presença negativamente necessária, à qual se referia primeiro com uma reticência dolorida e, progressivamente, com desdém cada vez maior, como se no início daquelas relações clandestinas o marido fosse uma causa ativa de sua própria infidelidade e no final uma causa passiva, uma coisa incômoda e absurda da qual ela vinha e para a qual fatalmente devia voltar. Ao longo dos anos, quase oito encontros e duas fases difíceis, no início, Ginés era o único motivo de esperança daquela esplêndida mulher que o esperava no café de la Opera, quinze minutos depois da operação de ancoragem do navio, aquela mulher que fizera seus amigos assobiar quando, um dia, os encontraram de braços dados, na rua, e Germán, que havia reconhecido Encarna, soubera se calar. Com o tempo, ela ia ao encontro marcado talvez com o carinho original, mas transmitindo a sensação de que não era ele, e sim a circunstância, o motivo real de suas fugas e satisfações. E foi nesse ponto agridoce que Ginés teve medo de perdê-la outra vez e propôs que encontrassem um sentido permanente para suas relações.

"Posso encontrar alguma coisa relacionada com meu trabalho que não exija longas travessias. Poderia comprar um pequeno iate, matriculá-lo no Pireu ou em Istambul e patrocinar cruzeiros de turistas. Fazem muito isso, cada vez mais. Você poderia vir para o barco. Poderíamos ficar sempre juntos. Na Espanha há menos costume de alugar iates médios, talvez pelas Baleares, mas não há turistas suficientes. Você não se importaria se fôssemos viver no Mediterrâneo Oriental."

E contava-lhe fascinados devaneios sobre as ilhas gregas ou o Bósforo. Especialmente Patmos e o Bósforo, na ansiedade de dividir com ela o que fora obrigado a desfrutar na solidão, partindo de uma apropriação masturbatória subjetiva de paisagens e vivências não partilhadas. Ela aceitava a idéia ou a rejeitava, dependendo das flutuações do espírito reservadas a um processo lógico que nunca lhe transmitia, como tampouco lhe comunicava, como ele gostaria, todas as notas que configuravam sua vida antes e depois de seus encontros. Conte-me. E então, o que você fez? O que pensa? O que você pensava? Perguntas que resvalavam sobre a pele de uma Encarna no fundo impenetrável, aquela muralha de carne impenetrável que de repente ele encontrava entre seus braços, de olhos fechados, jamais soube se na dúvida entre vê-lo ou não vê-lo ou se necessitada de buscá-lo na recordação. E algo semelhante a um ultimato saíra dos lábios do marinheiro nos primeiros dias de seu último encontro.

"Estou cansado desta situação. Desta falsa normalidade. Está percebendo? É como se você estivesse esperando um marido embarcado."

"Parece, mas não é assim."

Na verdade ele tinha se transformado numa peça a mais de um complexo mosaico do qual só conhecia uma parte das peças, sendo o marido a mais determinante.

"Tenha paciência. Meu marido está se acabando", ela lhe dissera.

"O que quer dizer isso?"

"Que ele não vai durar muito."

"Você sente pena?"

"Pena? Que nada. Simplesmente não quero jogar fora vinte anos. Se fizesse isso ele me daria umas bofetadas e eu daria grande satisfação a toda aquela gentinha. Tenha paciência."

Mas havia mais de uma, mais de duas Encarnas.

"Ginés."

Germán estava na porta. A luz do camarote tinha se acendido, assaltando seus olhos, despelando-os em seu doentio olhar na escuridão, olhos embalsamados pela umidade da evocação ou da autocompaixão.

"Ginés, está acordado?"

"Estou."

"Avistamos o estreito."

Era o princípio do fim da viagem, de todas as viagens, inclusive das imaginárias.

"O louco está trancado no camarote e mal sai dali. Dispomos de um certo tempo. Mexa-se. Talvez eu possa ajudar você. Temos que fazer alguma coisa. Preparar alguma coisa. Conte-me."

Deu as costas a Germán, à luz, à necessidade de transformar seu fracasso num espetáculo. Germán ainda continuou ali uns minutos. Depois se cansou, e fechou a porta atrás de si com raiva e uma certa crueldade.

"Primeiro pensei, envie um telegrama a esse desgraçado. Avise a ele. Ele terá tempo de fugir ou de preparar uma explicação que lhe sirva de colchão, porque tal como chega vai cair em cima dele toda a sordidez da história.

Todos vão explorar o escândalo: a polícia e a imprensa. É como se eu estivesse lendo: depois de meses e meses de árduas e complexas investigações, a polícia descobre um sórdido assassino que esquartejou a vítima. Mas deixei para lá. Antes de tudo, estava em perigo a minha carteira profissional, não tenho outra, e a esta altura não tenho outra profissão, a não ser que eu patenteie essa receita de espinafre à marinada que tento fazer para você e que alguém descubra o sistema de fabricá-la em lata, dar-lhe o aroma de salsicha de Frankfurt, para saciar as gerações presentes e futuras de viciados em hambúrguer. Além disso, pensei, meu telegrama vai lhe chegar em alto-mar, e com absoluta certeza a polícia deve ter se adiantado. E se ainda fosse pouco, fiquei pensando: que merda você tem a ver com isso? Por acaso você é a mãe dele ou o deus dele? Ele já é grandinho, que venda caro o seu tempo, porque vai passar pouco tempo na rua nos anos futuros. Fico chateado que ele pague pelo que não fez."

"Mas alguma coisa ele fez."

"Elementar, meu caro Fuster."

Não era ceticismo o que expressavam as sobrancelhas alteadas do despachante, com seu boné azul-escuro de marinheiro grego e o topetinho grisalho respaldando a inclinação da cabeça sobre a panela em que Carvalho ultimava os pratos preparados.

"Jantar extraordinário para celebrar o quê?"

"A impossibilidade de celebrar alguma coisa. Senti-me generoso ou velho, e ofereci a Charo que ficasse morando aqui, como um teste, uma temporada, depois, quem sabe. Mas, depois de pensar, quase nada, meio minuto, me disse que não, que cada um é um, que cozinha pior que eu, que a vida dela é dela. E foi embora. Também me aconteceu essa idéia idiota de salva-vidas de um assassino sob todos os aspectos insuficiente e lerdo. E nesses casos não há nada como ir à Boquería comprar coisas que você pode manipular e transformar em outras: legumes, mariscos, peixes, carnes. Ultimamente penso no horror de comer, relacionado com o horror de matar. A cozinha é um artifício de ocultação de um selvagem assassinato, às vezes perpetrado em condições de uma crueldade selvagem, humana, porque o adjetivo supremo da crueldade é 'humano'. Esses passarinhos afogados vivos em vinho para que fiquem mais saborosos, por exemplo."

"Excelente tema de conversa à guisa de aperitivo."

"Mil novecentos e oitenta e quatro mal começou. Os astros vão se alinhar e nos mandar tomar no cu, um após outro. Vai ser um ano ruim, segundo os astrólogos. Pois por isso e por tantas outras coisas, fui fazer compras na Boquería disposto a cozinhar para mim mesmo."

"E para Fuster, a cobaia."

"Você é livre para comer ou deixar de comer. Mas não recuse, principalmente o primeiro prato, um encontro entre culturas, espinafre levemente cozido, escorrido, picado, e depois um artifício gratuito e absurdo, como todo artifício culinário. Fritam-se na manteiga umas cabeças de camarões. Tiram-se as cabeças e com elas faz-se um caldo curto. Na manteiga assim aromatizada fritam-se alhos picados, pedacinhos de camarão e de amêijoas descascadas com sal e pimenta. Em seguida, uma colherzinha de farinha, noz-moscada, meia garrafinha de molho de ostra, duas ou três mexidas, e o caldo curto feito com as cabeças de camarão. Vira-se esse preparado sobre os espinafres e deixa-se tudo cozinhar, não muito tempo, o suficiente para a aromatização e a aquisição de uma untuosa umidade que entre pelos olhos. Depois dessa entrada, teremos pernil de cabrito com ameixa, elementar, rotineiro, pernilzinho dourado em banha de porco, na companhia de uma cebola com cravos espetados, um tomate, ervas variadas. Sobre esse fundo se acrescenta bacon picadinho, o líquido onde foram escaldadas as ameixas reine Claude, e se prepara um molho que evoca a ameixa espanhola, mas com predomínio do aroma de cravo, dos açúcares que se desprendem das coxinhas e do bacon. Colocam-se as ameixas escaldadas sobre os pernis, joga-se o molho por cima, uma breve passada pelo forno, e o jantar está servido. Umas duas garrafas de Remelluri de Labastida, safra de 78, e vamos envelhecer com dignidade."

"E a você, pagam para não resolver os casos?"

"Sempre os resolvo. Sempre chego a saber quase tanto quanto o assassino e conto tudo ao meu cliente. Neste último caso, meu cliente sabia mais do que eu e vai continuar sabendo, sempre, sabe até mais que o assassino, mas é como se não soubesse."

Fuster adivinhava a tormenta enquistada sob o avental que ostentava estranhas aves em vôo contra um céu branco, e deixou correr o desabafo de Carvalho até que a primeira garrafa de vinho foi desta para melhor.

"Como se não faltasse mais nada, venderam esse terreno aí em frente e talvez tapem parte da minha vista de Barcelona."

"É a pior coisa que lhe aconteceu."

"Desde que me lembro destas paragens, muito antes de ter a mais remota idéia de vir morar aqui, aquele terreno arborizado foi minha imagem de Vallvidrera. E também a de milhares de cidadãos que, todo domingo, estacionavam ali para ver a cidade, como se o lugar fosse uma espécie de sacada. Mas isso, pelo visto, a prefeitura democrática não sabe, e em vez de presentear essa sacada aos cidadãos e a mim mesmo, permite que façam uma obra e que a cidade fique um pouco mais cercada de tapumes. Sem dúvida era uma coisa que se poderia fazer, com as leis na mão. Este país está se enchendo de legulismos. A lógica interna das leis parece um trajeto de estrada de ferro e a própria locomotiva. Nunca tem tempo de parar para perguntar as razões dos suicidas ou para avisar aos surdos. Esses rapazes da prefeitura democrática devem pertencer a famílias de bem. Devem ter veraneado desde pequenos em chalés com jardim e não sabem o que significa pegar o trem para ir ver uma árvore pública durante uma hora, ou a fascinação de contemplar de fora o cenário da comédia. Esta cidade."

A segunda garrafa introduziu o paraíso na alma da noite, e Fuster contou tudo o que sabia de amigos comuns, especialmente do professor Beser, a quem tinham recorrido como assessor literário na investigação de um crime social.

"Para isso servem os professores partidários do realismo literário. Você tem que ler e fazer exercício físico. Veria a realidade de outra maneira. Você só lê para queimar, para encontrar razões para queimar, e só faz exercício físico para perseguir, ou porque é perseguido. É óbvio que, assim, você tenha um sentido negativo da realidade."

"Vou para um balneário."

"Baden-Baden? Marienbad? La Toja? Panticosa?"

"Um desses balneários cheios de estrangeiros em busca do sol da Espanha, dispostos a deixar em nossas cloacas toda a merda que lhes sobra, e a minha entre elas. Banhos de argila. Massagens. Depuração."

"Você está doente?"

"Não. Mas preciso que me toquem como se eu fosse uma parte da natureza, e preciso tomar as águas prodigiosas, dessas que forram de ferro o fígado e que lhe metem vaselina na bexiga. Um roupão de banho branco. Vou comprar um roupão de banho branco e assim não vou ter outro remédio senão ir para um balneário."

"Mar? Montanha?"

"As duas coisas. Preciso procurar muito bem procurado. Deve haver um guia de balneários. O mundo está cheio de balneários. O mundo inteiro é um balneário, salvo contadas e honrosas exceções, como o Líbano ou El Salvador. Pior para eles. É preciso ser insensato para nascer no Líbano, por exemplo. E o que mais me chateia em toda esta história é que ela cheira a velho: estive no cenário de onde ela parte, em Águilas, e nem mesmo o cenário onde nasce o turvo sentimento dos protagonistas existe. Acabaram com a praça de touros, já não existe o lugar onde se montava o toldo para o baile, nem mesmo o calçadão junto ao mar é o mesmo, nem as condições sociais, o galpão onde ela trabalhava, aquele impulso de sobreviventes que todos nós tínhamos há trinta ou quarenta anos. E esses dois desgraçados foram vítimas da velhice de seus sentimentos, da velhice de sua bondade e de sua maldade. Conservaram dentro de si as ruínas de si mesmos, aquilo que já não eram, e de repente trouxeram para o primeiro plano essas ruínas, desprezando tudo o que havia de mudança em suas vidas, e isso é cultural, comportaram-se de acordo com modelos desnecessários, inúteis."

"Você vai ao julgamento?"

"Talvez me chamem como testemunha, mas duvido. Se me chamarem, vou. Se não me chamarem, não vou. As curas nos balneários podem ser descontadas do imposto?"

"Se é por motivo de saúde, e no seu caso, como profissional liberal, sem dúvida. É a opinião de um especialista."

"O que vou fazer amanhã é ir ao porto. Quero ver a chegada do *A Rosa de Alexandria* com o marinheiro."

"Como você imagina que ele seja?"

"Como aquilo que no meu tempo se chamava um adolescente sensível. Uma ruína. Uma ruína de adolescente sensível."

"E o rio?"

"Que rio?"

"Quando você me ligou para me convidar, disse: preciso lhe falar de uma extraordinária nascente de um rio que se chama Mundo."

"Ah, sim. Você acha pouco? É como se a paisagem tivesse se inspirado em Calderón. Um rio que se chama Mundo."

O homem algemado era alto, mais alto que eu, pensou Carvalho. Deve calçar 43. A ressaltar a serenidade com que descia a escada do navio, respeitado pelos policiais que iam na frente e atrás dele, vacilantes, de olhos fixos no chão que não pisavam. Ele não olhava para os degraus.

Descer com segurança a escadinha dos navios fazia parte de seu ofício e era o que tinha feito por mais de vinte anos. Era moreno e estava bronzeado. Tinha cor de marinheiro, nariz aquilino de marinheiro farejador de borrascas e portos. A julgar por sua desenvoltura, parecia levar detidos os quatro policiais que o emolduravam, nervosos, sem mãos suficientes para solicitar que o 091 se aproximasse da passarela da lancha de transbordo que os trouxera do *A Rosa de Alexandria*. Enquanto o carro se aproximava, um policial o agarrou pelo braço e o homem ergueu os olhos como se procurasse alguém no porto. Talvez tenha notado a presença de Carvalho, aquela testemunha sem empenho recostado num tabique que escondia alguma mercadoria com cheiro de óleo pesado, mas na verdade buscava o mar aberto entre os navios atracados, um caminho para terminar sua viagem impossível para o Bósforo e o fim do mundo. Carvalho se educara para não acreditar em destino. No começo se acredita em destino e no fim se acredita na própria morte, lera em algum lugar ou talvez tivesse pensado por conta própria, quando pensava, como se o mundo e os outros merecessem ser pensados. O homem engoliu em seco e se deixou empurrar para dentro do carro, depois, num abrir e fechar de olhos, o carro passou perto de Carvalho e foi para a cidade do bem e do mal, a cidade das delegacias e das prisões. Carvalho deu de ombros e recuperou seu carro para abandonar o quanto antes uma cidade que, por hoje, já tinha deixado de interessá-lo. Uma história de amor estava prestes a terminar. Provavelmente o marinheiro começaria a mentir para se salvar ou talvez assumisse seu destino como se o tivesse lido nos livros e se deixaria condenar com os olhos voltados para sua intransferível memória. Carvalho agradeceu voltar para casa e ficar sozinho. O frio úmido do porto tinha lhe entrado pelos ossos e não há nada como um copo de aguardente gelada e um café quente para que voltem os calores. Da geladeira tirou uma peça inteira de fraldinha de vitela, deixou-a cair sobre a mesa de cortar e, com uma faca afiada, abriu-a ao meio como se fosse um livro. Recortou as pontas salientes para conformar uma espécie de retângulo, depois golpeou a carne com o soquete para amaciá-la e alongar suas fibras. Como se ela fosse uma tela, foi colocando sobre a carne aberta, da direita para a esquerda, bacon, pimentão forte, acelgas fatiadas e misturadas com bechamel e cominho, trufa, ovo cozido picadinho. Da beira onde estava o bacon enrolou a carne como se fosse um pergaminho, para que engolisse os ingredientes até ficar como um imenso bolo de carne recheada, que Carvalho embrulhou com papel-alumínio duplo, e em seguida pôs o invento no forno previamente aquecido. Quarenta e cinco minutos de forno. Depois, que esfriasse a noite toda. No dia seguinte separaria a mortalha de papel-alumínio enegrecido e brotaria um rolo de carne fria repleto de surpresas. Haveria de comê-la em fatias, na companhia de um molho tártaro com predomínio de alcaparras. Agora a noite já fazia sentido, só faltava acender a lareira e um Condal nº 6 da milagrosa caixa que aquele marido infeliz mas grato lhe enviara de Tenerife. Um livro lhe pedia para ser queimado, em sua condição de estorvo sentimental, e arrancou de seu reino de palavras mortas *Poeta em Nova York*, para conduzi-lo ao holocausto. Derradeira graça, abriu o livro por uma página que conservara durante anos uma distância em relação às outras páginas, memória de uma predileção. "Lua e panorama dos insetos." Ao pé da fogueira, os versos o golpearam como o grito de um inocente.

Mas a noite é interminável quando se apóia nos enfermos
e há navios que procuram ser olhados para poder afundar tranqüilos.

Retrocedeu sobre seus passos e depositou o livro no lugar onde ele estivera desde que resolvera transformar sua biblioteca numa galeria de condenados à morte.

Série Policial

Réquiem caribenho
Brigitte Aubert

Bellini e a esfinge
Bellini e o demônio
Bellini e os espíritos
Tony Bellotto

Os pecados dos pais
O ladrão que estudava Espinosa
Punhalada no escuro
O ladrão que pintava como Mondrian
Uma longa fila de homens mortos
Bilhete para o cemitério
O ladrão que achava que era Bogart
Quando nosso boteco fecha as portas
Lawrence Block

O destino bate à sua porta
James Cain

Post-mortem
Corpo de delito
Restos mortais
Desumano e degradante
Lavoura de corpos
Cemitério de indigentes
Causa mortis
Contágio criminoso
Foco inicial
Alerta negro
A última delegacia
Patricia Cornwell

Vendetta
Michael Dibdin

Edições perigosas
Impressões e provas
A promessa do livreiro
John Dunning

Máscaras
Passado perfeito
Leonardo Padura Fuentes

Tão pura, tão boa
Correntezas
Frances Fyfield

O silêncio da chuva
Achados e perdidos
Vento sudoeste
Uma janela em Copacabana
Perseguido
Berenice procura
Luiz Alfredo Garcia-Roza

Neutralidade suspeita
A noite do professor
Transferência mortal
Um lugar entre os vivos
Jean-Pierre Gattégno

Continental Op
Dashiell Hammett

O talentoso Ripley
Ripley subterrâneo
O jogo de Ripley
Ripley debaixo d'água
O garoto que seguia Ripley
Patricia Highsmith

Sala dos Homicídios
Morte no seminário
Uma certa justiça
Pecado original
A torre negra
Morte de um perito
O enigma de Sally
P. D. James

Música fúnebre
Morag Joss

Sexta-feira o rabino acordou tarde
Sábado o rabino passou fome
Domingo o rabino ficou em casa
Segunda-feira o rabino viajou
O dia em que o rabino foi embora
Harry Kemelman

Um drink antes da guerra
Apelo às trevas
Sagrado
Gone, baby, gone
Sobre meninos e lobos
Paciente 67
Dennis Lehane

Morte em terra estrangeira
Morte no Teatro La Fenice
Donna Leon

A tragédia Blackwell
Ross Macdonald

É sempre noite
Léo Malet

Assassinos sem rosto
Os cães de Riga
A leoa branca
Henning Mankell

Os mares do Sul
O labirinto grego
O quinteto de Buenos Aires
O homem da minha vida
A Rosa de Alexandria
Manuel Vázquez Montalbán

O diabo vestia azul
Walter Mosley

Informações sobre a vítima
Vida pregressa
Joaquim Nogueira

Revolução difícil
George Pelecanos

A morte também feqüenta o Paraíso
Lev Raphael

Serpente
A confraria do medo
A caixa vermelha
Cozinheiros demais
Milionários demais
Mulheres demais
Ser canalha
Aranhas de ouro
Clientes demais
Rex Stout

Fuja logo e demore para voltar
O homem do avesso
Fred Vargas

A noiva estava de preto
Casei-me com um morto
Cornell Woolrich

ESTA OBRA FOI COMPOSTA PELO GRUPO DE CRIAÇÃO EM GARAMOND E IMPRESSA PELA GEOGRÁFICA EM OFSETE SOBRE PAPEL PAPERFECT DA SUZANO BAHIA SUL PARA A EDITORA SCHWARCZ EM JANEIRO DE 2006